[illegible] 2010

Loi n°49-956 du 16 juillet 1949 sur les publications destinées à la jeunesse

ISBN : 978-2-09-252774-0

Couverture : © Pando Hall/Getty Images.
Ce roman est paru dans sa version originale aux États-Unis en 2010
chez Razorbill (Penguin Group, New York, U.S.A.)
sous le titre *The Extraordinary Secrets of April, May & June.*

Loi n°49-956 du 16 juillet 1949 sur les publications destinées à la jeunesse
ISBN : 978-2-09-252774-0

robin benway

april may & june

Traduit de l'américain par
anne delcourt

Nathan

« Nous sommes une impossibilité
dans un univers impossible. »
Ray Bradbury

« En chaque chose, il y a une fissure.
C'est par là qu'entre la lumière… »
Leonard Cohen, « Anthem »

chapitre 1

« J'en sais déjà trop. »
April

C'est nul d'être l'aînée.

C'est nul parce que c'est toujours moi qui dois vivre les choses en premier. Et même dans le cas contraire, mes sœurs s'imaginent toujours que je sais tout. Ce qui n'est pas faux, mais là n'est pas la question. Enfin, pas pour l'instant.

Du coup, la veille de la rentrée dans notre nouveau lycée, ma plus jeune sœur m'a fait asseoir sur le bord de mon lit (merci pour les plis sur ma couette) pour me bombarder de questions sur le lycée, genre *Questions pour un champion.*

– Ils mangent où, les élèves cool ? m'a-t-elle demandé. Ça fait rien si j'ai pas le permis de conduite accompagnée ? On ne va pas me vanner parce que je suis qu'une troisième ?[1]

1. *Aux États-Unis, le passage du collège au lycée se fait après la quatrième, et non, comme en France, après la troisième.*

Elle a soufflé sur sa frange, qui est retombée n'importe comment.

– June, ai-je dû avouer, je n'en sais rien, je n'en sais rien et je n'en sais rien. Je n'ai jamais mis les pieds dans ce lycée, je te rappelle.

– Et si je ne m'habille pas comme il faut ? Et s'il y a de l'humidité et que je frise ? Tu crois que je vais passer pour une ringarde ?

Ma sœur cadette, May, a passé la tête par la porte de ma chambre. Elle avait les cheveux attachés à la va-vite sur le haut de sa tête, du grand n'importe quoi, comme aurait dit June. Mais je pouvais comprendre May ; il faisait bien trop chaud pour se préoccuper de trucs aussi insignifiants qu'une coiffure.

– Tout à fait, a-t-elle dit à June. D'ailleurs, n'espère pas avoir un seul rancard dans les quatre prochaines années. À partir de maintenant, on va t'appeler Loser.

– Tu dis ça parce que t'en as jamais eu, de rancard, lui a rétorqué June. Loser toi-même.

May a levé les yeux au plafond et agité son iPod noir dans ma direction.

– J'ai besoin que tu me rendes mon casque pour couvrir les jérémiades.

– Sur mon bureau, ai-je répondu. Et June, franchement, à moins qu'ils lâchent une meute de coyotes demain dans les couloirs…

– Espérons, prions pour qu'ils le fassent, a marmonné May.

Elle s'est mise à fouiller sur mon bureau à la recherche de son casque, en bousculant une pile de livres au passage.

– … tu n'as aucune raison de t'en faire, ai-je ajouté. Et s'il te plaît, May, un peu de respect pour la littérature.

J'ai redressé ma pile de livres.

– T'es bien la seule à avoir lu les livres de la liste de lecture des vacances, a commenté May.

– Dites, il y en a, des coyotes, dans la région ? a demandé June.

– Je ne sais pas, ai-je admis. Mais je parie qu'il y a des araignées.

– Des tas, a précisé May.

J'ai soupiré.

– Si vous sortiez de ma chambre, toutes les deux, que je puisse m'imaginer que je suis fille unique ?

Sauf qu'une fois parties, elles m'ont manqué. C'est dingue, ça. Dès qu'elles sont ailleurs, je voudrais qu'elles soient là, et dès qu'elles sont là, j'ai envie qu'elles s'en aillent. Quinze jours plus tôt, on avait quitté Orange County[1] pour s'installer dans la Vallée, au nord de Los Angeles. Nos parents venaient de divorcer, ma mère avait trouvé un boulot ici et mon père avait été muté à Houston où il partait habiter quelques semaines plus tard. C'est du moins comme ça que ma mère avait présenté les choses. D'après moi, notre déménagement avait surtout à voir avec le fait que May s'était torchée la nuit où ils nous avaient annoncé leur séparation. Personne n'en parle jamais, May encore moins que les autres, et si on en parlait, je ne sais pas trop ce que je dirais : « Bonjour le cliché » ? « Alors, on joue les filles à problèmes » ? June, qui

1. *Région située au sud de Los Angeles.*

n'avait que quatorze ans, ignorait cet épisode. Tout ce qu'elle voyait, c'est qu'il y avait plein de stars de Disney Channel qui vivaient dans la Vallée, et elle était super excitée à l'idée d'y habiter. Tout ce que je voyais, moi, c'était que personne ne nous avait demandé notre avis et qu'on avait été bien obligées de suivre. Mais croyez-moi, si j'avais su qu'on allait atterrir ici, j'aurais protesté depuis longtemps. Dans la Vallée, début septembre, il fait une chaleur à crever.

Bref, on vivait dans une nouvelle maison. En tendant l'oreille la nuit, j'entendais la circulation sur le Boulevard Ventura[1]. Il y avait des eucalyptus dans le jardin, et un jacaranda dont les fleurs faisaient plein de taches violettes en tombant sur le trottoir. C'était joli, mais je ne me sentais pas chez moi ; juste dans un logement de passage.

– Ce sera comme une nouvelle aventure, avait dit ma mère à notre arrivée.

Et elle s'était tellement forcée à sourire qu'on avait souri aussi. Comme si ça ne nous suffisait pas comme aventure de regarder notre famille partir en eau de boudin depuis trois mois. Peut-être que j'étais la seule qui tremblait à l'intérieur, je ne sais pas. Et je ne veux même pas le savoir ; j'en sais déjà trop.

Mais les choses revenaient doucement à la normale. Je m'étais perdue quatre fois dans le lycée, bien plus grand que l'ancien, avec des poteaux géants en ciment environ tous les trois mètres, et des allées en zigzag qui rendaient les déplacements deux fois plus longs.

1. *Grand axe est-ouest du nord de Los Angeles.*

Je savais que j'allais m'habituer, mais en attendant, ça m'avait déprimée d'atterrir en cours de géo de seconde au lieu du cours d'anatomie de première.

Bref, je me répétais à longueur de temps : « Ça va passer, tu t'y feras. »

À la rentrée, June, comme 99,9 % des élèves de troisième, n'a frappé personne ni par sa ringardise, ni par son côté branché. May gardait son petit train-train de seconde : traîner dans sa paire de Converse noires en ignorant tout le monde, pendant que je m'appliquais à me noyer dans la masse des premières. C'est vrai, à quoi bon nager à contre-courant ? Ça ne sert qu'à se fatiguer et à mourir plus vite. Ma devise : suivre le mouvement.

Mon ex-devise, plutôt.

Avant que je me réveille en voyant du rouge partout.

C'est arrivé le deuxième lundi de la rentrée. J'aimerais pouvoir dire que je ne me souviens de rien d'autre, mais je me rappelle chaque détail de cette journée. C'était le jour où mon père déménageait officiellement pour Houston – en fait, il y habitait déjà, mais il devait passer nous faire ses adieux après les cours. Il nous avait montré des photos de son nouvel appart, qui ressemblait à n'importe quel appart américain banal. May, June et moi, on s'était contentées de dire : « Cool », parce qu'on n'avait rien trouvé d'autre à dire.

Je me rappelle qu'il y avait du brouillard ce matin-là,

et que ça sentait le thé à la menthe en bas. Je peux même vous dire que je portais des chaussettes de May parce que les miennes étaient toutes au sale, mais ça ne vous avancerait pas à grand-chose. Et s'il vous plaît, ne le répétez pas à May. Elle déteste partager ses chaussettes. Elle a des manies bizarres comme ça.

Je me suis réveillée tôt, avant d'entendre le réveil de June sonner dans sa chambre à côté de la mienne. Au début, j'ai cru que je rêvais parce que je ne voyais que du rouge flotter devant mes yeux. Ensuite, j'ai pensé que c'était le soleil derrière mes paupières, qui me faisait signe de me réveiller.

Comme si j'avais pu oublier de le faire.

Mais quand j'ai fini par ouvrir les yeux, il faisait encore noir. Il n'y avait pas de soleil, juste un ciel rose tout paisible et le brouillard gris qui flottait devant la fenêtre de ma chambre, et je me suis sentie assaillie par une curieuse vague de peur et d'adrénaline, comme dans les montagnes russes, quand on réalise qu'on n'aurait jamais dû s'attacher dans un wagonnet brinquebalant et se jeter du haut des rails sans s'être renseigné sur les règles de sécurité, et sans avoir mis de casque.

Cela dit, sur le coup, j'ai pensé que ce n'était rien. « C'est juste le stress », me suis-je dit tout haut en regardant le brouillard se dissiper. « Pas de panique. C'est juste le stress. » J'ai répété ça en boucle jusqu'à en être persuadée. Puis le réveil de June a sonné et May a protesté d'une voix ensommeillée. Et la journée a commencé, comme si de rien n'était.

– J'ai décidé d'être populaire, nous a annoncé June ce matin-là sur le chemin du lycée.

Elle était assise à l'arrière dans le vieux monospace de maman, devenu ma nouvelle voiture. Elle refusait de monter à l'avant de la « mamamobile » pour aller en cours ; elle disait que c'était la honte. May, elle, disait qu'elle s'en fichait puisque de toute façon, c'était pour aller en cours et que ça ne pouvait pas être pire. Une optimiste, ma sœur May.

May et moi, on ne s'est même pas retournées.

– Super, ai-je dit en vérifiant dans le rétroviseur qu'il n'y avait pas de flics.

Je me vante de ne jamais avoir eu de contravention, et j'aimerais bien que ça dure.

– April, l'accélérateur, c'est la pédale de droite, a grogné May à côté de moi.

Elle était affalée avec la capuche de son sweat noir rabattue sur ses cheveux blonds sales.

– Appuie dessus et on aura une chance d'avancer.

– Désolée, mais je n'ai jamais eu de contrav…

– Je disais, a repris June, que j'ai décidé de devenir populaire. C'est mon objectif de cette année. Nouvelle année scolaire, nouvelle vie scolaire.

– T'es genre la caricature d'une fille de troisième croisée avec Oprah[1], a ricané May.

Même sans la regarder, je savais qu'elle plissait le nez. Ce que ça m'énerve quand elle fait ça !

– Si t'essayais d'être unique, pour changer ?

1. *Oprah Winfrey, présentatrice et animatrice de talk-show influente et ultra-médiatisée aux États-Unis.*

– T'as raison, a riposté June, ça a super bien marché pour toi. Et je ne vois pas ce qu'il y a de mal à être populaire. Gandhi était populaire.

– Gandhi a fait la grève de la faim pour obtenir la paix dans le monde et il a fini assassiné par son grand rival, l'ai-je informée. Tu veux l'imiter ?

Au feu rouge, j'ai regardé les voitures qui passaient au croisement de la supérette, et les gens qui faisaient la queue en face au Starbucks. Une rue plus loin, dans un sens ou dans l'autre, la vue serait toujours la même. May appelle notre quartier « la terre oubliée par la diversité ».

Le feu est passé au vert et May s'est enfin retournée vers June.

– Est-ce que tu sais qui c'était, au moins ? lui a-t-elle demandé.

Je voyais June dans le rétroviseur, qui tirait sur ses cheveux d'un air frustré pour les empêcher de friser. Elle a de longs cheveux bruns et une frange parfaite qu'elle met des heures à lisser. Elle a aussi de grands yeux noisette, mais par pitié, ne lui dites pas, sinon elle va vous faire ses yeux de biche en battant des cils et c'est super embarrassant. Mais j'avoue, ma petite sœur est trop craquante.

Ça craint.

– Ouais, c'est bien ce que je pensais, a dit May. April, je te jure, continue à ce rythme et on va finir par reculer.

May, en revanche, n'est pas ce qu'on appellerait craquante. Les animaux des bois, c'est craquant. June est craquante. May, c'est totalement autre chose. Elle est tellement maigre que tout est exagéré chez elle. Quand on regarde ses coudes, on a l'impression qu'ils vont lui transpercer la peau. Quand elle ne vous jette pas des coups d'œil assasins, on s'aperçoit qu'en fait, elle est jolie. Elle serait même belle, si ses pommettes n'étaient pas taillées en lames de couteau.

Globalement, May a le physique qui dit : « Ne m'obligez pas à vous couper en rondelles. » Ça peut expliquer pourquoi le compte de ses amis se monte à zéro.

– Tu crois que tu conduirais mieux que moi ? lui ai-je demandé en mettant le clignotant deux rues avant la prochaine intersection.

– En tout cas, je sais un truc, a fini par rétorquer June, sans se soucier de notre conversation. Dans le règne animal, soit on s'adapte, soit on meurt. Ça s'appelle le darwinisme. Vous n'avez qu'à vérifier.

May a ricané :

– Ce cours de sciences vous a été offert par les produits « Scoop du jour ».

J'ai ralenti un peu à l'approche de l'intersection, même si le feu était vert.

– Qu'est-ce que tu fiches ? a couiné May. C'est vert ! C'est ça qui t'angoisse ?

– Il y a une fille au lycée, a repris June. Dès qu'un truc lui passe par la tête, elle ne peut pas s'empêcher de le dire. Si elle avait été sur le *Titanic*, pendant que tous les autres s'agrippaient aux icebergs, elle t'aurait expliqué que la couleur orange du gilet de sauvetage n'était pas très flatteuse pour son teint.

– Je ralentis parce que c'est plus prudent quand on arrive à une intersection, ai-je répliqué sèchement. Qu'est-ce que t'y connais, toi, d'abord ? T'as à peine commencé la conduite accompagnée.

May s'est cogné le crâne plusieurs fois sur l'appuie-tête.

June a continué sur sa lancée :

– Bon, et elle s'appelle Mariah ? Elle est en seconde, elle est sûrement dans ta classe, May ? Et elle est super cool et… ?

– Et pourquoi ? l'a coupée May. Tout ? Ce que tu dis ? Ressemble ? À une question ?

June n'a pas relevé, mais je l'ai vue se tortiller sur la banquette arrière.

– Bref, a-t-elle poursuivi, elle s'appelle Mariah et…

– « Mariah », a dit May, ça n'a que deux lettres de différence avec « paria ». C'est un hasard, tu crois ?

– C'est clair que tu connais le suj…, a commencé à riposter June.

Mais alors qu'on franchissait le carrefour, son expression s'est crispée tout à coup, comme si elle avait goûté quelque chose d'acide, et elle a frissonné. J'ai suivi son regard et vu un SDF assis sur le trottoir.

– Franchement, ça, c'est nul, June, lui ai-je dit. C'est pas parce qu'il est SDF que ce n'est pas un être humain.

– Et maintenant, le quart d'heure des bons sentiments, a marmonné May.

– J'ai rien dit, a bafouillé June.

Mais elle avait baissé d'un ton, et n'a pas repris le sujet de Mariah.

– T'as pas eu besoin, ai-je répliqué. Ça s'est lu sur ton visage et honnêtement, je trouve… hé, non mais, je rêve ou t'as pas mis ta ceinture ?

– Oups, a-t-elle fait en tirant sa ceinture. Au temps pour moi.

– Si tu tiens à mourir… ai-je repris. Tu sais que la plupart des accidents se produisent près de chez soi ? Qu'on pourrait…

Soudain, j'ai su que je devais changer de voie. J'ai vu des feux de freinage de voitures s'allumer dans ma tête. J'ai serré les mains sur le volant pour déboîter à gauche, tandis que mes sœurs criaient en se tenant à leurs ceintures (qui étaient attachées, ouf !). Deux secondes plus tard, les voitures ont freiné à mort dans la file de droite, et on a longé la scène de l'accident, parfaitement identique à celle que je venais de visualiser.

June s'est remise la première.

– Si je dois porter une minerve, je te tue, a-t-elle grommelé sur la banquette arrière.

May se contentait de me regarder avec des yeux ronds.

– Tu m'expliques ?

Si je n'avais pas agrippé le volant aussi fort, mes mains auraient tremblé.

– Je-je ne sais pas, ai-je admis. J'ai changé de voie, c'est tout.

– Eh ben, c'était cool, a-t-elle déclaré avec un grand sourire. Enfin un peu d'ambiance dans le coin.

Et elle s'est calée dans son siège.

chapitre 2

« J'ai passé toute ma vie à me préparer à ça. »
May

Quand elle raconte comment tout a commencé, April en fait toujours un roman :

– Oooh, j'ai vu du rouge et j'ai su que c'était un signe, et les cieux se sont ouverts et le brouillard s'est engouffré…

Etc, etc.

En fait, la journée a été assez banale.

Jusqu'à ce que je m'en mêle, en tout cas.

Une fois arrivées au lycée, on a repris notre routine quotidienne, qui se résume principalement à s'ignorer pendant six heures et trente-sept minutes. Bon, s'il y a un anniversaire, un truc comme ça, on va peut-être hausser un sourcil en se croisant dans un couloir. Mais sinon, on ne se connaît pas.

Ce qui ne change pas tellement après les cours, non plus.

C'est comme ça, j'imagine, quand on est au milieu. Quand on était petites, ma mère se servait de la métaphore de la mortadelle pour m'expliquer pourquoi c'était aussi chouette d'être entre les deux.

– Toi, tu es la tranche de mortadelle dans le sandwich ! me disait-elle.

Et je devais lui rappeler que c'était June qui aimait la mortadelle, pas moi, ce qui fichait une claque à sa métaphore.

Je n'essaie pas de la jouer « Ouin, personne s'intéresse à moi ! ». Au fond, je crois que je les aime, mes sœurs. C'est comme une sorte d'obligation biologique. Je voudrais seulement qu'elles soient un peu moins… elles. Surtout au lycée, avec June qui joue le papillon sortant de son cocon et April qui s'embarque pour une vie de rat de bibliothèque et de petit génie bardé de doctorats. Du coup, moi, je ne fais pas trop le poids.

Et maintenant que mes parents sont divorcés, je me sens plus minable que jamais. Ça n'est pas que mon amour-propre en soit trop affecté, mais avant, le fait que mes parents étaient toujours ensemble me distinguait des autres. Alors que maintenant, on est comme tout le monde. Circulez, y a rien à voir.

Je suppose que dans un sens, j'ai passé toute ma vie à me préparer à ça.

Ce serait presque marrant, si ça n'était pas arrivé pour de vrai.

Ce lundi matin, celui où tout a commencé, April nous a conduites au lycée dans la Reloumobile. En première heure, en géométrie, j'ai dessiné une famille de bonshommes de neige au compas. Ensuite, en cours de gym, j'ai sorti la bonne vieille excuse des règles pour rester sur la pelouse et grimacer de douleur, pendant que les autres dégoulinaient en faisant le tour du stade. Franchement, obliger les gens à se mettre en short, ça devrait être considéré comme un crime contre l'Humanité. (Je l'ai dit à April, une fois ; elle a levé les yeux au ciel en couinant : « May, il y a des gens qui ont subi de vrais crimes contre l'Humanité. Il n'y a pas de quoi plaisanter. » Elle a autant d'humour qu'un pou. Un pou sans humour.)

En troisième heure, j'avais histoire. Je déteste. Je connais cette vieille formule comme quoi ceux qui ne connaissent pas l'histoire se condamnent à la répéter, mais soyons sérieux, on l'apprend depuis des siècles et il y a toujours autant de famines, de guerres, de dictateurs et de maladies, non ? L'histoire se répétera, que je passe ou pas cinquante-six minutes par jour à l'apprendre.

J'éprouve une haine toute particulière pour l'histoire européenne. Je n'ai rien contre l'Europe ; d'ailleurs, un jour, j'habiterai à Paris avec vue sur la tour Eiffel et je vivrai avec un artiste. Comme quoi je suis cent pour cent pour les Européens. Mais leur histoire est totalement ridicule. Ça les aurait tués d'appeler leurs rois autrement que James, Edouard ou Louis ? Pourquoi pas Hector ? Ou Archibald ? Quand on arrive à James V ou je ne sais combien, il est temps de diversifier !

Et ne me lancez pas sur la Prusse…

Mais ce que je déteste par-dessus tout avec l'histoire de l'Europe, c'est que je dois prendre des cours de soutien. Apparemment, si on rate les deux premiers contrôles de l'année, ça fait tache sur le bulletin. J'ai tenté de souligner que l'absence de créativité dans le choix des noms royaux n'aidait pas, mais tout ce que j'y ai gagné, c'est un rendez-vous avec le proviseur adjoint pour discuter des cours de soutien. Je soupçonne qu'en fait de discussion, j'aurai plutôt droit à un monologue.

Du coup, je dois éviter que mon père l'apprenne. April a dû vous dire (vu qu'elle l'a dit à tout le monde) qu'il est parti à Houston. Pas qu'il se passionne pour mes notes d'histoire, mais il m'a promis que j'irais le voir et qu'il m'emmènerait à Austin. Il a promis de nous emmener en voyage à tour de rôle, toutes les trois, et ce que je veux, moi, c'est voir Austin. La ville a quand même pour devise : « À Austin, vive la différence ! », et la différence, c'est tout à fait moi. Alors je pressens qu'Austin et moi, on va s'entendre à la vie à la mort.

Bon, ce sera sympa aussi de voir mon père. Je passe beaucoup de temps à éviter de penser à lui. Je passe beaucoup de temps à éviter de penser à des tas de trucs.

Le reste de la journée a craint exactement comme d'habitude. La pause déjeuner est le moment le plus critique, parce que je ne connais personne et que je n'aime pas me retrouver à manger toute seule au self. Je me suis doutée qu'April était au CDI, plongée dans les mœurs d'accouplement des larves ou autres trucs qu'elle estime indispensables à savoir. June, elle, pouvait être n'importe où ailleurs.

Cela dit, je n'allais pas leur courir après.

J'ai passé la pause déjeuner de la même manière que

d'habitude, à traîner dans les couloirs en tâchant d'avoir l'air d'aller quelque part. Pour me consoler, j'essayais de me dire que personne, jamais, jamais, ne me remarquerait, mais cette fois-là, ça m'a plutôt déprimée. Je vous l'ai dit, je suis une fille compliquée.

Après le dernier cours, je suis retournée sur le parking, en plein cagnard. April agitait ses clés dans sa main, appuyée contre la voiture. Elle était pâle, elle qui a normalement les joues rouges, et même ses cheveux blonds, déjà assez clairs d'habitude, avaient l'air presque blancs.

– Ouah, ai-je dit. On dirait que tu vas gerber.

– Tiens, a-t-elle répondu en me tendant les clés. Je te laisse conduire.

Je l'ai regardée.

– Pourquoi ?

– Comme ça.

– Je te redemande : pourquoi ?

– Je n'ai pas envie de conduire. Je… J'ai mal à la tête.

– On dirait que tu vas gerber, ai-je répété en prenant les clés. Essaie de garder ton goûter pour toi, d'accord ?

À ce moment-là, June nous a rejointes.

– Salut, nous a-t-elle lancé. On rentre à la maison ?

– Voyons, voyons, ai-je répliqué. C'est ça qu'on dit quand on veut devenir la nouvelle Miss Populaire ?

Elle a laissé courir.

– C'est toi qui conduis ?

J'ai secoué les clés sous son nez.

– Génial, a-t-elle marmonné en montant derrière. Au moins, je mourrai jeune et belle.

Dans la voiture, April a vérifié trois fois que sa ceinture était bien attachée.

– Je te remercie pour la confiance, ai-je bougonné.

Puis, j'ai remarqué que June en faisait autant et j'ai rectifié :

– Super. Merci à toute la famille !

– Contente-toi de rouler lentement, a répliqué April. Et évite de rentrer dans quelque chose ou quelqu'un.

Elle n'arrêtait pas de se passer une main dans les cheveux, comme si elle y avait perdu quelque chose.

Les premières minutes se sont déroulées sans problème, étant donné qu'on roulait dans une zone résidentielle.

– En fait, quand on y pense, a déclaré June après un bref et merveilleux silence, c'est ces zones-là qui sont les plus dangereuses, May. Avec tous les gosses et les chats et les chiens qui peuvent débouler n'importe quand au milieu de la route…

– June, l'ai-je interrompue sèchement, merci de ton aide.

– Ce n'était qu'une hypothèse, a-t-elle repris avec un sourire jusqu'aux oreilles. C'est comme ça qu'on élabore un raisonnement scientifique.

Dès le premier carrefour, j'ai appuyé sur l'accélérateur, et April a failli jaillir de son sweat-shirt.

– May, c'est pas vrai ! a-t-elle dit entre ses dents.

Je me suis marrée.

– Ben quoi, frangine, faut bien que je te montre comment on s'y prend !

Elle s'est raidie brusquement et elle a crié :

– Non, pas elle ! Pas elle, non, May !

– Qu'est-ce que tu… ?

Là, j'ai baissé la tête, et je n'ai plus vu mes mains sur le volant.

Pas cool.

C'est arrivé si vite qu'au début, j'ai cru que j'avais cligné des paupières trop longtemps, ou bien que j'avais eu une sorte de bug mental. Je me suis sentie prise d'un léger vertige.

– Wouah… ai-je laissé échapper.

Et tout à coup, j'ai réalisé que la voiture se déportait vers le trottoir et April a hurlé :

– Pas elle ! Pas cette fille !

– Pas qui ? ai-je hurlé à mon tour.

Elle n'a pas eu l'air de m'entendre. C'est là que j'ai vu une fille au coin de la rue, avec des cheveux noirs comme la nuit. April a saisi le volant et redressé la voiture, alors que la nana restait figée sur le trottoir, l'air horrifié.

June criait à l'arrière :

– Je le savais ! Je le savais !

Je ne comprenais rien à ce qu'elles disaient, et je m'en fichais. J'avais déjà du mal à réaliser qu'à un cheveu près, j'avais failli faucher une piétonne innocente.

En plus, je cherchais mes mains, qui n'étaient toujours pas réapparues.

Puis j'ai cligné des paupières et elles étaient là, sur le volant, comme si je ne l'avais jamais lâché. April le tenait toujours, elle aussi.

– Qu'est-ce que… ? a-t-elle murmuré, les yeux écarquillés.

– Quoi ? ai-je demandé d'une voix tremblante.

– Quoi ? a-t-elle répété. Est-ce que… Est-ce que tu viens de… ?

– Est-ce que j'ai quoi ?

June a mis son grain de sel, en chevrotant, elle aussi :

– Heu, les filles ?

On l'a ignorée, comme toujours.

– May, a murmuré April, tu étais là, et *pouf*, tu as disparu.

– Les filles ?

– S'il te plaît, June, ferme-la une minute, ai-je lancé par-dessus mon épaule.

J'entendais ma voix qui tremblait et qui sonnait creux, comme si elle n'était pas vraiment là.

Comme si elle était invisible.

– Ça ne se peut pas ! ai-je dit à April. Regarde-moi ! Je n'ai pas pu disparaître comme ça, au volant d'un poids lourd !

– Oh, seigneur, c'est vrai, ça ! s'est-elle exclamée avec horreur. Gare-toi, gare-toi tout de suite ! Tu ne peux pas continuer à conduire !

– Je me sens très bien ! me suis-je énervée. Et je ne peux pas me garer comme ça, au milieu de la route !

– Les filles ! (Cette fois, June hurlait aussi fort que nous.) Je crois que je…

– June, LA FERME ! lui a-t-on crié en chœur.

– Écoute, t'as dû avoir une hallucination, ai-je dit à April. Tu es mentalement épuisée, et tu hallucines. T'es en manque de sommeil. C'est mauvais pour la s…

– Tu dérailles, m'a-t-elle coupée. Tu as vu la même chose que moi. T'as les pupilles totalement dilatées.

On s'est tues un moment, et June s'est penchée vers nous :

– Je crois que je sais pourquoi…

– Eh bien, peut-être que vous avez toutes les deux des hallus, ai-je déclaré.

Si ignorer June était un sport, je serais championne olympique.

– Au même moment ? a ricané April. Mais bien sûr, comme c'est plausible.

– Excuse-moi, dans le genre plausible, tu préfères ta théorie de la disparition ?

Je serrais le volant à me faire péter les jointures. J'ai déplié mes doigts un à un, en les comptant et les recomptant dans ma tête, jusqu'à dix, puis en sens inverse.

– Bon, tu veux bien te garer ? a piaillé April. Tu ne peux pas conduire dans cet état !

– Ah non ?

– Vous voulez bien m'écouter une seconde ?

June a une façon de hurler qui donne envie d'être sourd.

– Non ! a-t-on répliqué.

– Très bien ! a-t-elle rétorqué en se blottissant dans un coin, les bras croisés. Après tout, je m'en fiche.

Le silence a régné environ quinze secondes, tandis que je m'engageais dans notre rue. Toutes les maisons avaient l'air d'avoir été clonées. Au début, quand elle rentrait le soir, maman devait ouvrir la porte du garage pour être sûre de ne pas se tromper. Mais ce jour-là, je ne me suis même pas posé la question. J'étais trop occupée à prendre de bonnes résolutions. « Je ne sécherai plus jamais les cours. Je serai plus sympa avec mes sœurs. Je ne détesterai plus l'histoire européenne et même, je réviserai mes cours. Et je ferai du bénévolat auprès des cancéreux pour me faire pardonner la fois où j'ai fumé à... »

La voix de June a retenti derrière moi :

– Tu as fumé ?

J'ai failli foncer dans la poubelle devant chez nous, mais j'ai réussi à me garer avant de me retourner pour la regarder. April m'a imitée.

– Quoi ? a-t-elle dit à June. Qu'est-ce que tu racontes ?

« Elle ne peut pas le savoir. Impossible, ai-je songé. Par-fai-te-ment. Im-pos-sible. »

June s'est calée au fond de la banquette :

– On parie ?

April a porté la main à sa bouche.

– Tu viens de lire dans ses... ?

June jubilait, maintenant.

– Ouais. C'est ça que j'essayais de vous dire. Mais t'en fais pas, May, je ne le répéterai pas à maman, pour la clope. Pas tout de suite.

– Tu peux prier pour que mes mains disparaissent de nouveau avant que je t'étrangle ! ai-je grondé, prête à bondir sur elle.

– Attendez, arrêtez ! a crié April en me retenant, tandis que June se recroquevillait contre la portière. Ça suffit, May ! Papa et maman sont là, ils vont...

On s'est figées toutes les trois, juste à temps pour voir nos parents sortir de la maison. Papa portait ses lunettes de soleil et maman avait encore sa tenue du boulot. Ils avaient l'air aussi tendus l'un que l'autre. On ne pouvait pas les entendre, mais ils étaient en pleine discussion. Ça n'avait pas l'air de bien se passer ; mais bon, on aurait pu en dire autant de toutes leurs discussions depuis un an et demi.

On est restées là à les regarder pendant une bonne minute. Je n'arrivais pas à savoir s'ils se disputaient ou…

– Oui, ils se disputent, a déclaré June.

– Arrête de lire dans mes pensées, ai-je marmonné, un peu hébétée, en même temps qu'April lui disait :

– Arrête de lire dans leurs pensées.

Je suis restée assise à la place du conducteur. Mes jambes étaient collées au cuir du siège. Ça m'a fait mal quand je les ai décollées, et en même temps, ça m'a fait du bien : au moins, la douleur m'assurait que j'étais bien réelle.

– Salut, mes beautés, nous a lancé papa depuis le pas de la porte.

Il venait juste de s'apercevoir de notre présence et s'était arrêté de parler au milieu d'une phrase.

– Allez ! Venez dire au revoir à votre vieux père avant qu'il ne se transforme en cow-boy !

J'ai failli vomir quand il a dit ça. Et rien qu'à l'idée de vomir, des souvenirs de tequila m'ont incendié la gorge, ce qui m'a donné encore plus envie de vomir.

– C'est dégueu, a murmuré June derrière mon dos.

Je n'ai pas relevé. Je me demandais quand je reverrais mon père et si ça me ferait drôle de devoir prendre l'avion pour lui rendre visite. J'en étais même à me demander s'il pouvait me voir, si j'étais barrée au point que mon corps refusait de rester, pour que je n'aie pas à lui dire au revoir.

Je me suis forcée à sourire et je lui ai fait un signe de la main. Dans le rétroviseur extérieur, j'ai vu que June avait la lèvre qui tremblait un peu, et puis elle s'est mordue et elle a cligné des yeux très vite. D'habitude, elle fait ça pour draguer, même si ça donne plutôt l'impression qu'elle a un problème de lentille. Mais là, je savais qu'elle n'était pas en train de jouer les coquettes.

Dès que son visage s'est décrispé, j'ai ouvert la portière et j'ai prudemment posé le pied par terre. Quand je l'ai vu toucher le sol, je n'ai pas trop su si j'étais soulagée ou pas.

chapitre 3

« Je m'en souvenais parfaitement.
Comme si c'était hier. »
June

Je le savais, bon Dieu, je le savais.

Je l'ai su quand on a croisé le SDF ce matin-là. April a cru que je faisais ma chochotte, mais je vais vous dire ce qui s'est vraiment passé.

Quand on l'a croisé, je ne faisais pas la dégoûtée.

J'ai lu dans ses pensées.

C'est pas un truc de dingue, ça ?

Pas autant que ce qui se passait dans sa tête, cela dit.

April aime bien raconter toute l'histoire comme si c'était une grosse surprise, et May estime que ça n'est devenu intéressant que quand elle est entrée en scène pour risquer nos vies en pleine heure de pointe.

Ben voyons.

Ça faisait des années que je leur répétais comment ça avait vraiment commencé, mais elles n'avaient jamais voulu me croire. Tout le monde pensait que c'était une jolie histoire que j'avais inventée.

Plus maintenant. Maintenant, elles m'écoutaient.

L'ennui, quand on est la dernière, c'est que tout le monde explique tout par le fait qu'on est le bébé. Mettons que vous avez peur des araignées et que peut-être – peut-être – qu'un jour, vous avez vu une veuve noire dans un coin de votre nouvelle chambre et que peut-être, vous étiez fatiguée et vous avez crié juste un tout petit peu, et voilà vos débiles de sœurs qui décrètent que si vous avez peur des araignées, c'est juste parce que vous êtes le gros bébé de la famille.

Eh oui. Bonjour le cliché.

Mais j'ai aussi un souvenir de nous trois en train de jouer dehors. J'avais quatre ans, May cinq, April six. C'était l'été, et mes grandes sœurs n'étaient pas sympas et ne voulaient pas me laisser jouer avec elles. Alors j'ai pleuré, pas parce que j'étais le bébé, mais parce que May avait déjà arraché la tête à deux de mes Barbie, et aussi parce que, OK, je ne supporte pas bien d'être rejetée.

J'ai entendu la voix d'April très distinctement :

– Quel bébé !

– Je suis pas un bébé ! ai-je hurlé.

– J'ai pas dit que t'étais un bébé ! a-t-elle braillé.

– Si, tu l'as dit. Je t'ai entendue !

– J'ai même pas parlé !

Je me suis essuyé les yeux, j'ai respiré un grand coup et recouru à mon arme fatale :

– Je vais le dire à maman !

Là, May s'est interposée. Elle avait les cheveux plus

clairs à l'époque – aussi blonds que ceux d'April et je me souviens qu'au soleil, ils avaient l'air presque transparents.

– Hé ! nous a-t-elle lancé avec un grand sourire. Regardez-moi !

On s'est tournées vers elle. April a froncé les sourcils.

– Où tu vas ? lui a-t-elle demandé.

Et tout de suite après, May a disparu.

Les feuilles ont frémi au-dessus de nos têtes, comme si elle était passée à travers. J'ai vu le reflet de mon visage dans la porte-fenêtre, à côté de celui d'April. On avait toutes les deux la même expression. Je ne pleurais plus du tout, en tout cas.

J'ai fini par cligner des yeux et May a réapparu, toute contente.

– C'est cool, non ?

Elle avait piqué le mot à notre voisin, qui faisait du surf trois fois par semaine à Newport Beach.

– C'est cool ! a-t-elle répété, comme si elle avait surfé sur une vague géante.

« C'est pas juste. Moi aussi, je veux disparaître », a pensé April.

– Tu ne peux pas disparaître comme May, lui ai-je dit. Toi, tu ne peux pas.

Puis je me suis tournée de nouveau vers May.

– Encore ! ai-je réclamé. Refais-le !

– Non ! a soufflé vivement April. Maman arrive !

– C'est pas vrai ! a répliqué May. Elle est en haut !

– Refais-le ! ai-je répété. Refais-le !

– Refaire quoi ? a soudain demandé maman en

ouvrant la porte du jardin. Qu'est-ce que vous fabriquez dehors, les filles ?

J'ai trépigné d'excitation et regardé ma mère d'un air ravi. Ce qu'elle allait être contente !

– May a *disparaîtré* ! ai-je annoncé avant de lui décocher mon plus beau sourire. Je peux avoir une glace ?

Maman raconte encore cette histoire de temps en temps, en riant quand elle arrive à la fin.

– On se demande où June va chercher tout ça ! commente-t-elle à chaque fois.

Comme si je l'avais inventé ! Comme si ça n'était jamais arrivé ! Même là, mes sœurs ne s'en souvenaient pas. Elles ne me croyaient pas. Elles pensaient que, comme j'étais un bébé, ça n'était pas la peine de m'écouter. Elles pensaient que c'était moi qui ne me souvenais pas bien des choses.

Mais je m'en souvenais parfaitement. Comme si c'était hier.

C'étaient elles qui avaient oublié.

Dix ans plus tard, ce lundi après-midi, on a dit au revoir à notre père qui partait pour l'aéroport dans sa voiture de location. Ensuite, on a dû assurer à notre mère que non, on n'était pas définitivement perturbées ; que oui, si je clignais des yeux, c'était juste parce qu'ils étaient irrités à cause du vent sec de Santa Ana ; que oui, de la pizza pour le dîner, c'était parfait ; et que oui, les cours, c'était aussi « sympa » (April), « débile » (May) ou « cool » (moi) que d'habitude. Enfin, après tout ça, on a pu filer dans nos chambres. En fait, on est allées dans celle d'April, qui a eu droit à la plus grande. (Parlez-moi de justice ! Elle a, genre, deux jeans et trois tee-shirts. Qu'est-ce qu'elle a à faire de toute cette place ? Pour ses bouquins ? Ne me faites pas rigoler !)

April a fermé la porte et on est restées plantées là en silence pendant presque trente secondes. Enfin, en silence pour elles. Pendant ce temps-là, mon cerveau se faisait verbalement assaillir par leurs pensées. Surtout celles d'April. Elle respirait à toute vitesse et j'entendais sa voix quelque part dans sa tête, un cafouillis de pensées et de mots impossibles à trier.

– Ralentis, April. Tu me rends schizo.

Erreur.

Elle s'est tournée lentement vers moi, les yeux hors de la tête.

– Sérieux ? Tu peux lire dans mes pensées ? a-t-elle murmuré.

Je l'ai toisée, les poings sur les hanches. J'avoue que ça n'était pas désagréable d'avoir le dessus, pour une fois.

– Combien de fois je vais devoir te le dire ? ai-je martelé, sur le même ton que ma mère quand on oublie de mettre nos chaussettes au sale. C'était déjà comme ça quand on était petites. Toi, tu savais à l'avance ce que maman allait faire. May a disparu, pas une fois, mais deux. Et je n'arrêtais pas de lire dans vos pensées et de les répéter tout haut.

April a ouvert la bouche, l'a refermée, l'a rouverte.

– Je croyais que tu cherchais à te rendre intéressante. Que c'était juste un de ces trucs de bébé idiots.

– C'est toujours ce que tu crois ? ai-je demandé. Après cet après-midi ? T'es encore en train de me dire que je raconte des salades ?

– Holà, holà, une minute, a dit May en agitant les mains devant elle, comme si elle voulait effacer quelque chose. April, tu peux prédire l'avenir ?

– Je… je crois, oui. Mais c'est arrivé comme ça ! Je ne commande rien du tout !

– Et toi, June, sérieux, tu sais lire dans les pensées ? À quel nombre est-ce que je pen…

– 332 941.

May aurait aussi bien pu le dire tout haut.

Elle a regardé April :

– Elle sait lire dans les pensées. Toi et moi, on est mortes.

– J'ai entendu ce qu'a pensé la fille quand tu as failli l'écraser tout à l'heure ! ai-je lancé. Bien joué, au fait, May. Merci d'avoir failli nous tuer, nous plus une inconnue.

– Tu l'as entendue ? a demandé April. À quoi elle a pensé ?

Le parfait Sherlock Holmes ; il ne lui manquait que la loupe et la casquette en tweed.

– Évidemment, je l'ai entendue ! ai-je riposté. May a failli la renverser ! Elle s'appelle Avery. Et je ne sais pas, elle était juste… elle a flippé ! Elle a pensé à tout et à rien… à sa mère, et à un mec, aussi. À quoi tu penserais si tu étais sur le point de clamser sur le capot d'un monospace ?

Mais April était trop occupée à décocher un regard noir à May :

– Et toi, tu fumes, maintenant ?! lui a-t-elle demandé du tac au tac.

May s'est frotté le front en soupirant :

– C'est pas vrai…

– Tu sais les dégâts que peut provoquer une cigarette sur… sur ta structure moléculaire ? Hein ?

– April, a dit May. Au cas où tu ne l'aurais pas remarqué, ma structure moléculaire a déjà subi quelques dégâts. Je vais te rafraîchir la mémoire. J'ai disparu en conduisant au milieu d'un carrefour ! Et si on se penchait plutôt sur le fait que tu peux voir l'avenir et que June – au secours ! – peut lire dans nos pensées ?

– Hé ! ai-je protesté. Au moins, je ne suis pas Casper le gentil fantôme qui s'évapore au volant ! À ce propos, t'as totalement fait flipper le mec dans la voiture d'à côté. Il doit encore se demander ce qu'il avait bu.

– À ta place, j'éviterais de lire dans mes pensées dans l'immédiat, a sifflé May entre ses dents. Ça risquerait de t'occasionner des dégâts émotionnels.

– Bon, ça suffit ! a crié April. Arrêtez ! On n'est pas là pour se disputer sur… sur ce qui se passe. Il faut… on doit faire quelque chose.

May a éclaté de rire. Elle était tellement paumée que je n'arrivais pas à identifier une pensée cohérente dans sa tête. Super, voilà que mes deux sœurs allaient devoir être internées, et je me retrouverais à errer sur la Terre, sans personne avec qui partager le secret qui me rendait unique.

Puis, je me suis demandé si quelqu'un allait faire un film sur ma vie, un jour. Ça, ce serait cool.

Pendant ce temps, May continuait à péter les plombs.

– Qu'est-ce que tu veux faire, April ? a-t-elle hoqueté entre deux gloussements. Trouver une vraie ville qui s'appelle Gotham[1] pour y habiter ? C'est quoi, ton plan, au juste, Miss Boule de Cristal ?

April s'est énervée :

– Excuse-moi ! J'ai dû égarer mon manuel *Quoi faire quand on se retrouve avec des superpouvoirs idiots ?* Je l'ai peut-être laissé traîner sous ma brochure *Comment tuer vos sœurs et faire disparaître leurs corps en un tournemain !* Bouge pas, je vais vérifier !

– C'est ça, mets-toi à flipper, toi aussi, lui ai-je dit en m'affalant sur son lit. D'abord, tu ne peux pas nous tuer. Je découvrirais ton plan et je me planquerais, et May n'aurait qu'à se rendre invisible…

– Bon Dieu, June, comment tu fais pour rester aussi calme ? m'a-t-elle demandé. T'es totalement zen !

J'ai haussé les épaules.

– Vous seriez peut-être moins surprises si vous m'aviez un peu écoutée depuis dix ans.

Je pourrais vous dire ce que May a pensé à ce moment-là, mais je n'aime pas répéter les grossièretés.

– Bon, soyons claires, a dit April au bout de quelques secondes. Ils sont… ils sont revenus ?

J'ai fait oui de la tête.

April a avalé de travers, agrippé le dossier de sa chaise, et n'a rien ajouté.

– Dites, ai-je conclu en soufflant sur ma frange, c'est bête qu'aucune de nous ne sache voler.

1. *Gotham City : ville imaginaire inspirée de New York, reprise par plusieurs auteurs de bande dessinée, où vivent des superhéros comme Batman.*

chapitre 4

« J'ai entendu le craquement et vu l'étincelle. »
April

Le lendemain, je me suis levée sans avoir dormi de la nuit. Je n'avais pas arrêté de faire de drôles de rêves, avant de m'apercevoir que je ne rêvais pas ; c'était des flashs d'événements qui allaient se produire. Difficile de faire plus flippant, à part quand May a disparu au volant. (À ce propos, elle ne s'est toujours pas excusée pour la trouille qu'elle nous a flanquée. Mal élevée, elle ? Si peu.)

Je n'avais rien vu de capital. J'avais juste appris que le chat de notre voisin allait servir de casse-croûte à un coyote quinze jours plus tard, que June en serait toute chamboulée et qu'elle insisterait pour lui organiser un enterrement. C'était à peu près tout. Bref, rien de bien sérieux… À moins d'être le chat !

Du coup, je me suis demandé si je ne devrais pas creuser un peu les choses, au cas où une catastrophe risquait d'arriver. Est-ce que c'était devenu ma responsabilité ? Est-ce que le sort de la planète dépendait de moi ?

Je n'avais rien à perdre à vérifier.

Des nuages nucléaires ? Non. Une apocalypse ? Pas dans l'immédiat. Un cambriolage à main armée chez nous dans vingt minutes ? Peu probable. C'était comme des non-scoops dans ma tête : « Les trucs qui risquent le moins d'arriver aujourd'hui ! Flash info à onze heures ! »

À sept heures trente, j'étais dans la salle de bains, sachant que June n'en aurait pas besoin avant sept heures trente-deux, heure à laquelle elle tambourinerait à la porte pour que je la laisse entrer. Elle a déboulé pile à l'heure.

Ça m'a fait un peu flipper, pour être honnête.

– Apriiiil ! a-t-elle braillé. Faut que je te parle !

J'ai ouvert avec ma brosse à dents dans la bouche.

– Quoi ?

Elle s'est glissée à l'intérieur, une main sur la poignée. Ses yeux ronds lui mangeaient presque tout le visage.

– Bon, a-t-elle annoncé. J'ai besoin de toi.

J'ai craché dans le lavabo, je me suis rincé la bouche et je me suis tournée vers elle :

– Quoi ?

– T'as l'air toute flagada et paniquée ! Il s'est passé un truc ? Tu as vu une tumeur dans le cerveau de maman ? May continue à fumer ? Ou alors elle… ?

Elle s'est arrêtée et m'a regardée :

– Houla. Tu ne serais pas dans une phase capitaine Morbido, toi ?

– Qu'est-ce que tu crois ? Je suis un peu à cran, là. Je n'ai pas beaucoup dormi.

– Bienvenue au club. Bref, j'ai besoin de savoir un truc.

Elle s'est éclairci la gorge avant de brandir une mini-jupe rose qui avait l'air d'avoir été taillée dans un nuage.

– On va se moquer de moi si je porte ça aujourd'hui ?

J'ai cligné deux fois des paupières.

– Tu me fais marcher.

– Pas du tout.

– Mais si.

– Écoute, je sais bien que May et toi, vous avez lancé le concours de la nana la plus tarte du bahut, a maugréé June. Ne vous gênez pas pour moi. Mais il y a aussi des gens qui préfèrent être appréciés par leurs semblables.

Elle m'a remis la jupe sous le nez :

– C'est oui ou c'est non ? On va se moquer de moi ?

– Franchement, je doute d'avoir reçu le don de prédire l'avenir juste dans le but de te rendre populaire.

J'ai fait une pause.

– Et je ne peux pas croire que je viens de dire ça.

June a agité la jupe.

– Alors ? C'est oui ? Ou ? Non ?

– June, s'il te plaît, sors de…

– April ! a-t-elle protesté.

May est passée dans le couloir, toujours en pyjama. Elle s'est arrêtée en voyant la jupe tutu de June.

– Tu vas mettre ça ?

– Et pourquoi pas ?

May a hurlé de rire.

– Tu l'as, ta réponse, ai-je commenté. Oui, June,

on va se moquer de toi si tu portes cette jupe. Ravie de t'avoir été utile. Je peux avoir la paix, maintenant ?

Je suis retournée dans ma chambre, et j'allais fermer ma porte quand j'ai entendu June qui braillait :

– Merci de ton aide ! Et quand c'est May qui se moque, ça ne compte pas !

– Qu'est-ce que ça veut dire ? a demandé l'intéressée. Parce que je peux disparaître, je ne compte plus ?

– Maman est en bas, ai-je sifflé entre mes dents. Vous pourriez faire semblant d'être normales une fois dans votre vie ?

May a frémi de colère, puis elle a disparu, littéralement, en un clin d'œil. Je l'avais vu faire la veille, mais ça n'avait duré qu'une ou deux secondes. Cette fois, ça m'a soufflée. Je crois qu'elle pourrait disparaître toutes les vingt minutes jusqu'à la fin de ses jours, je ne m'y ferais jamais.

À côté de moi, June est restée bouche bée. Elle a même tendu la main vers l'endroit où May avait disparu, ce que j'ai trouvé plutôt mignon.

– Ouah... a-t-elle murmuré.

Un clin d'œil plus tard, May était de retour, un peu ébouriffée et l'air contrarié.

– Mince, je me suis énervée, a-t-elle déclaré. J'ai essayé de m'en empêcher, mais ça n'a pas marché.

– Et... tu vas où quand... quand tu t'en vas ? a demandé June.

– Nulle part, a répondu May. Il faut que je m'habille.

Elle est repartie vers sa chambre, mais cette fois, June et moi l'avons suivie dans le couloir.

– Laissez-moi mon espace vital, s'il vous plaît. Même le grand Houdini[1] a besoin de respirer.

– Comment ça, nulle part ? ai-je insisté. Tu n'étais plus là.

– J'étais là tout le temps, a-t-elle répliqué. Et hier aussi. J'étais là, mais personne ne me voyait. J'aurais pu hurler à tue-tête si j'avais voulu, ça n'aurait fait aucune différence.

– Alors, ce n'est pas que tu disparais, ai-je dit lentement. C'est qu'on ne te voit plus. Tu peux te rendre invisible.

May m'a fusillée du regard :

– Oh, non. Moi, je ne fais rien du tout. Je n'y suis pour rien. June, t'as fini de me regarder comme ça ?

June continuait à la fixer avec de grands yeux :

– Mais c'est de la magie ! Tu es là et tout à coup, hop, tu t'escamotes !

– Je m'escamote ? a répété May.

Un sourire flottait au coin de ses lèvres.

– Vous n'avez pas pigé, ai-je coupé. May, tu peux contrôler les autres avec ton cerveau. Tu contrôles ce qu'ils voient.

– C'est ça. Et je peux même les changer en zombies si je veux. Trop cool !

– Beurk, a fait June en plissant le nez. Faut être masochiste.

– Houla, quel grand mot ! a rétorqué May. C'est ton prochain défi intellectuel ? Acquérir un vocabulaire polysyllabique ?

1. *Harry Houdini (1874-1926), magicien américain, dont la spécialité était de s'évader de malles ou de bidons.*

– Non, c'est de prendre le pouvoir sur le monde, a répliqué June.

May s'est contentée de sourire ; je crois qu'au fond, ça lui plaît de voir June commencer à se défendre.

J'ai décidé de prolonger la trêve quelques minutes.

– Bon, en tout cas, nos pauvres cerveaux vont être surmenés, maintenant, ai-je observé.

June m'a interrompue :

– Mais non. C'est comme dit Einstein : la plupart des gens n'exploitent que dix pour cent de leur cerveau, non ? Peut-être que nous, on en exploite plus.

– Je ne crois pas qu'Einstein ait dit ça, ai-je objecté.

June a haussé les épaules :

– Bon, un quelconque scientifique célèbre, alors. Qui tu voudras.

– Peut-être qu'il y a eu un bug dans un des labos de chimie de Mr Dwyer, a suggéré May, et que nos cerveaux ont été exposés.

– Dans ce cas, pourquoi ça ne touche pas tout le lycée ? ai-je demandé.

– Peut-être que si ! s'est écriée June. Peut-être qu'on devrait, je sais pas, créer un groupe secret sur Facebook ?

May a levé les yeux au plafond. Un jour, c'est sûr, ils resteront bloqués comme ça.

– Viens nous faire un rapport quand t'auras un vrai projet, a-t-elle grommelé.

June a ouvert la bouche pour riposter, mais j'ai entendu les pas de ma mère dans l'escalier.

– Oups, ai-je murmuré.

– C'est chouette de prévoir l'avenir, April, a ironisé May. On est sûres d'avoir un temps d'avance sur maman.

– La ferme, ce n'est pas une science exacte. Et tâche de ne pas disparaître devant elle.

May m'a fait un doigt d'honneur.

– Oh, tes quatre autres doigts ont déjà disparu ? ai-je ricané.

June nous a balancé des coups de coude pour nous rappeler à l'ordre, avant de lancer d'un ton enjoué :

– Salut, m'man !

Ma mère était en train de faire son petit tour dans la maison avec sa tasse de thé à la menthe, comme tous les matins depuis ma naissance. Ça fait du bien de savoir que certaines choses sont immuables. Je suis prête à parier que c'est pour ça que Batman a gardé son valet de chambre Alfred. Quelquefois, on a besoin d'avoir quelqu'un de normal sous la main.

– April, ma puce ? m'a dit maman.

– Ouais ?

– Tu peux prendre la voiture pour aller au lycée. Je travaille à la maison, je n'en ai pas besoin.

Je me suis adossée à la porte. Je savais ce que représentait la voiture pour elle : encore une aumône, un truc pour se déculpabiliser un peu d'avoir bouleversé nos vies. Moi, ça me faisait me sentir encore plus mal. Alors que tout changeait autour de moi, j'aurais voulu que tout reste comme avant. Je ne voulais pas de la voiture. Je voulais notre vieille maison et nos vieux voisins et notre vieille école et nos vieux amis.

– Pssst ! T'es censée répondre, là, m'a soufflé June.

Je lui ai donné un coup de coude, l'air de ne pas y toucher. J'ai des années d'entraînement à ce jeu-là.

– OK, ai-je répondu, tandis que June se frottait les bras en fronçant les sourcils. Merci, m'man !

– Pas de quoi. Et, les filles, il vous reste un quart d'heure avant de…

Elle s'est arrêtée en voyant nos têtes.

– Qu'est-ce qui se passe ? a-t-elle demandé.

La main de June s'est crispée sur la poignée de la porte.

– Quoi ? a-t-elle fait. Tout va bien, il ne se passe rien, absolument rien de bizarre.

Nom de Dieu. Il faut que quelqu'un lui apprenne à mentir, et vite.

Heureusement, si quelqu'un sait jouer les blasées, c'est bien May.

– Tout va bien, m'man, a-t-elle déclaré en pianotant sur le chambranle (avec tous ses doigts). June est un peu sonnée parce qu'elle a vu une araignée. Tu sais comment elle flippe dès qu'elle voit une bestiole.

Ma mère n'a pas eu l'air convaincue.

– Vous avez des yeux trrrès bizarres, toutes les trois, a-t-elle déclaré en plissant les siens. Vous n'auriez pas fumé des joints dans vos chambres ?

– M'maaan… On va faire ça chez les autres ! a répondu May du tac au tac.

Maman a gloussé et May a souri. Une chance pour elle que mes parents partagent son sens de l'humour. Elle ressemble beaucoup à papa, pour ça. Quand ils s'y mettent, ils peuvent passer toute une journée sans prononcer une phrase sérieuse.

– Coolos, Mamacita, a repris May. Tout va très bien.

N'empêche que June avait l'air sur le point de gerber, et j'ai compris qu'elle se retenait de toutes ses forces pour ne pas lire dans les pensées de maman.

– Ouais, tout va très bien, a-t-elle répété en levant la tête quand ma mère l'a embrassée sur le front.

– Oh, chouette, a dit May d'un air las en montant dans la voiture une demi-heure plus tard. Encore une balade en voiture avec mes sœurs. Quelle joyeuse aventure allons-nous vivre cette fois-ci ?

– Très drôle, venant de toi, a riposté June en claquant la portière du passager.

J'ai jeté un coup d'œil sur sa tenue :

– Tu l'as mise, cette jupe, finalement ?

– Ouais. Il faut savoir se libérer de l'opinion des autres, non ?

– Oyez, c'est la télépathe qui vous parle, a ricané May.

– Voilà une résolution pleine de courage, June, ai-je ajouté.

Elle m'a lancé un sourire rayonnant :

– Merci !

May s'est contentée de hausser un sourcil dans le rétroviseur. Elle tortillait dans tous les sens la bretelle de son sac à dos, qu'elle traînait depuis trois ans.

– Alors, à votre avis, a-t-elle fait, sur son ton l'air-derien-mais-quand-même, quelles sont mes chances de disparaître en plein cours aujourd'hui ?

– D'après les indices, plutôt élevées, a marmonné June. Très nettement.

– Ceinture, lui ai-je rappelé.

– Oui, chef, a-t-elle rétorqué.

– Il faut juste que tu apprennes à te contrôler, ai-je dit à May en faisant marche arrière dans l'allée du garage. Concentre-toi, ne te laisse pas distraire, garde l'œil sur le ballon, tous les bons conseils sportifs, quoi.

– Si j'étais footballeuse, ce serait sans doute super, a-t-elle grogné. Mais si un prof m'interroge, alors que je ne lève pas la main ?

– Oh, ça, a fait June d'un ton détaché. Réponds un maximum aux questions que tu connais, et on te fichera la paix le reste du temps. Relax, Max.

Et elle s'est calée au fond de la banquette.

Mais je savais ce qui clochait. May connaît toujours les réponses. C'est juste qu'elle n'aime pas prendre la parole. Quand on avait trois, quatre et cinq ans, elle a frôlé la crise de nerfs quand elle a dû jouer l'ange au spectacle de fin d'année. (Alors que June aurait bien porté toutes les auréoles de la salle, si elle avait pu. Et que moi, je voulais juste que tout se termine parce qu'on m'avait dit qu'après, il y avait des cookies.)

Arrivées sur le parking, on est sorties de la voiture, en même temps que d'autres élèves au regard vague qui se dirigeaient par petits troupeaux vers le lycée.

Personne n'avait envie d'être là. On avait tous l'air de zombies, à des degrés divers, selon la quantité de café ingurgitée au petit-déjeuner. (Tous sauf June, qui, à mon avis, voguait sur un petit nuage pour cause de jupe rose.) Les malheureux profs qui nous font cours en première heure doivent être tirés à la courte paille, parce qu'on n'est pas un cadeau à ce moment-là de la journée.

– C'est clair, a commenté June. On est des vraies teignes.

J'ai soupiré :

– June, arrête de faire ça.

– J'essaye ! a-t-elle protesté. Je te jure, April, je fais ce que je peux ! Mais des fois, c'est comme si je n'avais qu'à ouvrir une porte pour entrer dans ta tête.

May a rejeté ses cheveux en arrière :

– Si tu ouvres ma porte, comme tu dis, je t'écartèle, et avec plaisir, en plus.

– Ha ! Impossible. D'abord, c'est illégal, et ensuite, papa et maman te priveraient de sortie pendant… un millier d'années, au moins.

J'ai déconnecté ; je n'en pouvais plus de les entendre se disputer. J'avais assez de mal à essayer de suivre ce qui se passait et ce qui allait se passer. Les scènes alternaient tellement vite que j'ai failli foncer dans un plot en béton, en me dirigeant mécaniquement vers le lycée.

– April ?

Mes deux sœurs m'ont regardée d'un drôle d'air.

– Ici la Terre, a dit May. Qu'est-ce qu'il y a ?

– Tu veux dire, à part le fait que je peux prédire l'avenir de millions d'inconnus ?

May a secoué la tête :

– Oh, ça, pas question. On est toutes les trois dans de sales draps. Tu ne vas pas t'accaparer le rôle du martyr.

J'ai soupiré.

– Ça m'épuise déjà.

– On n'a qu'à sécher ! a lancé June avec des étincelles dans les yeux.

Depuis qu'elle a vu *La Folle Journée de Ferris Bueller*[1] quand elle avait huit ans, elle rêve au jour où elle pourra sécher. Elle l'imagine comme un grand festival où tout le monde chante des chansons des Beatles. D'après ce que m'a dit May, ça consiste plutôt à traîner au fast-food et à regarder des films d'horreur chez les copains, mais je ne vais pas gâcher les rêves de June.

– May, je peux sécher avec toi ? a-t-elle demandé.

– June, a beuglé May. Arrête de fouiller dans nos têtes !

– Pardon, s'est excusée June, sans perdre le regard vague qu'elle a quand elle nous écoute penser. Mais tu séchais l'an dernier ! Je l'ai vu. Je peux venir, la prochaine fois ? Je ne parlerai pas et je ne lirai pas dans tes pensées ni rien, promis !

J'ai lancé un petit coup d'œil à May, qui a détourné le regard, et j'ai vu au petit pli de concentration au-dessus de ses sourcils qu'elle faisait tout son possible pour empêcher June de lire dans ses pensées. À vrai dire, May séchait souvent, encore plus que ceux qui étaient en fac.

Disons qu'elle a eu beaucoup de rendez-vous d'une

1. Film de John Hughes, avec Matthew Broderick dans le rôle du héros, un adolescent qui sèche le lycée pour une journée délirante au volant de sa Ferrari.

journée entière chez l'orthodontiste, pour quelqu'un qui ne porte pas d'appareil.

– C'est mal de sécher, ai-je dit à June.

– C'est ça.

– Écoutez, ai-je repris. Essayons déjà d'arriver jusqu'à ce soir sans trop attirer l'attention des médias ni devenir des cobayes de laboratoire. OK ?

– Ouais, comme les grenouilles ou les chats dans les expériences, a ajouté June.

May a levé les yeux au ciel :

– On doit synchroniser nos montres, aussi ? Prendre des noms de code ? Prévoir un lieu de rendez-vous secret au cas où ce serait la fin du monde ?

– Ne plaisante pas avec ça.

– Je veux un nom de code génial ! a répondu June. Dans le style des prénoms que les stars donnent à leurs bébés !

Je me suis massé les tempes dans l'espoir de chasser mon mal de crâne.

– Les parents ne pouvaient pas se contenter d'un enfant, ai-je soupiré. Il a fallu qu'ils en fassent deux de plus.

En réalité, j'étais inquiète. On formait un joli trio d'électrons libres, et toutes les deux minutes, j'essayais de voir si May allait disparaître pour zapper un contrôle d'histoire, ou si June allait lire dans les pensées des profs et semer la zizanie chez tous les adultes du lycée.

– Bouge tes fesses, m'a dit June, tandis que May commençait à se diriger vers le bâtiment. Et arrête un peu de flipper. Un jour, tu seras contente de nous avoir.

– Je ne prévois rien de tel dans les dix ans à venir, ai-je ronchonné.

J'ai rattrapé May et je l'ai retenue par le coude, tandis que June passait devant.

– Hé, lui ai-je murmuré. Ne sèche pas, aujourd'hui.

– Ouais, je sais, m'a-t-elle murmuré à son tour.

Et quand elle m'a regardée, j'ai senti ce truc curieux qui fait qu'on peut parler à sa sœur sans prononcer un mot.

Je suppose que c'est toujours un peu spécial quand on arrive à faire ça. Même pour des gens déjà carrément spéciaux dans notre genre.

À mon grand soulagement, la journée n'a pas été si catastrophique. J'ai fait profil bas, en tâchant de ne rien voir du tout. Et ça a marché.

Enfin, jusqu'à midi.

J'étais devant mon casier, en train de sortir des livres et d'en ranger d'autres, quand ce gars s'est penché vers moi pour ouvrir le sien.

– Aïe, ai-je lâché quand il m'a donné un coup de coude sur la tête.

La situation était d'autant plus désagréable que je ne suis pas très grande, alors qu'il était l'équivalent humain d'un séquoia. On aurait pu passer à travers lui en voiture, comme à travers les séquoias du Parc national[1].

Il n'a pas pris la peine de dire « pardon », ni « excuse-

1. *Le* Sequoia National Park*, est célèbre pour ses séquoias géants. On y trouve le* Tunnel Log*, un tronc de séquoia abattu qui a été creusé pour permettre aux voitures de passer dedans.*

moi d'être l'individu le plus grossier de la planète ». Il n'a rien dit du tout.

Je ne connaissais même pas son prénom. Peu importe, d'ailleurs. Je ne l'avais jamais vu avant. Passons.

Donc, on en était là, à se battre pour ouvrir et fermer nos portes de casier, quand j'ai eu une vision. J'ai d'abord cru que c'était un souvenir, mais quand j'ai compris ce qui se passait, j'ai inspiré un grand coup et agrippé la porte de mon casier, comme si mon pouvoir risquait de me faire décoller du sol.

Je ne voyais plus rien autour de moi, même pas le coude débile de Séquoia Boy à quelques centimètres de mon visage. On aurait dit que quelqu'un avait tiré un écran de cinéma devant mes yeux et appuyé sur la touche « Play ».

J'ai vu des gens qui couraient se réfugier dans toutes les encoignures de portes. Il y en avait même qui se précipitaient dehors, les crétins. J'ai vu le sol qui s'approchait en roulant par vagues sous mes pieds. J'ai vu une applique qui tombait ; c'était la lampe fluorescente qui se trouvait juste au-dessus de moi, qui s'abattait sur Julian et moi.

Tiens, je connaissais son nom, tout à coup ?

– … de fermer.

J'ai secoué la tête et levé le nez.

– Quoi ?

– Tu m'empêches de fermer, disait le mec – Julian – en montrant ma main agrippée au bas de son casier.

Il ne pouvait pas le refermer sans me briser les doigts.

– Oh !

Mais quelque chose m'a dit que je devais continuer à me tenir, et j'ai bien fait, parce qu'à la première secousse, on aurait dit qu'un trois-tonnes avait foncé dans le bâtiment.

Il y a eu un concert de piaillements, puis quelqu'un a hurlé : « Tremblement de terre ! » Et j'ai revu mon flash, des gens qui couraient dans les couloirs ou qui filaient dehors. Exactement comme dans ma…

Ma quoi ? Ma vision ? Mon rêve éveillé ? Comme étais-je censée appeler ça, nom de Dieu ?

Le dallage en linoléum s'est soulevé comme une petite vague, s'est enroulé sur lui-même en montant, puis en redescendant, tandis qu'on se faisait secouer par le tremblement de terre. J'étais toujours devant mon casier, cramponnée à la porte métallique, pendant que tout le monde courait autour de nous.

C'est là que j'ai entendu le craquement et vu l'étincelle.

J'ai poussé Julian tellement fort qu'il a vacillé en arrière.

– Mais t'es malade ? a-t-il braillé.

Je l'ai ignoré, trop occupée à esquiver l'applique qui me tombait dessus. Je l'ai entendu crier « Oh, merde ! » au moment où le verre volait partout dans le couloir, et on s'est retrouvés dans le noir.

J'ai su que le séisme n'allait durer que dix secondes et qu'il était de force 5,2 sur l'échelle de Richter, ce qui restait raisonnable pour les normes de la Californie du Sud[1]. L'applique n'était tombée que parce qu'elle

1. *La Californie subit chaque année des milliers de petits séismes.*

était mal fixée. Avant même que ça se produise, j'ai vu des conférences de presse aux infos et la direction du lycée qui évaluait les dégâts. J'ai vu que le prof de chimie aurait besoin de trois points de suture à la main, après s'être coupé avec un tube à essai pendant la secousse.

Les flashs déferlaient si vite que c'était comme si le séisme continuait. Quand j'ai enfin retrouvé une vision normale, mes doigts serraient toujours le bord du casier de Julian.

Encore aujourd'hui, il m'arrive de me souvenir physiquement du contact de ce casier, tellement je le serrais fort.

– Houla, a dit une voix. T'es toute pâle.

– Ouais, ai-je répondu, même si je ne savais pas du tout quelle tête j'avais.

De l'autre côté du couloir, Julian me fixait. Mais avant que j'aie pu en faire autant, on s'est fait cerner par le principal adjoint, qui avait enfin trouvé l'occasion de se servir du sifflet toujours pendu à son cou. TRÎÎÎT ! TRÎÎÎT ! TRÎÎÎT !

Ce bruit était encore pire que le tremblement de terre. Tout le monde avait l'air sonné, ou flippé, ou excité. J'ai aperçu Avery, la fille aux cheveux noirs que May avait failli écraser. Elle faisait clairement partie des flippés. Ça pouvait se comprendre. Mettez-vous à sa place : manquer de se faire renverser par un monospace le lundi et se taper un séisme le mardi ? Je pouvais presque entendre la voix de May dans mon oreille : « J'aimerais pas être elle. »

– Hé, m'a dit Julian.

Mais quand je me suis retournée vers lui, je ne l'ai plus vu. J'avais une nouvelle vision. Cent fois pire que la prémonition d'un tremblement de terre.

Je nous voyais en train de nous embrasser. Il tenait mon visage entre ses mains, et ses yeux étaient d'un brun très sombre et profond. Et sa peau avait l'air plus douce de près que de loin. Il sentait super bon, en plus, une odeur de lessive, même si sa chemise avait l'air d'avoir été portée plusieurs jours. Et sa bouche était… et ses mains…

Hé ho ! on se calme.

J'ai fermé les yeux en serrant très fort les paupières, mais quand je les ai rouverts, c'était toujours pareil. On s'embrassait, je regardais ça comme sur un écran en HD, et je ne pouvais pas l'arrêter.

Quoi ?

Quoi ?

Mais c'était pas possible !!

MAIS ENFIN COMMENT C'ÉTAIT POSSIBLE ?

– Hé, a répété Julian.

Cette fois, je l'ai vu.

– Hé, qu'est-ce que…

Mais j'ai filé devant lui et je suis sortie dans le flux des élèves, en cherchant un moyen de débrancher mon cerveau. J'étais bombardée d'images : de flashs, de brefs aperçus de la vie des uns et des autres. Je ne savais pas si je voyais le passé ou l'avenir, mais je me suis soudain revue à six ans, sur le macadam brûlant, avec mes sœurs.

Je me suis souvenue d'avoir vu May disparaître.

Mes sœurs.

– Oh, seigneur, ai-je murmuré.

C'était comme si je pouvais voir tout ce qu'il y avait devant et derrière moi, mais sans savoir où j'étais. Tout ce que je savais, c'est que j'avais un mauvais pressentiment… et que j'étais la seule à pouvoir prévoir ce qui allait se passer.

chapitre 5

« T'imagines pas à quelle vitesse les choses peuvent changer. »
May

Cet après-midi-là, après le séisme, j'ai été traînée au bureau du principal adjoint. Aucun rapport entre les deux événements ; ils ne m'ont pas accusée d'en être responsable. (N'empêche, ce serait cool, comme superpouvoir.) Ils voulaient juste mettre en place mes cours de soutien.

À choisir, je préférais le séisme.

Heureusement, j'étais dehors quand il s'est produit, prête à m'asseoir sous un arbre pour manger mon sandwich toute seule comme une nullos que je suis. À la première secousse, j'ai disparu avant d'avoir eu le temps d'y penser ; et après, je n'ai pas vu l'intérêt de revenir.

C'est vrai, pour quoi faire ? J'étais assise toute seule. Sous un arbre. Quelle différence que je sois là ou non ?

Je dois dire que disparaître impunément, c'est assez génial. Et devinez ce qui l'est moins ?

Les cours de soutien d'histoire européenne.

Ça aurait pu servir que ma grande sœur voyante m'avertisse de cet épisode ; mais comme par hasard, ça ne lui est pas venu à l'esprit. Et j'ai été convoquée pendant le cours de géométrie pour aller discuter de « l'action à suivre » avec le principal adjoint.

Le cours ne m'a pas trop manqué, mais me retrouver dans ce bureau n'est pas non plus mon activité de rêve.

– Mayyyy, a dit Mr Corday sur le ton « je-ne-suis-peut-être-pas-dans-une-position-d'autorité-entièrement-légitime-mais-quoi-qu'il-en-soit-soyons-amis ». Alors. On me dit que tu aurais besoin de soutien dans l'une de tes matières.

– Vous avez des sources fiables ? ai-je demandé. Des dépositions signées ? Des témoignages oculaires ?

– Les notes de tes deux premiers contrôles.

Il a haussé un sourcil broussailleux. C'est dégoûtant, cette façon qu'ont les sourcils des vieux bonshommes de devenir tout gris et tout longs.

– Oh, ai-je dit. Les contrôles. C'est peut-être un complot contre moi ?

Mr Corday a remonté ses lunettes sur son nez.

– Concentrons-nous sur le problème à régler, a-t-il répondu en sortant les bulletins de l'année passée. Tes notes d'histoire en troisième sont excellentes. Rien que des A et des B.

Il a reposé le papier et croisé les mains dessus.

– Qu'est-ce qui a changé depuis ?

Je n'ai pas pu me retenir de rire.

– Ce qui a changé ? ai-je répété.

« Pour commencer, ai-je pensé, mes parents ont divorcé, on a déménagé, ma mère est stressée, mon père hésite entre devenir un hippie ou un cow-boy, mon foie se rappelle encore d'une certaine soirée tequila, et, oh, j'allais oublier, je peux disparaître instantanément sous vos yeux ! En dehors de ça, pas grand-chose de neuf. »

Au lieu de quoi je me suis mordu la langue pour arrêter de rire.

– Excusez-moi, ai-je dit. En fait, c'est simple. Ma prof d'histoire était vieille et à moitié aveugle. On trichait tous comme des malades. Tout le monde avait des A et des B. Si je n'ai eu qu'un B au contrôle final, c'est parce que j'ai eu la flemme de tricher.

Ce n'était qu'à moitié vrai, mais à moins que ce type soit télépathe comme June, je me fichais qu'il me croie ou pas.

Les sourcils de Mr Corday se sont rejoints comme deux grosses chenilles qui s'attaquent.

– Je te rappelle qu'on applique une politique de tolérance zéro en matière de triche dans cet établissement.

J'ai essayé de faire de grands yeux innocents à la Bambi.

– Mais comme le montrent mes derniers contrôles, Mr Corday, je ne triche pas.

Ha ha ! Il n'a rien trouvé à répondre à ça.

– Je ne triche plus, ai-je réaffirmé. On peut dire que j'ai payé ma dette à la société.

– Bien, entendu, May, je crois que nous sommes d'accord.

Il s'est calé sur sa chaise et a relevé ses lunettes sur son front. Voilà qu'il se prenait pour James Dean.

– Écoute, le fait est que je te crois très intelligente.

– Vous n'êtes pas le seul, ai-je répliqué.

– Peut-être même un peu trop pour ton bien.

J'ai juste cligné des paupières.

– Sans vouloir vous vexer, Mr Corday, je crois qu'il devrait y avoir plus de gens *un peu trop* intelligents pour leur bien.

On s'est fixés l'espace de quelques secondes, et je me suis dit que j'avais peut-être dépassé les bornes et gagné un mois de colle.

Mais il s'est contenté de remettre ses lunettes en me disant :

– Il est exactement quatorze heures cinquante-trois. Tu as rendez-vous à quinze heures avec Henry au CDI.

– Qui ?

– Ton professeur de soutien[1].

J'ai marqué une pause.

– Mon prof de soutien d'histoire européenne s'appelle Henry ? Vous ne trouvez pas ça comique ? C'est lequel ? Henry VIII « Barbe bleue » ? Le « bon roi » Henri ?

– Je te laisse le choix. Quoi qu'il en soit, tu as rendez-vous avec lui à quinze heures au CDI.

Un type qui utilise les techniques de persuasion mentale des Jedi mérite un minimum de respect.

– Pas de problème, ai-je répondu. On a fini ? Je dois

1. *Les cours de soutien sont assurés par des élèves plus âgés. Il s'agit ici de bénévolat, pris en compte dans l'évaluation des élèves et des étudiants.*

aller explorer d'autres moyens d'extérioriser mes angoisses d'adolescente, maintenant que je ne peux plus me planter en histoire.

– May…

– Je blague, je blague, ai-je tout de suite précisé.

Je commençais à avoir des fourmis dans les orteils, et j'avais appris que ce n'était pas bon signe. Toutes ces vannes subtiles m'avaient épuisée. Et je soupçonnais que si je me sentais trop fatiguée, trop en colère, trop tout, je risquais de m'évaporer d'un seul coup.

– À plus tard, Edgar, ai-je marmonné dans le couloir.

Quand je suis arrivée au CDI à quinze heures trois, Henry le Professeur m'y attendait. Je déteste le CDI. Ça sent les vieux papiers jaunis, les rognures de crayon et les intellos. April dit que c'est juste l'odeur de l'histoire et du savoir. Elle n'a pas peur du ridicule.

Henry le Professeur avait la tête plongée dans un livre qui n'avait l'air ni intéressant ni frivole. Mais le plus sidérant, c'est qu'à part son jean, presque chaque pièce de sa tenue vestimentaire venait de Stanford[1] : la chemise, le sweat-shirt, le badge sur son sac à dos et le sac à dos lui-même. Et j'étais prête à parier un paquet de fric qu'il faisait partie de ces petits cons avec une plaque d'immatriculation ringarde qui clame un truc style « Futurs Anciens de Stanford ».

En résumé, Henry était une publicité vivante pour l'université.

La totale. J'adore ces types-là.

1. *L'une des plus prestigieuses universités américaines, située en Californie.*

– Salut, ça gaze ? ai-je lancé dès que j'ai été assez près. On dirait que tu vas avoir le privilège d'effecteur le sauvetage de ma culture en histoire européenne. Je te souhaite bonne chance.

Il a levé le nez, surpris. Il avait les yeux bleus un peu écarquillés et un pli permanent sur le front, comme s'il s'attendait toujours à être déçu.

– Tu es May ? m'a-t-il demandé.

– Tu attendais quelqu'un d'autre ? Ou tu traînes au CDI juste parce que ça t'éclate ?

Il ne m'a pas exactement regardée de travers, mais il n'a pas eu l'air enchanté.

– OK, a-t-il dit lentement. Allons-y.

Je me suis affalée sur la chaise à côté de lui :

– Et toi, tu ne trouves pas ça ironique ?

– Quoi donc ?

Il avait déjà dégainé un crayon et un stylo avec – accrochez-vous – Stanford écrit partout dessus.

– Que tu t'appelles Henry et que tu me donnes des cours de soutien en histoire européenne. Comme s'il n'y avait pas assez de Henry dans cette matière !

Henry s'est contenté de soupirer.

– Je vois, tu es une de ces filles…

Je me suis hérissée :

– Si, par « une de ces filles », tu veux dire une de ces filles hors du commun, à des années-lumière au-dessus des autres, qui ont la malchance de perdre leur temps au lycée pour des raisons indépendantes de leur volonté, alors oui. Oui, je suis une de ces filles. Tu veux adhérer au fan-club ?

Il s'est mis à feuilleter son bouquin de cours et, voyant que je ne l'imitais pas, s'est décidé à me regarder.

– Tu as ton livre ?

– Excellente question.

J'ai retourné mon sac et je l'ai secoué. En sont tombés : un livre de géométrie, des papiers de chewing-gum argentés, quatre Tic Tac arôme pastèque, quelques feuilles froissées, six stylos, un crayon cassé. J'ai inspecté le tas.

– À ton avis ? Tu le vois quelque part ?

Il a soupiré de nouveau.

– Ouais, c'est bien ce que je pensais. Bon, prends le mien.

– Chouette.

Troisième soupir.

– Et tes devoirs ? Tu les as apportés ?

J'ai réfléchi une minute.

– Tu sais quoi ? Ça se pourrait.

Deux minutes trente plus tard, j'ai réussi à extraire de mon sac une feuille toute chiffonnée.

– Ils devraient inventer le fer à repasser le papier, ai-je marmonné en la posant tout au bord de la table.

– C'est fait, a répliqué Henry. Ça s'appelle un classeur.

– Exact ! Ça me dit quelque chose. Mais je ne crois pas à toutes ces technologies modernes.

Je me suis quand même promis de commander des chemises par Internet. À la papeterie de Berkeley[1].

– Alors, a re-re-soupiré Henry. La Prusse.

Il a parlé pendant un moment, mais j'avoue que je

1. *Université californienne, concurrente de Stanford.*

n'ai pas écouté un mot de ce qu'il racontait. Ça me semblait totalement impossible de me concentrer sur le passé alors qu'il se produisait autant de choses dans le présent. J'étais à peu près sûre que ce qui nous arrivait, à mes sœurs et à moi, n'était jamais arrivé à personne avant. Ou alors, ces bouquins d'histoire n'abordaient pas les sujets essentiels.

Pendant ce temps-là, Henry était parti à fond dans ses histoires du passé. Il commençait même à s'emballer. C'est le genre qui ferait craquer April, un type qui se passionne pour les cours, le lycée et les projets de vie professionnelle. Moi, ça ne me fait ni chaud ni froid. « Fais tous les plans que tu veux, mec, me suis-je dit. T'imagines pas la vitesse à laquelle les choses peuvent changer. »

– On peut faire une pause ? ai-je demandé après un petit quart d'heure. Ma sensibilité à fleur de peau commence à être mise à l'épreuve par toute cette passion.

– Oh, laisse-moi deviner, a dit Henry. C'est une vanne !

– Oui, je suis une grande comique. Mais je te demanderai de ne pas le répéter, c'est un secret.

Bref, pas la peine de vous faire un dessin ; Henry et moi, on n'était pas partis pour devenir les meilleurs amis du monde.

– C'est bien ça. Une de ces filles.

Ces mots m'ont fait l'effet d'un chiffon rouge agité devant un taureau. Brusquement, j'aurais voulu avoir le superpouvoir de tirer des boules de feu avec mes yeux pour pulvériser ce type.

– C'est quoi, ton problème ? ai-je fini par demander. Bon Dieu, si tu ne veux pas me donner de cours, surtout ne te force pas. Ça ne me privera pas, je t'assure. Vu comme t'es ouvert sur l'extérieur, tu ne dois pas connaître, mais il y a une série télé qui s'appelle *Les cinq minutes d'Henry.* Parfait pour moi.

Il a levé les yeux au plafond et agité la main en direction du foutoir que j'avais mis sur la table.

– Ça t'ennuierait de ranger ?

– Houla, M. l'Étudiant Modèle, le désordre, ça te met mal à l'aise ? Tu dois prendre des pilules pour supporter l'existence ?

– Écoute, si je suis là, c'est parce que le bénévolat m'ajoute des points dans mon dossier, m'a balancé Henry. Ça ne m'amuse pas non plus. Mais Stanford…

– Qui c'est, Stanford ?

D'accord, c'était vache ; mais trop tentant. Je n'ai pas pu résister.

– Qu-qui c'est, Stanf… a-t-il bégayé.

– Respire à fond, ai-je dit en croisant les bras. Je blaguais ! Et bon Dieu, qu'est-ce que tu veux dire par « ces filles » ? Ça sous-entend quel genre de perturbations psychologiques, au juste ?

– Je veux dire, a crachoté Henry, que tu es une de ces filles qui ne fichent rien parce qu'elles se croient super cool et très au-dessus de tout le monde. Vous vous imaginez que vous en bavez parce que vous avez cette… cette image d'une vie parfaite comme dans les magazines. Honnêtement, est-ce que tu as des projets, au moins ? Des buts dans la vie ?

– Parfaitement ! Par exemple, m'abstenir de t'agresser physiquem…

Tout à coup, j'ai senti des fourmis dans mes orteils. Malgré toute l'envie que j'avais de l'agresser verbalement, impossible ; pas au risque de disparaître d'une minute à l'autre.

– Faut que j'y aille, ai-je déclaré en posant un pied, ou plutôt un demi-pied par terre.

Les toilettes étaient à moins de trois cents mètres, mais je n'étais pas du tout sûre d'y arriver à temps.

– Je… je… À plus !

Henry m'a regardée bondir de ma chaise, attraper mon sac et foncer vers la porte de derrière.

– May, attends… !

– Ç'a été un plaisir ! ai-je sifflé par-dessus mon épaule juste avant de claquer la porte.

Et j'ai filé dans le couloir en quête d'un endroit où je pourrais être nulle part.

chapitre 6

« Il s'avère qu'être télépathe a aussi ses avantages. »
June

J'avoue, je n'étais pas dans ma forme la plus pétillante ce mardi matin. J'étais restée les yeux ouverts de deux heures quarante-sept à quatre heures trente-trois la nuit précédente, à écouter tous ceux qui ne dormaient pas non plus. J'avais découvert que plus c'était calme, mieux j'entendais. Dans les couloirs du lycée ou autres, j'ai juste l'impression d'une cacophonie. Mais la nuit, quand toute la planète a l'air endormie, j'entends ceux qui restent éveillés comme s'ils me murmuraient à l'oreille.

Il y a des trucs sans intérêt – les voisins qui s'inquiètent pour leurs crédits et leurs remboursements – mais d'autres voix sont terribles. Il y a ce SDF qui hurle toute la nuit au carrefour un peu plus loin – un sac de nœuds incompréhensible, tellement enragé que je dois me fourrer la tête sous l'oreiller. Ça n'arrête pas le bruit mais, au moins, je me sens moins exposée.

Le seul truc sympa à mon réveil, ce matin-là, c'était l'idée de ma jupe rose.

Je vous explique. Je ne l'ai pas mise parce que c'était ma jupe préférée de tous les temps. D'accord, elle est chouette, mais le but était d'épater Mariah et Daphné et Jessica. Maintenant que je pouvais lire dans les pensées, j'allais pouvoir connaître l'opinion des autres sur toute ma garde-robe.

Il s'avère qu'être télépathe a aussi ses avantages.

April déteste Mariah et sa bande. Elle les appelle les Angela, à cause d'une certaine Angela qui se moquait d'elle en CM1 parce qu'elle avait des bonnes notes. J'ai essayé de lui expliquer que ces filles-ci n'étaient pas comme cette fille-là, et que ce serait sympa de garder pour elle les traumatismes de sa petite enfance, mais elle ne m'a pas écoutée.

– C'est des filles bien ! Elles font du bénévolat, ai-je ajouté en désespoir de cause.

– Bien obligé, m'a-t-elle répondu. Ça compte dans la moyenne de fin d'année.

Je ne me fatigue même pas à en parler à May. Pas besoin d'être télépathe pour savoir ce qu'elle en pense. De ce point de vue, elle est assez transparente.

Bref. April et May sont trop vieilles pour se rappeler l'effet que ça fait d'entrer au lycée. Elles ont oublié que c'est comme passer de deuxième en première division au foot. Et après le lycée, il y a la fac. Et si je ne me débrouille pas pour devenir populaire maintenant, autant que j'entre tout de suite au couvent et que j'apprenne à préparer la soupe pour les orphelins ou je ne sais quels trucs que font les bonnes sœurs, parce que ce sera cuit.

(Et aussi, je ne l'ai jamais dit à personne, mais chaque fois que je pense à l'entrée en fac, ça me stresse. Le genre d'angoisse qui donne des nœuds dans l'estomac. Je vais devoir quitter la maison ? Ma chambre ? Mes amies ? Ma mère ? Payer des milliers de dollars pour vivre sur un campus[1] ?)

April et May ne savent pas non plus que le jour de la rentrée, j'ai déjeuné toute seule. Sérieusement, je mourrais si elles – ou n'importe qui – l'apprenaient. Je me suis planquée dans un coin super à l'écart, près du terrain de foot, derrière un arbre. Mais un arbre, ça n'est pas pareil qu'un ami, et rester assise dans la poussière à regarder tout le monde parler à tout le monde, ce n'est pas comme ça que je rêve de passer mes déjeuners pendant les quatre ans à venir. Merci bien.

Évidemment, c'était avant que je sois télépathe. Ça, ça a complètement changé les règles du jeu, et ça me mettait en position de capitaine de l'équipe de tous les joueurs.

En piste, les gars !

Il n'y avait qu'un détail entre moi et la popularité absolue : ma jupe rose.

Il se passe un drôle de truc quand on franchit les portes du lycée. Peut-être que ça vous fait pareil. Je ne sais pas à quoi ressemble votre vie, mais toutes ces tenues qui ont l'air sympas tant qu'on se regarde dans

1. *Aux États-Unis, les études supérieures sont payantes et souvent très chères. S'y ajoute le coût du logement sur le campus.*

le miroir à la maison deviennent brusquement un désastre dans les couloirs du lycée.

Je sais que tous les magazines incitent à exprimer sa personnalité, mais à moins d'être le mannequin retouché sur la photo, c'est plus facile à dire qu'à faire. Je préfère cent fois suivre le mouvement que de retourner une fois en cours avec un serre-tête. (Très mauvaise idée, mais je n'étais qu'en quatrième, je ne pouvais pas savoir.)

À en juger d'après les pensées de ceux que j'ai croisés dans le couloir mardi avec ma jupe rose, j'allais rejouer l'incident du serre-tête. Dans ma hâte de lire dans leurs pensées, j'avais oublié que j'allais effectivement connaître leur opinion.

« Elle devrait mettre une jupe un petit peu plus courte, on verrait son cul. »

« Le rose, ça se porte encore ? »

« Elle s'est ficelé de la barbe à papa autour de la taille ou quoi ? »

Vous voyez l'idée. En tout cas, pour moi, c'était clair.

Il fallait que je prenne le réflexe de venir en cours avec une tenue de rechange. Le truc normal : un jean et un sweat à capuche. Quelquefois, je rêverais d'être comme May, qui a le don de se fondre dans la masse. Moi, je ne sais pas faire, et des fois, j'aimerais bien.

Après trois heures de cours, je songeais sérieusement à trouver April pour la supplier d'échanger ses fringues avec moi. Peut-être qu'elle avait vu ce qui se passait et qu'elle allait voler à mon secours. Peut-être qu'elle me ramènerait à la maison pour que je mette une autre jupe. Ou un truc basique du genre jean, par exemple.

Eh non. Le bête cerveau de ma sœur avait beau voir le futur, il ne voyait pas les choses importantes, apparemment.

J'ai passé le reste de la journée à me concentrer à fond pour ne pas entendre les autres penser. C'est du boulot. Ça énerve mes sœurs que je lise dans leurs pensées, mais elles ne se rendent pas compte. Imaginez que les gens défilent les uns après les autres pour vous confier tous leurs secrets, et que certains de ces secrets soient les trucs les plus croustillants que vous ayez jamais entendus. Et que d'autres vous empêchent de dormir pendant les trois nuits suivantes. Essayez de faire ça une journée et dites-moi comment vous vous sentez. Dites-moi si vous avez encore des amis, si vous aimez toujours vos parents, si vous connaissez encore une seule personne comme vous croyiez la connaître. Allez-y.

Et si vous aviez à supporter ça, je n'irais pas vous reprocher une seconde de porter une jupe rose limite vulgaire.

Ensuite, bien sûr, il y a eu le séisme. Là encore, merci, April. À quoi bon être capable de lire l'avenir si on ne peut même pas prédire un tremblement de terre ? Je commençais à me dire qu'elle allait être le maillon faible de notre chaîne.

Je hais les séismes. Je hais quand la terre tremble, et quand les immeubles se mettent à craquer et à gémir. Ce n'était même pas un gros séisme, mais j'ai dû me taper les pensées de tout le monde.

« Top ! » « Mon chien va flipper à mort. » « Elle a pas de soutif. Vive les tremblements de terre ! »

(Celle-là, c'était Jeremy Stetson. Un sale pervers !)

Pendant plusieurs minutes non-stop, des centaines de pensées se sont bousculées dans mon cerveau, et j'ai secoué la tête comme si elle était pleine d'eau dans l'espoir de les chasser.

« Pourvu que papa n'ait rien – Et si ma mère – Je me demande s'il y aura cours lund… Merde, qu'est-ce que c'est que… »

Impossible d'arrêter le flot. Je me suis même mise à chanter « Supercalifragilisticexpialidocious[1] » dans ma tête, mais ça n'a fait qu'ajouter au bruit et je ne me rappelais pas la suite. Franchement, j'ai cru que j'allais devenir dingue.

J'étais tellement mal qu'à la fin des cours, je ne me suis même pas demandé si j'avais la peau qui brillait ou si ma frange rebiquait comme elle fait toujours, même si je la lisse au fer pendant des heures. J'ai tout juste réussi à ramasser mes livres pour aller attendre April dehors, puisqu'elle devait nous reconduire. S'il y a un truc que je déteste plus que les araignées et les tremblements de terre, c'est de camper au lycée après les cours. Tous les élèves cool se font reconduire par des amis, et nous, les p'tits de troisième, on reste à la traîne comme des crétins. April est toujours en retard, et pendant qu'elle parle avec un prof ou qu'elle rend

1. *Titre de la chanson de Mary Poppins. On prononce ce mot quand on ne sait pas comment exprimer quelque chose ; il est aussi censé avoir le pouvoir de sortir les gens des situations difficiles.*

ses devoirs optionnels spécial intellos, moi, je campe là toute seule, en me disant que je suis nulle parce que je n'ai pas d'amis.

Au bout de vingt minutes, comme elle n'arrivait pas, j'ai sorti mes petites antennes pour entendre les voix de mes sœurs. (Juste entre nous, ça me plaît de me voir avec des antennes. Je ferais une abeille super adorable.)

J'ai fait deux fois le tour du bâtiment mentalement en essayant de les repérer, sans succès. Et comme il n'y avait plus personne, je ne pouvais même pas lire les pensées des autres pour m'occuper. Quand ils ne sont pas trop nombreux et qu'ils laissent leurs pensées vagabonder, ça peut être sympa d'écouter les autres. C'est comme faire la planche dans la mer, en se laissant porter par les mots. Aucun effort requis.

Je faisais le tour pour la troisième fois quand j'ai vu quelqu'un sortir du bureau de la direction, avec juste un livre de cours dans ses mains de porcelaine. « C'est ça, c'est ça, pensait-elle. Qu'est-ce que j'en ai à fiche de l'espagnol ? C'est pas demain que j'irai au Mexique. »

C'était Mariah. J'aurais reconnu cette voix – enfin, ces pensées – n'importe où. Je me suis approchée mine de rien, en évitant de ressembler à ces gens qui se mettent à transpirer tellement ils ont envie de vous parler. Bien sûr que je ne suis pas ce genre-là, mais bon, la semaine dernière, je n'étais pas non plus télépathe. On ne peut jamais prévoir ce qui va se passer.

– Oh, ai-je fait une fois près d'elle.

Je ne connaissais personne d'autre qui puisse mettre

autant d'eye-liner sans avoir l'air d'un panda déprimé. Ses cheveux bruns avaient des reflets rouge-framboise, et ils étaient super lisses, comme si les boucles n'avaient pas leur place dans son monde. J'ai inspiré à fond et prié pour ne pas avoir l'air d'une débile :

– Heu, salut.

Elle m'a regardée des pieds à la tête et m'a cataloguée en une fraction de seconde, tellement vite que je n'ai pas eu le temps de saisir sa pensée.

– Oh, salut. Ça va ?

– Ça peut aller.

J'espérais que ma jupe rose était encore un peu bouffante, et pas toute raplapla comme elle m'avait semblé toute la journée. Jessica et Daphné, deux filles que j'avais déjà vues avec elle, ont surgi de nulle part pour encadrer Mariah comme les gardes de la Reine. À en juger par leurs pensées, elles n'étaient pas super fans de moi. Jessica me toisait du haut de son petit nez en pente de ski, et les taches de rousseur de Daphné avaient l'air de plus en plus sombres au fur et à mesure qu'elle me fixait.

Clairement, pas super sympa, comme groupe.

« Qu'est-ce qu'elle me veut ? » a pensé Mariah en me dévisageant.

J'ai bondi sur l'occasion avant qu'il ne soit trop tard.

– J-je voulais te dire, j'adore tes cheveux.

« Je rêve », a pensé Jessica tout en m'adressant un petit sourire.

Mais la pensée de Mariah a jailli comme si je venais d'allumer la télé.

– Merci, m'a-t-elle répondu.

Il y a eu un petit silence un peu gêné, juste le temps que Daphné pense : « Bon, on peut y aller, là ? », avant que j'ajoute :

– Tu te sers d'un fer ? Parce qu'ils sont toujours superbes, tout lisses.

« Stop ! ai-je pensé. Stop ! Danger ! T'en fais trop ! »

Mais Mariah n'y a même pas songé.

– Ouais, merci. J'arrive jamais à les avoir aussi lisses avec un sèche-cheveux.

D'un coup de tête, elle les a rejetés en arrière, d'une façon tellement cool qu'à côté d'elle, je me suis sentie totalement cruche.

Jessica et Daphné ne l'ont pas très bien pris. J'ai perçu comme un nuage de jalousie, qui n'avait rien à voir avec moi. Elles ne me voyaient même pas. C'était de Mariah qu'elles étaient jalouses. Trèèès instructif.

– Et comment tu t'appelles ? m'a demandé Mariah.

– Moi, c'est June. J'attends ma sœur April.

Elle a eu un sourire en coin.

– April et June ?

– Et on a une autre sœur au milieu qui s'appelle May, ai-je précisé.

Là, elle s'est carrément marrée :

– Laisse-moi deviner. Tes parents sont des hippies ?

Mais sans me laisser répondre, elle a tout de suite enchaîné :

– J'avais un problème à régler dans mon emploi du temps. Sinon, je te jure, j'aurais mis les voiles depuis une paie.

Elle mentait. Elle était là parce qu'elle avait de sales notes en espagnol et qu'elle avait été convoquée par le principal adjoint. C'était censé être un entretien parents-professeur, mais sa mère n'était pas venue. « La garce », avait pensé Mariah, et ce mot dans sa tête avait résonné d'une manière glaciale.

Bizarrement, son mensonge me mettait en position de force. Mariah me mentait à moi, elle essayait de se donner une meilleure image en face de moi, une minable petite troisième !

Je me suis dit que c'était à ça que devaient ressembler les portes du Paradis.

– C'est cool, ai-je répondu. Je connais ça. J'ai tout essayé pour lâcher les cours d'espagnol, mais c'est pas gagné. Franchement (je me suis rappelé ce qu'elle avait pensé un peu plus tôt), c'est pas demain que j'irai au Mexique ! À quoi ça va me servir ?

Cette fois, elle m'a souri, un vrai sourire :

– Ouais, et en plus, en Europe, ils parlent tous anglais. On n'a même pas besoin de parler espagnol pour aller au Maroc ou ces pays-là.

Le Maroc est en Afrique du Nord, mais peu importe. Ça aurait pu être une banlieue de l'Ohio, pour ce que j'en avais à faire.

– Mais ouais ! ai-je acquiescé. Et on se fiche même de savoir où ça se trouve, une fois qu'on y est !

Mariah a ri, et j'ai vu une rafale d'images lui traverser la tête. Elle pensait à des fêtes, des fêtes auxquelles elle avait assisté. Une petite maison pleine de monde, des gobelets en plastique rouge partout, de la musique tellement à fond que ça fait mal, une vraie fête de lycée. Des gens qui rient. Des filles qui dansent. Mariah avec un garçon, qui a un bras autour de ses épaules.

Moi aussi, j'aurais voulu y être. Je n'avais jamais eu envie d'un truc à ce point-là. À part d'un chiot labrador quand j'avais quatre ans. Et de ces petites chaussures rouges à boutons quand j'avais huit ans. Et des billets pour aller voir… Bon, d'accord, j'ai eu envie d'un tas de trucs dans ma vie, mais tout à coup, celui-là était vital. Depuis le temps que j'attendais que la vraie vie commence, il semblait que peut-être, là, ça allait enfin arriver. Ouais, c'était nul d'avoir dû quitter nos amis et notre quartier, mais ça pouvait être une super occase, justement. Il était temps que je chasse de ma tête tout ce qui pouvait me déprimer pour me jeter dans une nouvelle vie, la vie que j'étais censée vivre. Finis, les déjeuners en solitaire. Finis, les moments embarrassants dans les couloirs. Mon cœur s'est mis à battre plus vite, et j'ai souri tout à coup.

Mariah a agité la main derrière son épaule :

– Tu veux qu'on te dépose ? Blake, mon mec, passe me prendre dans quelques minutes. C'est cool.

J'allais ouvrir la bouche pour dire « Oui ! » quand j'ai entendu une voix dans ma tête.

« Numéro d'escamotage à la con en plein cours de soutien… et Henry, pauv' connard, oui… »

Devinez qui c'était.

– Heu, c'est sympa mais je peux pas, ai-je soupiré. Faut que j'aille, heu, retrouver ma sœur.

J'ai maudit May intérieurement.

– OK, cool, m'a répondu Mariah.

Elle s'est tournée vers Jessica et Daphné :

– Et vous, les filles ?

– Non, on doit réviser. Y a intérêt, ou on va se planter en chimie.

Mais elles n'allaient pas réviser. Elles allaient traîner chez Daphné en regardant des DVD nuls et en buvant du Red Bull. Je l'ai su parce que je l'ai vu dans leurs têtes.

Et quelque part dans la mienne, un plan a commencé à germer.

– C'est vous qui voyez, leur a dit Mariah.

Puis, en se tournant vers moi :

– À plus, alors !

– Salut.

Le ton sur lequel j'ai dit ça m'a paru totalement débile, mais sa pensée m'a prise de court :

« Sympa, sa jupe. »

J'ai souri jusqu'aux oreilles en tortillant l'ourlet de ma jupe-soudain-géniale. La vache, April et May ne voudraient jamais croi…

May.

Mince.

L'horloge du hall indiquait quinze heures vingt-deux quand je suis entrée dans le bâtiment pour aller dans les toilettes des filles, d'où les pensées de May me parvenaient par intermittence, comme une ampoule qui clignote. Je me suis demandé qui était Henry, et j'avoue que j'étais impressionnée par la capacité de ma sœur à caser autant de gros mots dans une seule phrase.

Dans les toilettes, j'ai tiré le verrou de la porte principale derrière moi. May n'était nulle part, et j'ai commencé à regarder dans chaque cabinet.

– Allez, May, ai-je marmonné. J'ai horreur des toilettes publiques. C'est cracra.

– June ?

C'était sa voix. La vraie ; pas celle que j'entends dans ma tête. J'ai ouvert doucement la porte du dernier cabinet.

Elle était appuyée contre le mur, le visage dans les mains. Elle m'a regardée entre ses longs doigts.

– Super, a-t-elle dit avant de les resserrer devant ses yeux. Qu'est-ce que tu fiches ici ?

– C'est simple, j'adore traîner au lycée après les cours.

J'ai levé les yeux au plafond.

– Sérieusement, qu'est-ce qui cloche ? Henry, c'est ton prof de soutien d'histoire ?

May a ôté ses mains et m'a jeté un regard de la mort.

– Ne prononce pas ce nom devant moi. Encore mieux, ne lis pas dans mes pensées. Qu'est-ce que tu fiches ici ?

Elle s'est dirigée vers le lavabo pour se laver les mains.

– Je t'ai entendue. Tu braillais dans mon cerveau. Alors, je suis venue à la rescousse. Dommage que j'aie laissé ma cape au pressing. Je serais arrivée plus vite.

L'humour de superhéros, ça ne se démode jamais.

– Ah ouais ? a fait May en s'aspergeant le visage.

Elle ne m'écoutait même pas ; elle m'a rappelé ce daim qu'on avait vu une fois dans notre jardin, avec de grands yeux égarés et des pattes toutes tremblantes.

– Ouais. Alors, c'est qui, Henry ?
– L'un des nombreux rois d'Angleterre. Tu savais pas ?
– Non, je veux dire le Henry d'aujourd'hui. C'est qui ? Il a dit quoi ?

May a arraché quelques serviettes en papier du distributeur avec plus de force que nécessaire, avant de se tourner vers moi pour marmonner :

– T'as l'air de bonne humeur. Qu'est-ce qui te met d'aussi bonne humeur ?

J'ai soupiré en inspectant mes ongles. Il était grand temps que je me remette du vernis. Je pourrais peut-être me faire une French manucure, comme Mariah. J'ai pris l'air innocent.

– Oh, rien. J'ai juste l'impression qu'on va devenir copines avec Mariah. Elle est géniale, et ses amies la détestent.

May a éclaté de rire :

– Trois bonnes raisons d'être en extase, je reconnais.
– Ouais, bon.

Je n'avais pas le temps pour sa complainte habituelle ; elle voit toujours le verre à moitié vide.

– Alors, demain ? Tu crois que je devrais parler à Mariah ou plutôt… ?
– Bon sang, June, j'en sais rien ! J'ai assez à faire avec le fait que je me suis énervée contre Henry et qu'on a commencé à se disputer et que, du coup, mon pied a disparu et que j'ai dû m'enfuir du CDI comme une foutue pestiférée !
– Ouais, parce qu'on n'était pas en train de parler de moi ni rien, ai-je lâché.

Personne ne m'écoute jamais, ça devient lassant à la fin. Le cerveau de May était un embrouillamini de jurons, d'adrénaline et d'images de la tête d'Henry. Impossible d'extraire une pensée cohérente de ce magma, et soudain, j'ai eu une illumination.

– J'y crois pas, ai-je déclaré en tâchant de me retenir de rire. Tu le kiffes ?

Elle s'est tournée vers moi si brusquement que ses cheveux ont failli me fouetter le visage.

– Cette fois, c'est sûr, June, tu nages en plein délire.

– Non, moi je détecte la vérité, ai-je répliqué, avant d'esquiver le paquet de serviettes en papier qu'elle me balançait.

– Tu es une psychopathe.

– Je révèle la lumière.

– Un cas type d'aliénation mentale.

J'ai cherché une bonne riposte, mais je n'en ai pas trouvé.

– Tu sais de quoi tu parles, ai-je fini par lâcher.

– Ha ! Tu jettes l'éponge.

May a glissé ses cheveux derrière ses oreilles et ajouté :

– La seule circonstance qui pourrait me faire apprécier Henry, c'est s'il servait de mannequin pour les placages à l'entraînement de foot.

Puis elle a ajouté :

– Ça va être nettement plus dur que ce que je pensais.

– Quoi ?

« À ton avis ? » a-t-elle pensé, visiblement dans le but que je l'entende.

– Oh, ai-je fait. J'y suis.

– Franchement, t'en as pas marre de lire dans les pensées des autres ?

J'ai haussé les épaules.

– Pas vraiment. C'est comme écouter plusieurs radios en même temps. Mais aujourd'hui, j'ai pu lire les pensées de Mariah. C'était super cool.

May m'a regardée :

– C'est tout ?

– C'est énorme ! ai-je protesté. Elle aime bien ma jupe !

May s'est contentée de secouer la tête et s'est baissée pour ramasser son sac.

– C'est bon de savoir que certaines choses ne changent pas, a-t-elle grommelé. Tu es toujours attirée par ce qui brille. Surtout, n'encombre pas ta jolie petite tête avec des choses trop compliquées.

– Oh, toi, ça va ! me suis-je exclamée en repoussant ma frange sur le côté. Tu t'es regardée ? Toi aussi, tu pourrais épier les conversations ! Et tu fais quoi ? Tu fuis tout le monde ! Quelle paumée tu fais !

– Excuse-moi si je ne tiens pas à provoquer une hystérie collective en me volatilisant sous le nez de tout le lycée !

– Excuse-moi si j'essaie d'exploiter nos pouvoirs intelligemment ! ai-je rétorqué. Désolée de vouloir me faire des amies et influencer les gens comme le ferait n'importe qui de normal !

– Tu nous trouves normales ? s'est-elle mise à brailler.

On se toisait, maintenant, et il était clair qu'April

n'avait pas prévu ça, ou elle aurait rappliqué depuis longtemps…

Il y a eu un coup à la porte.

Oh. Elle nous avait peut-être vues, finalement.

– Les filles, je sais que vous êtes là ! a lancé April.

Puis, plus doucement :

– Vous l'ouvrez, cette porte ? J'ai l'air d'une idiote, là !

Je suis allée tirer le verrou :

– Parfait timing, ai-je commenté.

– Merci.

Elle a regardé derrière moi :

– Où est May ?

Je me suis retournée, pour constater que notre sœur avait encore disparu.

– Ça devient une manie, ai-je marmonné. Et je sais que tu m'entends, May !

Elle est réapparue si vite que je n'y ai vu que du feu. Une seconde plus tôt, il n'y avait personne, et tout à coup, elle était là.

– Salut, la compagnie, a-t-elle fait. Quoi de neuf ?

April a levé les yeux au ciel.

– J'ai raté quelque chose ?

– À toi de nous le dire, a répliqué May. C'est toi qui savais qu'on était là-dedans. Et merci de nous avoir prévenues pour le séisme. Sympa.

– Ouais, ai-je renchéri. On ne sait jamais, j'aurais pu mourir.

– Je le savais, figurez-vous. Et personne n'est mort. On peut y aller ? Franchement, vous ne pouvez pas vous chamailler ailleurs que dans des toilettes ?

J'ai pris mon sac, May a remonté la bretelle du sien sur son épaule et on est sorties des toilettes derrière April.

– Au fait… a commencé May.

Mais à ce moment-là, j'ai capté une pensée si intense chez April que je n'ai pas pu l'ignorer.

« Je vais sortir avec ce mec-là ?! » couinait son cerveau. « Avec Julian ?!! C'est pas vrai ! Dites-moi qu'il y a une erreur ! Il ne m'attire pas du tout ! Comment je pourrais… ! »

– J'y crois pas ! me suis-je exclamée.

Mes deux sœurs se sont retournées vers moi.

– J'y crois paaas ! ai-je répété, avant de coller ma main devant ma bouche.

– Quoi ? a fait April en jouant l'innocente.

Je lui ai donné un coup de coude :

– Tu sais très bien *quoi* ! Je t'ai vue ! Avec lui !! Dans tes pensées !

– Tu as vu ça ? a-t-elle lâché dans une sorte de plainte étouffée, plus flippante qu'un hurlement.

– Avec qui ? a demandé May, perdue. C'est qui, « lui » ? Qu'est-ce qui se passe ?

– June, je te jure que c'est pas…

– Il s'appelle Julian, ai-je dit à April, juste pour lui prouver que je ne mentais pas. Tu sais que tu ne peux pas me raconter d'histoires ; je lis dans tes pensées ! J'y crois pas, j'y crois pas !

– Ce n'est pas parce que tu sais faire quelque chose que ça t'en donne le droit ! a riposté April, qui prenait une jolie teinte écarlate.

– Quoi ? a fait May. Enfin, qu'est-ce qui se passe ?

J'ai regardé April avec un sourire jusqu'aux oreilles. J'en ai rajouté une couche :

– Je ne savais pas que tu aimais les rebelles !

April a serré son livre contre sa poitrine et soupiré.

– Je suis totalement, complètement, niquée. Au sens figuré.

chapitre 7

« On est comme... les sœurs Halliwell ! »
April

J'aurais préféré être n'importe où, plutôt que coincée dans une voiture avec mes sœurs. June pépiait sans arrêt à propos de sa jupe et de Mariah et Dieu sait quoi, puis elle se mettait à glousser en me regardant dans le rétroviseur. May boudait parce qu'on ne voulait pas la mettre dans le coup et, une fois arrivée à la maison, elle est montée dans sa chambre d'un air furieux.

– Crétines de frangines qui font mumuse avec la télépathie… a-t-elle marmonné.

– J'ai entendu ! a lancé June.

– C'était fait pour ! a répliqué May.

Qu'elles se disputent si elles voulaient. J'avais d'autres chats à fouetter, comme le fait qu'apparemment, j'allais sortir avec Julian.

J'étais déjà en train d'élaborer mon plan de « Comment éviter Julian pour toujours et à jamais ». J'avais décidé d'arriver en avance au lycée pour ne pas le croiser devant nos casiers, je prendrais tous mes livres avec moi pour ne pas le voir pendant la journée, et je traînerais assez longtemps le soir pour qu'il soit parti quand je retournerais les ranger.

C'est chouette, les plans. J'aime bien avoir un plan.

– C'est à lui que tu penses ?

En levant le nez, j'ai vu June dans la cuisine, les poings sur les hanches, attendant visiblement une réponse.

– Quoi ?

– T'as pas écouté un mot de ce que je viens de dire ! m'a-t-elle rétorqué. Mais je t'en veux pas. Je comprends, t'es sans doute trop occupée à penser à Julian.

– Je ne… ! ai-je commencé à protester.

Puis, j'ai revu ma position :

– Je vais rester très calme, ai-je repris. Extrêmement calme. J'irradie le calme comme un yogi, telle que tu me vois.

– Mais oui, dalaï-lama.

– Tu ne pourrais pas parler normalement ?

June a rigolé.

– Pourquoi ? Scoop, April : on n'est pas normales.

– Toi, c'est sûr, tu ne l'as jamais été.

Je suis montée dans ma chambre, impatiente de me retrouver seule, à l'abri de ma petite sœur télépathe.

– J'estime à sept sur dix tes chances de changer d'avis là-dessus, a-t-elle crié dans mon dos.

Mais j'étais déjà trop loin pour répondre.

En passant devant la chambre de May, je l'ai vue allongée sur son lit avec son iPod, en train de classer ses photos sur son ordinateur. Je les avais regardées deux ou trois fois ; il n'y avait que des photos de Paris et de chanteurs français et ce genre de trucs.

– Tiens, voilà cinquante pour cent des fouineuses paranormales ! a-t-elle dit en levant le nez. Dégage.

J'ouvrais la bouche pour répondre quand June s'est mise à hurler en bas :

– On s'est fait cambrioler ! Vite, appelez la police !!! Allez voir s'ils ont pris quelque chose dans ma chambre !

J'ai foncé dans la mienne pour m'assurer que mes *Harry Potter* y étaient encore. Mon père et moi, on avait lu toute la série ensemble, et je ne pouvais pas concevoir qu'il leur arrive quelque chose. Ils étaient là, rangés dans l'ordre dans ma bibliothèque. En bas, June hurlait toujours.

May et moi, on est descendues en trombe. J'avais une boule dans la gorge. Je n'avais rien remarqué qui puisse indiquer un cambriolage ! Ce n'était pas possible ! À côté de moi, May avait disparu, mais je sentais sa présence. J'ai presque perçu son rythme cardiaque à un moment, et j'ai deviné que j'avais dû passer à travers elle dans ma précipitation.

June était là, la télécommande dans une main, un doigt accusateur pointé vers l'espace vide normalement occupé par notre télé. Elle s'était volatisée, laissant un trou béant au milieu du salon.

– Regardez ! a hurlé June. Ils l'ont emportée !

May a réapparu brusquement, les yeux fixés sur le vide, comme nous, puis elle s'est tournée vers moi en croisant les bras :

– Félicitations, April, a-t-elle entonné. Depuis que tu

prédis l'avenir, on a failli renverser cette nana, là, Avery...

– *Tu* as failli ! ai-je rectifié.

– ... on s'est tapé un séisme et un cambriolage. Tu es bien sûre que tu vois l'avenir, ou tu nous mènes en bateau ?

– Oh, je te garantis qu'elle le voit, est intervenue June.

J'aurais davantage apprécié son soutien si j'avais été sûre qu'elle ne pensait pas à Julian. Elle montrait toujours le trou béant à la place de notre équipement audiovisuel. Je lui ai fait baisser le bras.

– On ne montre pas du doigt, ai-je déclaré par habitude.

– Oh, mais si, parce que notre télé a disparu !

– Bon, une petite minute, ai-je commencé.

May m'a interrompue, une fois de plus :

– Pourquoi, April ? On attend quoi ? Que le plafond nous tombe sur la tête ? C'est vrai que tu ne risques pas trop de le savoir.

– Je pense juste qu'on devrait appeler maman avant de péter un câble.

Dix minutes plus tard, la situation s'était considérablement calmée.

– Oh, a fait maman dans un soupir, une fois que June lui eut signalé la disparition de la télé avec le téléphone sur haut-parleur. Ouais, votre père a voulu la récupérer.

– Papa ? a demandé May. On ne vend pas de télés, à Houston ? Il était obligé de prendre la nôtre ?

– Écoutez, votre père dit qu'elle est à lui, a répondu

maman. (Toujours ce « votre », comme on dirait « votre cor au pied » ou « votre grippe intestinale ».) Il a dit que quelqu'un passerait la prendre. Désolée, les filles, je croyais vous en avoir parlé.

May était furax, mais June avait des préoccupations plus graves.

– Mais il y a *Survivor*[1] ce soir ! a-t-elle gémi.

Ça m'a fascinée qu'elle semble aussi traumatisée par l'idée de rater *Survivor* que par celle d'un cambriolage. Je l'adore, mais franchement, elle a une sensibilité un peu limitée.

– Toi, la ferme, m'a-t-elle balancé.

– Mais j'ai rien dit ! Et arrête de lire…

– Maman, sérieusement, on a besoin d'une télé, a dit May tout en nous balançant des coups de coude. On n'est pas des rétrogrades.

– Eh, c'est dégueu, c'est quoi ? a dit June en fronçant le nez. Jamais de la vie !

Maman a ri au téléphone, et j'ai eu une vision d'elle en train de monter dans sa voiture après le travail et de baisser les vitres, l'air ni heureuse ni malheureuse. Juste elle-même.

– Relax ! Moi, mère de trois ados, vous croyez que je vais vous laisser traîner dans une maison sans télé ? On deviendrait toutes dingues. April, ma puce, tu as toujours ma carte de crédit ?

– Oui, dans mon portefeuille.

Elle me l'avait passée quand j'avais commencé à conduire. « À n'utiliser qu'en cas d'urgence », avait-elle

1. *Émission similaire à Koh-Lanta.*

précisé. Elle ne pouvait pas se douter que le mot « urgence » avait pris un nouveau sens ces derniers jours.

– Bien, vous avez officiellement la permission d'aller au centre commercial de Topanga nous acheter une nouvelle télé.

June m'a poussée pour passer devant moi :

– On peut acheter des amplis, aussi ?

– Il ne faudrait pas exagérer, ma douce.

Une heure plus tard, mes sœurs et moi étions à Médiadiscount, cernées par les appareils électriques et les vendeurs en polo bleu.

– Pourquoi les magasins obligent-ils toujours leurs employés à porter des bermudas ? a demandé June avec une grimace. Ça ne se fait pas. Et ce n'est pas ce qui va me faire acheter plus !

– Je peux attendre dans la voiture ? a soupiré May.

– Hors de question. On souffre ensemble. Et puis, il faut qu'on parle de ce qu'on va faire. Il nous faut un plan, un…

– Mais je ne regarde même pas la télé ! a argumenté May en m'ignorant totalement. En plus, je vais voir papa à Houston le mois prochain. Je pourrai renouer avec notre vieille télé, là-bas. Je lui dirai bonjour de votre part.

– Tu crois que tu reviendras avec un chapeau de cowboy sur la tête et un brin de paille entre les dents ? ai-je demandé.

La mettre en boîte est un plaisir dont je ne me lasserai jamais.

Elle a secoué la tête d'un air désespéré.

– Tu devrais revoir ton humour.

– Ouais, a ricané June en nous poussant pour passer. Tu m'étonnes !

On s'est retrouvées devant des centaines de télés qui diffusaient la même émission d'*Oprah*[1].

– La vache, a soufflé June, face à deux cents Oprah de teintes et de formats différents qui riaient toutes en même temps. Ça ne vous donne pas le vertige ?

May, la mine abattue, s'est approchée d'un téléviseur qui lui donnait l'air d'être une naine.

– Qu'est-ce que vous dites de celui-là ? Assez subtil, à votre avis ?

Les yeux de June se sont agrandis, mais j'ai secoué la tête :

– On reprend exactement ce qu'on avait avant, ai-je déclaré. Pas de folie, rien de plus grand que le salon ni…

– Bon Dieu, April, relax ! a dit May. Je me fiche totalement de notre télé.

June nous a jeté un coup d'œil :

– Elle a dit cet après-midi qu'elle irradiait le calme comme l'ours Yogi[2], May. Lâche-la un peu.

May s'est tournée vers moi :

– Peux-tu avoir l'amabilité de traduire les propos de notre chère sœur ? Je ne parle pas le June.

– Calme comme un yogi ! me suis-je écriée. Pas l'ours

1. Oprah Winfrey Show*, du nom de sa célèbre animatrice. C'est le talk-show le plus regardé par les Américains.*

2. *Personnage du dessin animé du même nom.*

Yogi ! J'ai dit cet après-midi que j'irradiais le calme comme un yogi.

May a ricané avant de reporter son attention sur le téléviseur.

– Ouais, a-t-elle gloussé. T'es d'un calme à faire peur.

– Glacial, a ajouté June.

– Je l'étais avant de parler avec vous deux, ai-je fulminé. Bon, on peut acheter cette télé et s'en aller d'ici ? On a des choses à régler avant d'être totalement dépassées. Et j'ai encore des devoirs. Contrairement à vous, je ne peux pas disparaître pour échapper à un contrôle ni lire dans les pensées pour connaître les bonnes réponses.

May a hésité, puis elle a souri.

– Merci pour le tuyau.

– C'est vrai, ça, a dit June d'un ton rêveur. Avec un peu de chance, je n'aurai plus jamais besoin de réviser.

J'ai pressé mes tempes et entrepris de compter jusqu'à dix. J'étais à peine arrivée à trois quand j'ai vu May s'approcher d'un peu trop près du matériel stéréo. Je l'ai rappelée à l'ordre.

– April… m'a-t-elle répondu. Libère tes chakras.

– Beurk, reste polie, a grimacé June. Et April n'y peut rien. Elle est vraiment stressée par… ce truc.

May m'a regardée, la tête penchée sur le côté. Il y avait aussi deux cents Oprah qui me regardaient, ce qui me donnait l'impression d'être la personne la plus observée de la planète.

– Stressée par quoi ? a-t-elle demandé. Encore un petit

secret entre vous ? Est-ce que je vais aussi devenir invisible au sens figuré ?

J'ai inspiré à fond.

– C'est rien.

May a souri :

– Oh que si ! On joue aux devinettes ? On a droit à vingt questions. Je commence. C'est un garçon ?

– Oui ! s'est exclamée June.

– June !

– Merci, p'tite sœur, a dit May. Question deux…

– Heu, excuse-moi, l'ai-je coupée. Pour jouer, il te faudrait un partenaire.

J'ai commencé à chercher des téléviseurs qui ressemblaient à notre vieux poste, celui qui était sur le point de devenir officiellement texan, avant de me rendre compte que j'avais oublié de quoi il avait l'air. Pendant une fraction de seconde, je me suis demandé si ça finirait par faire pareil avec papa. Si j'allais oublier les petites choses qui faisaient partie du quotidien avec lui… Mais ce n'était pas le moment de penser à ça, avec June qui pouvait m'écouter…

– Très bien, a dit May. J'essayais juste de remplir mon rôle de sœur compréhensive. Si tu ne veux pas de mon amour, tant pis pour toi, Yogi l'ours.

– C'est bon, c'est bon ! me suis-je écriée. Mais tu ne le dis à personne, compris ?

May a regardé June :

– T'es déjà au courant du grand secret, pas vrai ?

June a fait mine d'être embarrassée.

– Laquelle de tes sœurs est télépathe, rappelle-moi ?

May lui a balancé un coup de pied, qu'elle a esquivé.

– Mauvais traitement à enfant. Je le dirai à maman.

– Bon, je suppose que ce que j'ai à dire ne vous intéresse pas, ai-je bougonné en me dirigeant vers un poste qui me paraissait vaguement familier.

May m'a tirée en arrière en balançant à June deux ou trois coups de pied supplémentaires.

– Accouche, m'a-t-elle ordonné. Ou je m'en prends à la télépathe.

J'ai soupiré en levant les yeux au plafond.

– Bon. Aujourd'hui, j'ai eu une vision avec Julian.

– C'est qui, Julian ?

– Chut ! ai-je soufflé en regardant partout pour m'assurer que personne n'avait entendu. Julian, c'est Julian. Le mec qui a son casier à côté du mien. Tu sais… ?

Comment étais-je censée décrire quelqu'un que je ne connaissais même pas ?

June ne semblait pas avoir ce problème :

– Un grand gars à l'allure de mécano, a-t-elle précisé, sans doute dans le but de se rendre utile. Il traîne toujours au lycée. Tu sais, ce mec-là…

May n'avait pas l'air très avancée :

– Je le connais ?

– Tu connais quelqu'un au lycée ? lui ai-je demandé.

– Heu, non, mais c'est parce que j'ai délibérément décidé d'éviter les gens.

– Heu, à ce rythme, on ne va pas y arriver, a fait remarquer June. April a eu une vision de Julian et elle en pleine action. Voilà.

J'ai enfoui mon visage dans mes mains.

– Merci d'avoir annoncé ça avec toute la grâce et la dignité requises. À Médiadiscount.

– À ton service.

May s'est mise à glousser, puis à hennir, pour finir par hurler de rire.

– Ah… ça alors, put…

– Hé ! l'ai-je censurée.

– … rée, c'est trop drôle ! a-t-elle hoqueté. Ah, la vache, c'est dingue ! April, tu décroches la médaille du pire superpouvoir de l'Univers.

J'ai gémi sans relever la tête.

– C'est clairement impossible de mourir de honte, sinon je serais déjà morte.

May m'a secoué l'épaule :

– Oh, allez, au moins tu n'es pas moi. Pense un peu à ça. Imagine qu'un type m'embrasse et là, *pouf* ! (Elle a frappé dans ses mains.) Qui est-ce qui se volatilise ? Imagine ce qui se passera quand je ferai l'amour avec quelqu'un !

– Je préfère pas, ai-je dit.

– Je serai là, allongée, et tout à coup, *pouf* !

Elle s'est remise à rire.

– Ça promet d'être intéressant pour toutes les personnes concernées, a-t-elle conclu.

– Je suis jalouse, a déclaré June. J'aimerais bien avoir un superpouvoir avec un effet sonore comme May.

– Arrête de les appeler comme ça, ai-je objecté. Ils n'ont rien de super.

– Ils sont anti-super, a confirmé May.

– Et vous savez ce qui n'est pas super non plus ? a

repris June. De pouvoir lire les pensées d'un garçon quand il t'embrasse… ou autre.

– Ou la chose ? ai-je ricané. Pour reprendre ton vocabulaire imagé ?

– Ben, ouais. Et s'il trouve que j'embrasse mal ? Ou que je suis grosse ? (Elle a frissonné.) Je le déteste déjà avant de le connaître.

May a levé les yeux au plafond et s'est retournée vers moi.

– Et ton futur mec, il est sexy ?

– Je ne sais pas ? ai-je répondu. Peut-être ? Si on veut ? Sous un certain éclairage ?

– Tu veux dire dans le noir total ?

– C'est le genre que tu ne trouves pas sexy jusqu'au jour où tu découvres qu'une autre fille le kiffe, a annoncé June avec, je dois dire, une assurance renversante. Là, il devient sexy.

J'ai regardé May :

– Il a les ongles sales.

Elle a réfléchi pendant une seconde.

– Ça, c'est plutôt sexy. Et il embrasse bien ?

– Je ne sais pas ! Je ne l'ai même pas encore embrassé.

– Mais dans la vision ?

– Ça ne marche pas comme ça, ai-je expliqué. C'est comme quand tu regardes un couple qui s'embrasse au cinéma. Je ne peux pas te dire si c'est agréable, juste ce qu'on voit.

May a pivoté sur ses talons.

– Mince. June, est-ce que tes talents stellaires de télépathe te permettent de savoir s'il embrasse bien ?

– Mais bon sang ! me suis-je exclamée avant que June ait pu répondre. J'en sais rieeeen ! Tout ce que je sais, c'est qu'on est trois monstres génétiques et qu'à un point ou à un autre dans le futur – la semaine prochaine ou dans quinze ans –, je vais sortir avec Julian. Je ne sais rien de plus.

– T'es trop modeste, m'a annoncé June. Tu sais bien plus de trucs que ça.

– June, quand tu es là, on a l'impression d'être suivi en permanence par le chœur grec d'*Œdipe roi*[1].

Elle a haussé les épaules.

– Connais pas. Mais ça ne ressemble pas à un compliment.

– On ne peut rien te cacher.

Une vendeuse s'est approchée, avec l'air de quelqu'un qui préférerait se faire tirer dessus plutôt que de vendre de l'électronique. On s'est figées toutes les trois.

C'était Avery. Elle avait les cheveux plaqués et réunis en queue de cheval, ce qui lui donnait un air très pro.

– Vous avez besoin d'aide ? nous a-t-elle demandé.

– Heu, a fait June.

– Eh bien, ai-je dit, avant de m'éclaircir la gorge.

Avery nous regardait comme si on n'avait jamais failli lui rouler dessus quelques jours plus tôt.

C'est May, bien sûr, qui a pris la situation en main.

– Si on a besoin d'aide ? a-t-elle répété. Ah là là, ma pauvre, je ne sais même pas par où commencer.

1. *Tragédie grecque de Sophocle (496-406 av. J.-C.). Œdipe a tué le roi Laïos et épousé sa veuve, Jocaste. Lorsqu'il découvre qu'il est leur fils, il se crève les yeux, et Jocaste se suicide.*

Je lui ai balancé un bon coup de coude.

– Heu, non, merci, tout va bien, on est juste… tu es dans notre lycée, non ?

– Heu, ouais, a dit Avery en hochant la tête. Il me semble qu'on s'est déjà croisées.

– On va en cours en voiture, a précisé June, histoire de lui rafraîchir la mémoire.

– Ouais, OK. C'est cool. Je crois que je t'ai déjà vue avec Mariah, non ?

June lui a décoché un sourire éblouissant.

– On est amies.

May a grommelé quelque chose que je n'ai pas compris, et June lui a jeté un regard noir avant de se retourner vers Avery :

– Très joli, le bermuda.

– Bon ! suis-je intervenue. Je crois qu'on a encore besoin de réfléchir un peu, merci.

– Pas de problème, a dit Avery.

Et elle est repartie.

– C'est moi qui déconne, a demandé May dès qu'Avery a été assez loin, ou cette fille prend des tranquillisants pour chevaux ?

– Elle pense que je suis amie avec Mariah ! s'est exclamée June, aux anges. Elle sait très bien qui est Mariah, oh mon Dieu, c'est génial !

Elle sautillait sur place, ce qui faisait rebondir ses cheveux. May l'a dévisagée.

– June, cette fille est une demeurée ! Elle ne s'est même pas rendu compte qu'on a failli la renverser ! Elle ne nous a même pas reconnues !

– Elle est peut-être en état de choc, a suggéré June. Tu ne devrais pas la juger.

– À mon avis, ai-je observé, si je manquais de me faire écraser, je n'oublierais pas la tête des coupables.

– Tiens, au fait, a dit May en passant du coq à l'âne, tandis que June allait examiner un téléviseur qui semblait convenir, devine ce qu'on étudie en cours de littérature ?

– Un livre, a répliqué June. J'ai gagné.

– Devinez lequel ? a dit May.

J'ai essayé de me rappeler ma liste de lectures de seconde et j'ai rigolé.

– Non, c'est pas vrai ! ai-je gloussé. Non, c'est horrible !

– Tu trouves aussi ? a fait May avec un soupir. Merci.

June est revenue et nous a donné une petite tape à chacune.

– Lequel ? Lequel ? Dites-le ! Je veux… Oh !

Son visage s'est illuminé, et j'ai vu qu'elle avait lu dans nos pensées à toutes les deux.

– *L'Homme invisible*[1] ? a-t-elle soufflé. Sérieux ?

May a hoché la tête :

– J'ai lu les dix premières pages et tout sonne archi-faux. Ça ne tient pas debout. Les fringues du type ne disparaissent même pas ; du coup, quand il est invisible, il se retrouve à poil ! (Cette pensée l'a fait frémir.) Franchement, je devrais écrire un remake.

1. Roman anglais de H. G. Wells publié en 1897. Griffin, un savant, invente la formule de l'invisibilité et la teste sur lui-même. Dans l'impossibilité de redevenir visible, il sombre dans la folie meurtrière.

– C'est un bon livre, ai-je objecté.

May m'a lancé un regard en coin.

– Je suis la fille invisible qui lit l'histoire de l'homme invisible. T'arriveras pas à rendre ça moins glauque que ça n'est.

Je n'avais rien à lui opposer.

– Moi aussi, il m'arrive des trucs marrants ! nous a lancé June. Écoutez ça : aujourd'hui, tout le monde au lycée a détesté ma jupe…

– Horreur ! ai-je commenté.

– Mais Mariah l'a trouvée top !

Là, j'étais sincèrement sous le choc. (Si vous voyiez la jupe, vous comprendriez.)

– Sérieux ?

– Sérieux ! Tous les autres l'ont trouvée moche sauf elle !

– Sérieux ?

Je faisais de mon mieux pour ne pas trahir ma surprise.

– Ouais ! a gloussé June. Je parie que tu n'avais pas prévu ça !

– Je crois que personne n'aurait pu l'imaginer, ai-je admis.

May s'est appuyée sur une pile d'amplis en fronçant le nez.

– Et tu es sûre que c'est un bon point ?

– Mais enfin, comment vous avez survécu dans le panier de crabes du lycée ? s'est écriée June, tellement perplexe que c'était presque craquant. C'est la fille la plus populaire de seconde ! Être amie avec elle, c'est comme avoir la clé des portes dorées de la popularité !

– Ça fait combien de temps que tu te retiens de dire cette phrase ? ai-je demandé.

– Je dirais, huit jours.

– Mariah ? a demandé May. C'est la blonde ?

– Non ! s'est exclamée June. La brune avec des reflets cool. Et un super sens de la mode, clairement.

Elle a fait bouffer sa jupe comme si c'était des plumes de paon.

– Si elle aime bien ma jupe, ça veut dire que je suis branchée.

– Mariah ? a répété May. C'est pas celle qui a toujours l'air d'être prise dans des phares de voiture ?

June n'a pas saisi la remarque, ou a préféré l'ignorer.

– C'est elle !

May a lâché un petit rire en s'appuyant un peu plus sur les amplis. J'ai cherché dans mes visions s'il était prévu qu'ils s'abattent sur elle, mais il ne semblait pas y avoir de danger imminent.

– Évidemment que je la connais, a repris May, un sourire jusqu'aux oreilles. On dirait une pharmacie ambulante. Dès qu'elle ouvre la bouche, j'ai l'impression qu'elle va recracher un excitant.

– Même pas vrai, a protesté June. C'est rien que des rumeurs débiles que t'as dû entendre, et t'es jalouse parce que c'est pas ton amie.

– La tienne non plus.

– Pas encore. Mais c'est pour bientôt. Hein, April ?

– Heu, désolée d'interrompre cette partie de ping-pong, mais on peut revenir à ce qui nous intéresse ?

– Franchement, a rétorqué May, je ne tiens pas à discuter de tes futurs partenaires sexuels. Je suis sûre que tu comprends.

Elle a levé sa paume comme pour me taper dans la main.

– Bon vent, grande sœur.

Je n'ai pas réagi.

– Il faut vraiment qu'on parle, les filles. On va perdre le contrôle si on ne fait rien. On a besoin d'un plan.

– Un plan ? a dit May. Comment veux-tu avoir un plan sur un truc aussi dingue ?

– Coup de chance ! a claironné June. J'en ai un ! Je l'ai rédigé en cours de SVT pendant qu'on regardait un film sur les vers de terre, berk.

– Pas de pensées de vers de terre à lire ? ai-je demandé.

Elle m'a tiré la langue et a fouillé dans son porte-monnaie, dont elle a extrait un bout de papier couvert de gribouillis à l'encre rose.

– Notre plan est écrit à l'encre rose, a lancé May avec un sourire que j'avais appris à identifier comme ironique. Super ! On est sauvées !

J'ai pris le papier que j'ai lissé entre mes mains.

– Voyons ça. Si ça se trouve, c'est le grand projet qui va nous éviter la damnation étern…

J'ai lu la première ligne.

– Dis-moi que tu plaisantes, June.

– Quoi ? Quoi ?! a fait May en me tirant pas la manche. Dis-moi ce que ça raconte ! Je ne peux pas le lire ; l'encre rose, ça me brûle la cornée.

– C'est plein de DVD, ai-je répondu au bout d'un

moment. Et d'une histoire de déguisements de sorcières pour Halloween.

May a regardé June :

– Tu viens de quelle planète ?

June a fait la moue.

– Ben quoi, des films de sorcières, ça nous donnerait des idées, non ? Vous êtes trop relou, toutes les deux. On pourrait même acheter tous ces DVD maintenant ! Je parie qu'ils les ont ici !

Elle a désigné la section des DVD, où rôdaient d'autres employés en bermuda.

– Ton soi-disant plan, là, c'est une liste de commande pour Amazon, a dit May.

Ça commençait à déraper sérieusement. Mais comme je savais déjà que cette conversation allait partir en vrille, j'ai tenu bon.

– Écoutez, ai-je dit. On doit exploiter ces trucs pour faire le bien, et pas tout et n'importe quoi.

Mes sœurs m'ont regardée en clignant des paupières.

– C'est sérieux ! ai-je insisté. Cet après-midi, juste avant le tremblement de terre, j'ai vu une applique tomber sur Julian. Et quand ça s'est produit, je l'ai poussé sur le côté.

– Sans blague, a marmonné May. Fallait bien que tu protèges ton chevalier servant.

– C'est pas la question ! ai-je protesté. Je veux dire qu'on devrait être vigilantes pour essayer d'empêcher des trucs moches et peut-être même faire des trucs bien.

May a ri la première :

– Mais oui, April. Tu penses à quoi ? Godzilla ? King Kong ? Batman ? Développe ! Ça m'intéresse.

– Je parle du genre de situation où tu lis dans les pensées des gens pour devenir amie avec eux, ai-je rétorqué en haussant un sourcil en direction de June.

– Tu as vu ça ? a-t-elle couiné.

J'ai fait oui de la tête. Je n'avais pas vu que ça, mais ce n'était pas le moment d'en rajouter. La journée allait déjà être assez longue.

– T'as pas à me dire ce que je dois faire ! m'a-t-elle lancé. En plus, ça a marché ! T'as entendu ce qu'Avery a dit !

– Je ne suis même pas sûre qu'Avery l'ait entendu elle-même, a glissé May. Cela dit, June a raison, April. Qui a décidé que t'étais le chef ? C'est pas parce que tu peux prédire l'avenir que ça t'autorise à nous dicter notre conduite. T'es pas notre mère.

– Je ne vous dicte pas votre conduite. Je veux juste…

– … nous dicter notre conduite, m'a coupée June. Et je ne vais pas m'excuser d'utiliser mes talents pour me faire des amis.

Je n'ai pas pu m'empêcher de ricaner.

– Parce que tu crois que Mariah a besoin d'une amie ? Quelqu'un comme toi, par exemple ?

– Parfaitement ! Je suis honnête, je…

– … tu essaies de devenir son amie en lisant dans ses pensées, ai-je asséné.

– Ben… peut-être, mais je ne mens pas.

– Tu mets des fringues qui ne te plaisent même pas, rien que pour chercher à gagner ses faveurs.

– Mais je ne mens pas.
– Tu te mens à toi-même. C'est presque pire.
May s'est renfrognée.
– Sympa, April, de vouloir envoyer tes sœurs en première ligne pour arranger les problèmes de ce monde, a-t-elle lâché. Comme si ceux du lycée ne suffisaient pas.
– C'est bien ce que je dis ! me suis-je exclamée. Pas la peine d'en rajouter, si ? Ne vous mettez pas à vous servir de ces trucs à tort et à travers, ni pour faire des choses moches ! On est comme… les sœurs Halliwell !
Il y a eu un silence. Puis June a balancé :
– Donc, vous ne voulez pas savoir que j'ai lu dans les pensées de maman et qu'elle a un rancard jeudi soir.
– QUOI ?! me suis-je écriée.
May a ouvert la bouche et écarquillé les yeux. Deux secondes plus tard, elle avait disparu.
– Génial, a commenté June. Ça va finir par devenir carrément énervant. Et je sais que tu m'entends, May. Encore une chance qu'il n'y ait pas d'autres clients dans les parages.
J'ai enfoui mon visage dans mes mains.
– C'est pas possible. Maman… un rancard…
– Yes, a confirmé June en hochant la tête. À moins que son cerveau mente.
– … ne fait que quatre mois ! a couiné May en se rematérialisant.
Je n'ai pas pris la peine de la regarder.
– Bienvenue dans notre émission, lui a dit June. Sympa de passer nous voir.

– Comme si j'avais choisi de devenir tout à coup une espèce de monstre ! a riposté May. Et tu as dû te planter, pour maman, parce que…

– Parce que quoi ? Parce que ça ne te plaît pas ? Donc, je me suis plantée ?

– Ça ne *nous* plaît pas, a rectifié May. En tout cas, je suis contente de pouvoir disparaître, parce que je ne veux pas être là pour voir ce type.

– June, tu n'as pas le droit de lire dans les pensées de maman ! suis-je intervenue. Je viens de dire qu'on n'était pas censées faire un mauvais usage de ces trucs !

– Tu peux arrêter de parler de moi comme d'une psychopathe ? s'est énervée June. Je n'y peux rien, si je ne suis pas experte en la matière. Ce machin ne m'est pas tombé dessus avec un mode d'emploi !

– Bon, c'est raté pour notre plan, a dit May. Je suis sûre que c'est de la faute de l'encre rose.

Avery est revenue vers nous en décrivant un arc de cercle, l'air encore plus réticente que la première fois.

– Alors… a-t-elle demandé en regardant May avec méfiance, vous avez des questions ?

– Non, a fait June, on prend celui-là.

Et elle a pointé du doigt un téléviseur strictement identique au nôtre.

– Comment t'as su lequel c'était ? lui ai-je demandé tandis qu'on suivait May vers la caisse.

– À ton avis ? Je l'ai vu dans tes pensées !

Bien sûr.

chapitre 8

« Même disparaître, ça n'aide pas à avoir moins mal. »
May

Après le plus long séjour jamais passé dans un magasin de hi-fi, je me suis retrouvée coincée à l'arrière de la voiture avec notre téléviseur tout neuf. J'ai voulu protester, mais June m'a lancé : « Je monte devant, je l'ai dit prems ! » Et si vous avez des frères et sœurs, vous savez que c'est une règle sans dérogation. Le coin du carton me rentrait dans l'épaule et j'ai lancé un regard noir à April dans le rétroviseur :

– Oh, allez, May. Souris un peu.

– Tu sais ce que tu peux en faire de tes remarques piquantes ?

Ça lui a cloué le bec.

Le temps qu'on rentre à la maison, la voiture de maman était dans l'allée du garage.

Mes sœurs sont descendues du monospace pendant que je restais prisonnière dedans, aux prises avec ma ceinture et une télé qui faisait la taille d'un département.

– Bonne nouvelle ! a claironné June. On a une télé ! Pile la même que la vieille ! Sa jumelle !

– Super ! a commenté ma mère en sortant du garage. Bravo.

– Un peu d'aide, peut-être ? ai-je grommelé. Je suis en train de me faire écraser par un engin électronique.

Ma mère est venue à mon secours avec un grand sourire.

– Salut ! C'était sympa ?

– Oh, super fun, ai-je répliqué tandis qu'elle m'aidait à sortir de la voiture. La prochaine fois, on devrait aller acheter des piranhas. Il paraît que c'est encore plus marrant.

– Ha ha, quelle comique ! a dit maman.

J'ai trébuché en mettant un pied par terre, et lancé un regard qui tue au téléviseur. Mais c'est plutôt ma mère qui était visée. Un rancard ! Enfin, elle n'a plus seize ans ! Après la trentaine, les adultes sont censés être passés à autre chose, non ?

June s'est éclairci la gorge en marmonnant un truc comme quoi j'étais raciste anti-vieux.

– M'man, je peux monter dans ma chambre ? ai-je demandé. J'ai mal au crâne, je veux qu'on me laisse mourir.

Je m'attendais à ce qu'elle dise non, que je devais aider à porter la télé, mais elle s'est penchée pour m'embrasser sur le front.

– Vas-y. Et appelle ton père. Il a voulu te joindre pendant que vous étiez sorties.

April s'est brusquement figée.

– Quoi ? ai-je fait en passant devant elle.

Mais elle s'est contentée de se mordre la lèvre en secouant la tête, comme s'il valait mieux qu'elle se taise.

– Très bien, comme tu voudras, ai-je conclu avant de monter dans le bureau pour téléphoner.

Le plus drôle, c'est que j'ai un portable. Enfin, non ; le plus drôle, c'est surtout que personne ne m'appelle plus dessus depuis qu'on a déménagé. Maintenant, il traîne juste au fond de mon sac ou dans ma poche, ce qui est bête, parce que j'aime bien ma sonnerie.

Je n'essaie pas d'attirer la pitié ni rien, mais avoir un portable que personne n'appelle, c'est carrément déprimant. J'ai un engin high-tech dont la seule fonction est de me rappeler que j'ai zéro ami.

Je me suis demandé pourquoi mon père m'avait appelée sur le fixe, d'ailleurs. On s'envoie régulièrement des textos pourtant, il connaît mon numéro. (Le seul truc pire que de n'avoir personne à qui envoyer des SMS : n'en échanger qu'avec ses parents.)

– Salut, ai-je fait quand il a décroché, à la deuxième sonnerie. C'est ta fille préférée.

– Salut, June ! m'a-t-il lancé.

J'ai souri, même si cette blague entre nous a bien un million d'années. Mais des fois, les plaisanteries les plus vieilles sont les meilleures.

– Deuxième chance, ai-je dit.

– April !

Cette fois, j'ai ri :

– Coup franc !

– Oh, une métaphore sportive ! Alors, ça doit être May.

J'ai encore rigolé (ne le répétez pas) et je me suis affalée dans le gros fauteuil du bureau où ma mère traite toute sa paperasse.

– Gagné. Une chance qu'on ne soit pas quatre.

– Bah, après trois, on perd le compte, a dit papa. Au point où on en est, vous pourriez être huit.

Il s'est marré et tout à coup, il était si près que j'aurais presque pu sentir son eau de Cologne.

– Bon, p'pa, ça y est ? C'est fini, les bêtises ? ai-je dit en enroulant le fil du téléphone autour de mes doigts.

– Possible. Faut voir. Comment tu vas, gamine ? Ça roule, au lycée ?

– Top, autant qu'on peut l'espérer dans un lycée.

– À ce point-là ?

– Pourquoi les parents croient-ils toujours que l'école, c'est super ? ai-je demandé. Ou qu'il s'y passe des trucs délirants tous les jours ?

– Parce qu'on aime bien idéaliser notre jeunesse perdue, a dit papa.

– Si tu le dis.

– Je plaide coupable. C'est juste le genre de question idiote que les parents sont censés poser.

Il s'est éclairci la gorge. Jamais bon signe.

– Dis, ma puce, faut que je te parle une seconde.

Mon rythme cardiaque s'est un peu accéléré.

– Je peux même t'accorder une minute, si t'insistes.

– Sérieusement, gamine.

– OK, papounet.

– Écoute, fillette, tu sais que j'ai hâte que tu viennes me voir.

Je me suis figée en serrant le fil du téléphone autour de ma main.

– Mais ? ai-je fait. Il y a un « mais », je présume.

Je n'ai pas aimé la tension dans ma voix, comme si le fil du téléphone s'était enroulé autour de mon cou.

Mon père a pris une inspiration.

– Mais malheureusement, avec mon nouveau boulot, il faut que je…

– C'est pas grave, je peux venir le week-end. Je pars le vendredi après les cours et je reviens le dimanche.

– Non, chérie, c'est justement les week-ends, le problème. Je suis en déplacement presque tout le mois prochain. Et l'appart n'est pas encore tout à fait installé. C'est…

– Ça m'est égal, ai-je répondu (J'ai détesté ma voix, toute geignarde comme celle des filles intelligentes quand elles jouent les nunuches.) Je peux dormir sur le canapé. C'est bon, ça me va.

– Chérie. (Pause) Je suis vraiment désolé, mais c'est un nouveau boulot, je dois encore faire mes preuves. Ils m'ont collé vingt-six jours de voyage sur les trente qui viennent. Rien ne me ferait plus plaisir que de te voir, tu sais bien…

– Ce n'est pas moi qui sais ces trucs-là, ai-je répliqué, même s'il ne risquait pas de comprendre.

– Quoi ?

– Quoi, quoi ?

Il a encore soupiré :

– Novembre, OK ? On peut le faire en novembre. Tu peux même venir pour Thanksgiving et on ira à Austin.

Je me mordais la lèvre tellement fort que ça commençait à me faire mal à la mâchoire.

– Mais ouais, comme au mois d'août, quand t'as dit que je pouvais venir en octobre.

– Ma puce, c'est pas...

– C'est cool, l'ai-je coupé. OK. Parfait. C'est vrai, je comprends tout à fait que tu aies besoin de notre télé pendant que tu voyageras toute la semaine, mais que ce ne soit pas le moment pour que ta fille vienne te voir trois jours. C'est la logique même.

Il y a eu un silence, et j'avais les yeux qui brûlaient, maintenant. J'ai cligné plusieurs fois des paupières, comme j'avais vu June le faire il n'y avait pas si longtemps.

– Bon, ai-je repris. Autre chose ?

– May, chérie, essaie de comprendre...

– OK, cool, on se parle plus tard.

J'ai raccroché alors qu'il commençait à dire un truc. Ça n'était pas pour ne plus l'entendre, mais parce que je ne voulais pas pleurer. Je ne pleure jamais. C'est contre mes principes. Mais quelquefois, il me faudrait plus de courage que je n'en ai pour me retenir.

J'entendais April et June et ma mère en bas, qui riaient en installant la télé. Cette foutue télé. Ma mère devait déjà savoir que mon père avait appelé pour annuler (peut-être même que, du coup, ils s'étaient disputés), et je savais maintenant pourquoi April m'avait lancé ce petit regard quand j'étais rentrée.

Celle qui prédisait l'avenir avait raté le séisme, mais ça, elle l'avait vu. June était sans doute au courant aussi, vu qu'elle lisait dans les pensées d'April aussi facilement que dans ses magazines girly.

Une fois de plus, la fille invisible était la dernière informée.

Quand j'ai enfin retrouvé mes esprits, je suis allée m'allonger dans ma chambre. J'étais fatiguée tout à coup, fatiguée des changements, et des nouveaux trucs, et des vieux, et de tout, et j'ai regardé le ciel virer du jaune au rose par la fenêtre, puis au violet, comme un bleu à l'envers.

Quand il a fait presque noir, April a frappé à ma porte.

– Salut, a-t-elle dit doucement. C'est moi.

Comme je ne répondais pas, elle est entrée, ce qui rend parfaitement inutile le concept de la porte dans une chambre.

– Hé, a-t-elle repris. T'es là ?

J'ai regardé ma main et réalisé que j'avais disparu. Je me suis demandé depuis combien de temps.

– Je suis là, ai-je dit en réintégrant mon corps.

L'espace d'une seconde, ça me fait l'effet d'enfiler un slim, comme si mon corps devait se réadapter pour entrer dedans.

– On se demande pourquoi j'ai fermé la porte, ai-je ajouté.

Mais je m'en fichais un peu. April l'a vu, parce qu'elle est venue s'allonger sur mon lit à côté de moi, en s'étirant pour me toucher les orteils avec les siens. C'est elle l'aînée, mais c'est moi la plus grande.

– Désolée que papa soit un gros nul, m'a-t-elle dit au bout de quelques minutes. Ça craint.

– C'est ça, le Texas, ai-je répliqué. C'est n'importe quoi. T'as pas vu ces autocollants pour les plaques d'immatriculation : « On ne déconne pas avec le Texas » ? Je parie que c'est du premier degré.

April m'a pris la main :

– May, t'as le droit d'être déçue. C'est normal.

Elle parle tellement comme notre mère, quelquefois, que ça me fait flipper.

– Ouais ouais, ai-je dit.

J'avais la gorge trop nouée pour ajouter quelque chose. J'ai même été tentée de disparaître de nouveau, mais April restait là à côté de moi, ce qui était plutôt sympa, parce que même disparaître, ça n'aide pas à avoir moins mal.

chapitre 9

**« Entre un truc excitant et la facilité,
je prends le premier sans hésiter. »**
June

Le lendemain matin, April a essayé de me parler. Je dis bien « essayé », parce qu'en tombant sur elle dans la cuisine, je l'ai arrêtée tout de suite. Je venais de passer dix minutes à répéter mon discours devant le miroir. J'étais prête.

– Écoute, lui ai-je déclaré. Je n'aime pas que tu me dises ce que je dois faire, ni que tu insinues que ce que je fais est mal, parce qu'il y a des gens qui font vraiment le mal sur terre, et que je n'en fais pas partie.

(J'étais particulièrement fière de cette phrase-là, j'avoue.)

– Et, ai-je poursuivi, je tiens juste à te rappeler que comme je suis télépathe, je sais ce que tu penses. Alors, s'il te plaît, ne…

– Tu veux un petit pain ? m'a demandé April. Maman est allée en chercher avant de partir à sa réunion.

Elle a agité la main en direction d'un sac en papier sur la table.

– Pioche, a-t-elle conclu.

– Tu sais combien de calories inutiles il y a dans ces petits pains ? ai-je questionné.

Ma frange débile me tombait encore dans les yeux et je l'ai coincée derrière mes oreilles. J'essaie de la laisser pousser, mais c'est l'enfer.

– Non, mais je sais combien il y a de calories délicieuses.

April a avalé une énorme bouchée de son petit pain (qui, c'est vrai, n'avait pas l'air mauvais) en haussant les sourcils :

– Mmm, rien que du bon.

– Arrête de détourner la conversation ! ai-je protesté. Comme je disais, je suis télépathe, au cas où tu aurais un cerveau…

« *Gros Gras Bouts Gluants de Boyaux Baveux*[1] »

– Arrête ! ai-je crié. Tu sais que je déteste cette chanson ! En plus, tu ne dois pas faire l'apologie de la violence devant ta petite sœur ! C'est mal !

April m'a tourné le dos en haussant les épaules.

– J'ai rien dit, a-t-elle déclaré.

– Bonjour l'exemple ! ai-je glapi tandis qu'elle se dirigeait vers le garage, les clés de la voiture à la main.

– À ton service. Tu pars avec moi ?

– Je vais marcher, merci.

Elle a baissé les yeux sur mes santiags, qui n'étaient pas plus confortables que mes ballerines de la veille.

– Tu vas marcher avec ça ?

1. « Great big globs of greasy grimy guts… » : *chanson populaire enfantine jouant sur les allitérations et les allusions à un menu à base d'organes peu appétissants.*

– Figure-toi que les top models arpentent les défilés avec des talons aiguilles de douze centimètres. Je dois pouvoir survivre à cette épreuve.

J'ai secoué la tête afin de rejeter mes cheveux en arrière, pour m'habituer à faire comme Mariah, qui n'a jamais dû être obligée de se laisser pousser la frange. Il doit lui suffire de le vouloir pour avoir des cheveux géniaux.

– Tu as un tic ou quoi ? a demandé May en entrant dans la cuisine.

Elle avait l'air cinq cents pour cent plus abattue que les jours précédents, ce que je n'aurais pas cru possible. Ses cheveux blonds sales étaient tout raplapla, sans texture ni volume, et elle était toute pâle, dans le genre « Tout ce que vous devriez savoir sur l'anémie ». Je lui aurais bien proposé un peu de ma crème hydratante teintée, si elle n'avait pas été aussi chère.

– Quel tic ? ai-je demandé.

– Ton tic. T'arrêtes pas de faire ce truc avec tes cheveux.

– Je rejette mes cheveux en arrière.

May a poussé un grognement de désespoir.

– On dirait que tu remues de la salade.

April a fait tinter ses clés de voiture :

– Dernier appel : quelqu'un part avec moi ?

– Pourquoi tu pars si tôt, au fait ? lui a demandé May en piochant dans le sachet de petits pains.

Elle a froncé les sourcils et mis le nez dans le sachet :

– Qui a mis un petit pain à l'oignon là-dedans ? Maintenant, tous les petits pains vont sentir l'oignon !

Distraite, April a baissé la garde, et je suis entrée dans son cerveau comme un bourdon. Un bourdon en rogne. Un bourdon en rogne avec des comptes à régler.

– Ooh, ai-je fait avec un grand sourire. Je sais pourquoi elle veut partir si tôt.

– La ferme, June.

– Pour ne pas tomber sur Juliaaaan.

Je lui ai ri au nez, et j'ai battu en retraite avant qu'elle me tape dessus.

May a planté les dents dans son petit pain et arraché un énorme bout.

– Ch'est dingue, a-t-elle commenté, la bouche pleine. Je croyais qu'on était amoureuje de lui.

– On n'est pas amoureuse de lui, a rétorqué April avec flamme. Je vais au lycée en voiture ; celles qui veulent venir sont les bienvenues. Encore que…

– Si ton cerveau pouvait rougir, il serait écarlate, ai-je bramé. Tu es tellement transparente que c'en est asinien.

May a avalé sa bouchée.

– Où tu vas pêcher des mots pareils ? Sérieux, la semaine dernière, c'était « la ferme » et « naaan », et voilà que tu parles latin.

J'ai haussé les épaules. Inutile de lui expliquer que j'avais atterri en cours de SVT à côté d'un garçon qui se préparait pour le concours national d'orthographe. Michael connaissait des milliers de mots avec leurs définitions, et se les répétait en boucle dans sa tête. Au rythme où il allait, j'allais finir par passer le concours, moi aussi.

Je continuais à regarder April de travers.

– Faut croire qu'on a chacune nos petits secrets, ai-je répondu.

– Faut croire, a-t-elle répliqué.

« Gros Gras Bouts Gluants de Boyaux Baveux »

Je l'ai mitraillée une dernière fois avant de prendre mon iPod et mon sac de cours. Il était trop petit, ce qui m'obligeait à porter les livres qui ne rentraient pas dedans.

– Tu sais, a déclaré May, il existe des trucs qui s'appellent des sacs à dos. Tu devrais te renseigner.

– Et ressembler à Miss Zéro Style ? ai-je dit en désignant April du menton. Je préfère encore crouler sous mes affaires.

– Quelle surprise, a ricané April. May, je t'emmène ?

Les pensées de May ont flotté dans ma direction. « Ce serait mieux que j'accompagne June, mais… »

– J'ai quatorze ans, pas quatre ! ai-je protesté. Je peux me passer d'une nounou !

– Arrête de lire dans mes pensées, a répondu May sans s'énerver. Il y a des choses horribles qui se passent dehors. Tout le monde n'en revient pas entier.

– Tu débloques complètement.

– Merci.

April s'est raclé la gorge :

– Le bus s'en va.

– Salut, ai-je fait en appuyant bien sur le mot.

– *Vaya con Dios*[1], m'a dit May en prenant son sac. Je monte devant !

April a haussé les épaules :

1. *« Bon vent ! » en espagnol.*

– C'est comme tu veux, June. Amuse-toi bien à boiter jusqu'au lycée.

Je déteste quand elle a raison.

Vingt pénibles minutes plus tard, j'entrais en titubant en cours de SVT, avec la grâce d'un caribou blessé. « Les top models font ça tout le temps, ai-je songé en m'asseyant prudemment. Il faut souffrir pour être belle. À la longue, tu y arriveras. »

Je n'avais pas le choix, de toute façon. Je n'allais quand même pas supporter pour rien deux sœurs aussi relou.

La journée de cours a été super longue, même pour une télépathe. Ça devenait monotone de lire les pensées des profs, surtout quand elles concernaient des sujets aussi passionnants que la liste des courses à faire, les enfants à aller chercher à l'école ou comment couper deux droites parallèles. Des fois, le cerveau des gens ressemble à une pièce pleine de poussière, surtout à huit heures du matin.

Affalée sur ma chaise, je bâillais en copiant les cours avec une minute d'avance, ce qui devait sûrement enfreindre la règle idiote d'April de « ne pas nuire ». C'est cela.

Eh oui. Pour une fois dans ma vie, l'école était facile. J'étais bien avancée, tiens. Entre un truc excitant et la facilité, je prends le premier sans hésiter.

À la pause de dix heures, je rêvais que la journée soit finie. Peut-être que May me laisserait partir avec elle, ou qu'elle me ferait un mot pour dire que j'étais repartie parce que j'avais mal au ventre… Je pouvais toujours lire dans ses pensées et trouver un truc pour lui faire du chantage. Ce serait…

« … me casser d'ici. »

En me retournant, j'ai failli balancer mes cheveux dans la figure d'une fille de seconde.

– Oups, pardon, ai-je dit.

Puis, j'ai réalisé que c'était la fille qu'on avait failli empaler sur le capot du monospace. Celle aux cheveux noirs qui ferait bien de mettre du baume démêlant. Elle a eu l'air super surprise que je lui parle, ce qui peut se comprendre.

– Heu, c'était la faute de ma sœur… ai-je commencé à bafouiller.

C'est là que j'ai vu Mariah qui sortait, et j'ai couru pour la rattraper.

J'ai traversé le hall et filé vers l'eucalyptus sous lequel elle se tenait avec Jessica et Daphné, en train de se passer une bouteille d'eau. Jessica avait une queue de cheval tellement serrée qu'on avait mal pour elle, et Daphné avait eu la main lourde sur l'épilation des sourcils, ce qui lui donnait l'air d'être tout le temps étonnée.

Elles avaient un peu raté leur coup toutes les deux, c'est tout ce que j'ai à dire.

J'étais en train de me demander si j'y allais ou pas, quand j'ai perçu les pensées de Mariah : « Tiens, la fille du calendrier ».

Elle m'avait reconnue.

Début de la partie.

– Salut ! Quoi de neuf ? ai-je lancé en m'approchant.

Je n'ai regardé ni Jessica ni Daphné. Leurs pensées étaient déjà dans mon cerveau et, franchement, elles ne méritent pas que je les répète.

– Rien, m'a répondu Mariah. Comment vont tes sœurs du calendrier ?

Elle a regardé les deux autres :

– Elles s'appellent April et May. Qu'est-ce que vous dites de ça ? Dans le genre lourd…

Je n'ai pas relevé le commentaire, ne serait-ce que parce qu'elle avait raison. En ce qui me concerne, je n'ai pas encore pardonné ce coup-là à mes parents.

– Et toi, c'est quoi ? November ? m'a demandé Jessica.

Subtil, comme blague, pour quelqu'un qui connaissait mon nom. En plus, avec sa façon de parler du nez, tout ce qu'elle disait avait l'air méprisant. Même ses pensées donnaient cette impression-là, c'était super énervant.

Je l'ai regardée froidement, comme s'y prend May quand elle veut faire fuir les gens.

– Non, ai-je répondu en me tenant bien droite pour me grandir. Moi, c'est June. Excuse-moi, toi, c'est comment, déjà ?

Daphné a ricané et Jessica est devenue un peu rouge. Elle a tiré sur la manche de son tee-shirt, celui qu'Alexander McQueen a dessiné pour H&M. Je le sais, j'ai eu le même.

– Je suis l'amie de Mariah, m'a-t-elle répondu, en ajoutant intérieurement : « Même si c'est une garce. »

Je n'ai pas pu me retenir de rire.

– Mais bien sûr. Si tu le dis.

Avant qu'elle ait le temps de rire ou de penser, je me suis tournée vers Mariah :

– Qu'est-ce que tu fais ?

Elle a agité la main vers le bas de la colline, là où il y a des routes, des voitures, et la liberté :

– On se disait qu'on allait peut-être partir plus tôt. Prendre la journée, quoi.

J'avais réussi à faire baisser le volume des pensées de Jessica et Daphné pour les réduire à un bourdonnement d'abeilles en colère. Pas de mots précis, mais des émotions à la pelle. (Ça faisait trois nuits que je m'entraînais sur le SDF du bout de la rue pour régler le volume. Il fallait bien que j'agisse, si je voulais dormir.) Mais Daphné s'en est mêlée :

– Oui, c'était le plan. Notre plan à *trois*.

– Tu sais ce qu'on dit : « À trois, on est bien, à quatre, on est trop », a ajouté Jessica.

– D'après le proverbe, « à trois, on est trop », ai-je rectifié. Et puis… Jessica, c'est ça ? Je croyais que tu ne pouvais pas sentir Mariah.

Ses yeux sont devenus ronds comme des billes.

– Quoi ?

Mariah l'a regardée.

J'ai haussé les épaules et pris un air compatissant :

– Juste une rumeur. Je ne sais pas, c'est peut-être pas vrai. C'est moche, des fois, les rumeurs. Ça peut faire de la casse.

Ah, la vache ! Je n'avais jamais eu ce pouvoir de toute ma vie ! Je comprenais maintenant pourquoi les super-héros se mettaient parfois à déraper, avec une lueur de folie dans les yeux. Les cerveaux de Jessica et Daphné partaient déjà en vrille, et je n'arrivais pas à faire le tri assez vite pour décider laquelle me détestait le plus.

Mais comme je disais, entre un truc excitant et la facilité, je n'hésite pas une seconde.

– Alors, vous séchez ? ai-je demandé à Mariah, tandis que les deux garces dansaient d'un pied sur l'autre. C'est cool !

Elle a regardé mes bottes, et je jure devant Dieu que j'aurais parcouru soixante kilomètres dans ces bottes si ça avait permis qu'elle les remarque.

– Ouais, je crois. Tu veux venir ?

« Joue-la cool, June, ai-je pensé. T'es pas un chiot dans une animalerie. Ne prends pas l'air suppliant. »

– Ouais. Pourquoi pas ?

Mariah a souri d'un air super content :

– Cool !

Je me suis retrouvée sur un petit nuage quand elle a dit ça. J'y étais ; ma nouvelle vie commençait, sans mes parents, sans mes timbrées de sœurs sur mon dos pour me dire ce que je devais faire. C'était la liberté comme je ne l'avais jamais connue, et j'en voulais encore plus.

– Attends, elle vient avec nous ? a demandé Daphné, furieuse. C'est qui, cette nana, d'abord ? Une *troisième* !

Il faut dire qu'après avoir lu les pensées de Daphné pendant trois minutes non-stop, c'était le truc le plus gentil qu'elle ait dit sur moi. En plus, elle et Jessica n'étaient que des secondes, comme Mariah. Elles avaient à peine un an de plus que moi. Au secours !

J'ai haussé les épaules :

– C'est ça. Au fait, Mariah, Daphné a dit à tout le monde que l'année dernière, tu rembourrais tes soutiens-gorge.

Tiens, prends ça.

Elles ont fait des yeux ronds toutes les trois, à croire qu'elles avaient avalé une mouche. Mariah s'est remise la première.

– Tu as dit quoi ? a-t-elle demandé à Daphné.

Celle-ci a levé les mains comme si Mariah la braquait avec un pistolet.

– Je n'ai jamais dit ça ! s'est-elle écriée. Je te le jure, demande à Jessica !

Mais Jessica avait l'air sur le point de vomir, et triturait sa bouteille d'eau vide en la faisant craquer avec un bruit d'os. Pas la bande-son idéale pour la conversation.

– Moi, je dis ça, j'en sais rien, ai-je ajouté innocemment. Je débarque, au lycée. Tout ce que je sais, c'est ce qu'on raconte.

Mariah a fusillé du regard ses désormais ex-amies. Si l'adolescence m'a appris une chose, c'est que toute une structure sociale peut s'effondrer et se reconstruire en moins de trente secondes. C'est comme un château de cartes, sauf que les cartes sont remplacées par la vie des gens.

– Allez vous faire voir, leur a-t-elle dit.

Elle paraissait plus grande et plus costaud, tout à coup, et j'ai eu un peu le vertige, comme si j'étais montée sur des montagnes russes par inadvertance. Son cerveau me faisait penser à celui de May quand elle est en rogne : un tourbillon de gros mots et de colère enveloppé dans une note aiguë.

Je me suis promis de ne jamais mettre Mariah en pétard… et de ne surtout pas lire dans ses pensées si ça arrivait.

– Bon, on sèche toujours ? ai-je demandé, impatiente de quitter le lycée avant que Jessica et Daphné ne me poignardent avec leurs stylos à bille.

Il faudrait que je demande à April si elle me voyait allongée dans un bain de sang dans un futur proche et, surtout, que je trouve le moyen de lui demander subtilement.

– Je crois que ça va sonner, ai-je repris. On devrait peut-être y aller.

Mariah ne lâchait pas Daphné des yeux.

– Ouais, m'a-t-elle répondu d'une voix tendue. On y va.

– June ! ai-je entendu dans mon dos.

Je n'ai pas eu besoin de me retourner pour savoir que c'était April.

– Génial, ai-je grommelé.

Elle fonçait sur moi, l'air furieux, son sac à dos sur une épaule. Les pans de son gilet informe voletaient autour d'elle comme des ailes.

– C'est ma sœur, ai-je annoncé à Mariah. Une petite minute, je reviens tout de suite.

Dès que j'ai été assez près, April m'a agrippée par le coude et éloignée des trois filles.

– Excusez-moi, je vous emprunte mon innocente petite sœur quelques instants, leur a-t-elle déclaré entre ses dents.

– Qu'est-ce que tu fiches ? ai-je sifflé. C'est quoi, ton problème ?

– Deux excellentes questions ! a-t-elle répliqué en lâchant mon bras pour mettre les poings sur les hanches. À tel point que j'allais justement te les poser.

– Moi prems !

– June. N'essaie même pas.

– Quoi ? ai-je dit. Je n'ai rien fait de mal !

– Tu viens de monter ces filles les unes contre les autres ! Je t'ai vu faire !

– Tu m'espionnes ?

– Écoute, ça ne m'amuse pas plus que ça, OK ? Mais c'est comme ça, et tu ne peux pas… en aucun cas… jouer avec la vie des gens ! On en a déjà parlé !

– Mais je n'ai rien inventé ! Elles ont dit tout ça !!

– Absolument pas. Tu les as entendues le *penser* ! Ça fait une énorme différence ! Tu mens pour arriver à tes fins, et c'est tellement nul qu'une journée entière ne suffirait pas à t'expliquer à quel point !

– Non, j'ai dit la vérité ! ai-je persisté. J'ai dit que je l'avais entendu. Je n'y peux rien si c'était dans les pensées de Jessica et Daphné ! Et Mariah ne devrait pas être amie avec des filles comme elles !

– Au fait, a repris April, comme si je n'avais rien dit, le plan de sécher avec Mariah, oublie.

– T'es quoi, ma seconde mère ? Je ne l'aurais pas fait !

April s'est cogné la tête avec son poing.

– June ? Ne mens pas.

C'était tellement injuste que j'ai cru que j'allais exploser.

– Oh, et puis zut, ai-je riposté. Toi et tes visions glauques dont tu ne veux même pas me parler ! Ben moi aussi, je sais des tas de trucs, plus que toi, même ! Je sais que May sèche tout le temps, et elle, tu n'as jamais essayé de l'arrêter ! C'est pas ma faute si tu te crois toujours obligée de jouer la grande sœur modèle ! Si je veux être amie avec Mariah, si je veux sécher avec elle, c'est pas toi qui vas m'en empêcher !

April a plissé les yeux :

– On parie ?

Je me suis plantée en face d'elle :

– Quand tu veux, ai-je dit à voix basse. Moi, je dis à maman que tu vas coucher avec ce mec.

Le tour était joué. April a cligné deux fois des paupières et m'a fixée.

– Tu en serais bien capable, a-t-elle admis.

– Parfaitement.

Les montagnes russes continuaient à monter vers le ciel et je me sentais un peu nauséeuse ; mais je ne pouvais plus revenir en arrière.

– Écoute, June, a dit April. S'il te plaît, ne sèche pas avec Mariah. S'il te plaît.

– Donne-moi une bonne raison.

– Je… je pense juste que ce n'est pas une bonne idée…

– Tu sais quoi, April ? C'est mon boulot, maintenant. C'est moi qui entends les idées, pas toi.

J'ai tourné les talons dans mes bottes trop classe et je suis retournée rejoindre Mariah. Jessica et Daphné avaient disparu là où vont les amies excommuniées (sans doute au CDI, comme tous les autres nullos), et je lui ai souri en rejetant mes cheveux en arrière.

– Désolée. Juste ma sœur qui piquait sa crise.

– Mon frère fait ça aussi. Alors, toujours partante ?

Je sentais April dans mon dos, qui pensait : « N'y va pas, n'y va pas, n'y va pas. »

– Totalement. On y va.

June, non, n'y va pas, n'y va pas, n'y va pas.

Je l'ai débranchée.

– Allez, ai-je dit à Mariah. On décolle.

chapitre 10

« Je devrais porter une banderole de sécurité, tellement je suis barrée. »
April

Le soir du jour où June a séché, j'ai super mal dormi. Je ne savais même plus si je voyais l'avenir d'une bande d'inconnus ou si je rêvais, simplement. La lumière rouge se rallumait tout le temps, clignotant doucement dans un coin de mon cerveau. J'ai prié pour que ce ne soit pas une tumeur. Je me voyais mal aller chez le médecin et lui expliquer le problème sans atterrir à l'asile. « Bonjour, docteur, oui, ces derniers temps, je vois l'avenir et, je ne sais pas pourquoi, mais j'ai le pressentiment d'une catastrophe imminente. Et ce n'est pas parce que j'ai seize ans et que je flippe sur les exams. À votre avis, ça peut s'arranger avec de l'aspirine ? »

J'ai comme un doute, sur ce coup-là.

Je me demandais quelquefois si June éprouvait la même chose que moi, couchée dans son lit, à écouter les milliers de voix qui bourdonnaient autour d'elle.

Des fois, j'aurais voulu être la télépathe pour savoir ce que mes sœurs et les autres pouvaient avoir dans le crâne à longueur de journée, sans avoir à le deviner.

Disons que j'enviais son pouvoir.

Encore plus énervant, à force d'être obnubilée par mes sœurs, je n'avais pas commencé ma dissert sur *Le Mythe de la Caverne*, le truc de Platon. Je l'avais lu la veille, mais j'avais tout oublié hormis le fait qu'il y avait des ombres et des gens enchaînés les uns aux autres.

Le problème, c'est que je suis censée être la bonne élève de la famille. Et c'est vrai que j'aime bien les cours et tout, mais j'aimerais bien pouvoir me planter de temps en temps. J'aimerais pouvoir me mettre à geindre : « Mais pourquoi on lit ce truc-là ? Pourquoi faut-il que Platon utilise tout le temps des métaphores ? Pourquoi personne ne peut m'expliquer une fois pour toutes ce qu'elles signifient ? »

D'accord, peut-être que je laisse mes problèmes personnels interférer, mais quand même; June a du bol, quelquefois. Personne ne s'attend à ce qu'elle ait des super notes, et elle n'a qu'à lire dans les pensées pour devenir géniale. Ça me tue.

(Bon, OK, je savais déjà que j'aurais 18 à la dissert que je n'avais pas encore écrite, mais là n'était pas la question.)

Ma mère buvait son thé à la fenêtre de la cuisine quand je suis descendue sur la pointe des pieds, tôt ce matin-là. Depuis le départ de mon père, elle a pris l'habitude de se lever bien avant nous – elle dit que c'est son « moment à elle ». J'imagine qu'elle a voulu organiser son temps. Parce que, seule avec son boulot et trois filles à la maison, les journées doivent être lourdes.

Quand je l'ai vue, j'ai fait ce que je faisais tous les matins depuis que j'ai des visions : j'ai passé sa journée au crible en redoutant une catastrophe. J'ai cherché des ruptures d'anévrisme, des crises cardiaques, des objets pointus, des salariés virés qui revenaient au bureau avec une arme pour se venger. J'ai cherché tout ce qui me passait par la tête, et une fois de plus, je n'ai rien trouvé.

Je le fais avec mes sœurs aussi. Je sais que je ne peux pas voir tout ce qui se passe, mais bon sang, j'essaye. La seule chose que j'ignore, c'est ce qui arrivera *quand* je verrai un truc horrible. J'essaie de ne pas y penser.

Mais la journée de ma mère était une journée comme les autres. Le travail, les courses, les factures. Elle m'a souri quand je suis entrée, et je lui ai souri en retour, soulagée.

– Salut, m'a-t-elle dit. Tu te lèves tôt. Tu veux une infusion ?

– Il y a de la théine dedans ?

– Non, c'est bio et cent pour cent naturel. Rien que du bon.

– Sans façon. Tu rends ça aussi tentant que des granulés pour poissons rouges.

– Tant pis pour toi.

Elle a avalé une gorgée avant de reposer sa tasse.

– April ? Je peux te parler de quelque chose ?

Aïe. Pourquoi est-ce que je n'avais pas été alertée pendant ma petite inspection de l'avenir ? Je n'étais pas d'humeur à avoir cette conversation sur le grand thème « Et vous, les filles, comment ça va ? ». Je l'avais déjà eue plusieurs fois avec ma mère, et une fois au téléphone avec mon père. Il s'était beaucoup raclé la gorge, et ses silences étaient carrément gênants ; au point que j'avais souhaité pouvoir deviner ce qu'il allait dire.

Comme quoi on devrait prendre le temps de réfléchir avant de souhaiter quelque chose.

– Tout va bien, m'man, lui ai-je affirmé en pelant une orange. Je t'assure, on s'en sort très bien toutes les trois.

– Oui, je sais, m'a-t-elle répondu. Et je suis fière de vous. C'est juste que… je trouve que May a l'air de disparaître de plus en plus souvent.

J'ai sursauté et laissé tomber mon orange.

– Quoi ? ai-je murmuré d'une voix à peine audible. Tu trouves que quoi ?

Bon, voyons les choses en face : il n'y a pas pire que moi au monde pour prédire l'avenir. Je parie qu'un chat de cirque serait plus doué.

– Ce qui m'inquiète, a précisé ma mère, aussi calme que j'étais agitée, c'est qu'elle passe de plus en plus de temps dans sa chambre.

– Oh. Heu, ouais, peut-être. Tu connais May. Elle est bizarre, des fois. Elle a besoin de son espace vital.

– Ça, ça a toujours été le cas, a confirmé ma mère. Et je le respecte. Mais… je vois bien qu'elle est super déçue de devoir reporter son séjour à Houston.

– Ouais, c'est normal.

– Mais en dehors de ça, tu crois qu'elle va bien ? Je sais qu'elle a du mal à s'habituer à notre séparation.

Clairement, elle pensait à l'épisode « tequila » de May, qui avait fini par aboutir à notre déménagement. Mais est-ce que ma sœur allait bien ? Comment étais-je censée répondre à cette question-là ? « Aucune de nous ne va bien », aurais-je voulu lui dire. « Loin de là. »

Au lieu de ça, j'ai déclaré :

– Je suis sûre que ça va, maman. June et moi, on s'en serait rendu compte, sinon. Franchement, May n'est pas du genre à papillonner en société. Il faudrait déjà qu'elle sorte de son cocon…

Ça n'était pas la vérité, peut-être ?

Ma mère a ri. Elle a glissé un bras autour de ma taille et m'a serrée contre elle.

– Bon, d'accord, m'a-t-elle dit. Je reconnais que ce n'est pas juste de te demander ça, mais… tu es l'aînée : garde un œil sur tes sœurs, si tu peux.

– M'man, crois-moi, ai-je répondu en lui faisant un rapide câlin, je n'arrête pas.

J'ai réussi à finir ma dissert sur Platon en cours de maths, pendant que le prof se passionnait pour les équations du second degré. À la pause de midi, j'ai filé à la salle des ordinateurs pour l'imprimer. Ce n'était pas mon meilleur devoir, mais ça ferait l'affaire.

Je me suis dirigée vers mon casier. Les couloirs étaient vides ; tout le monde était parti déjeuner en ville.

Je me suis demandé si j'aurais fait comme eux dans mon ancien lycée : aller manger des frites ou des sandwichs avec mes amis. Je n'avais pas vraiment parlé à qui que ce soit depuis notre arrivée. Je ne pouvais même pas imaginer une conversation. « Ouais, top, mes vacances. Au fait, j'ai des superpouvoirs mentaux. Et toi ? »

Il n'y avait que deux personnes dans le couloir quand je suis arrivée près de mon casier, une fille et un garçon. Super. Moi qui espérait être tranquille, je devais assister à une séance de pelotage dans le couloir. Sauf qu'en m'approchant, j'ai vu que ça n'était pas n'importe quelle fille. C'était Avery, la fille aux cheveux noirs que May avait failli renverser.

« Chouette », me suis-je dit en rabattant mes cheveux sur mon visage pour éviter qu'elle me reconnaisse. Je me demandais encore si j'étais censée m'excuser, mais comment ? Je me voyais mal lui balancer : « Désolée que ma sœur invisible ait failli t'écraser » !

Cela dit, Avery n'avait pas du tout l'air de s'intéresser à moi. Elle était clouée au mur par un mec qui lui soufflait dans le cou. Ça ne devait pas être confortable. Enfin, elle souriait, alors peut-être que si. Et j'avais d'autres problèmes à gérer que la vie sentimentale d'Avery.

J'allais tourner dans le couloir quand j'ai eu un flash dans ma tête, du liquide brun qui s'envolait vers le plafond, un cri de surprise, des jurons, et c'est tout. « Qu'est-ce que c'est que ce truc ? » ai-je marmonné. J'ai tourné à gauche et foncé dans quelqu'un de bien plus grand que moi, qui tenait un café. Le gobelet lui a échappé des mains et le café a giclé en l'air, presque au ralenti.

J'ai crié en serrant ma dissert contre ma poitrine.

Le mec a étouffé un juron.

Oh, ça y est, pigé. L'inconvénient, avec certaines de mes visions, c'est qu'elles ne prennent un sens que quand elles se réalisent.

– Oh là là, désolée ! me suis-je exclamée, en me rendant compte que le café s'était renversé partout sauf sur mon sac à dos, ouf. (J'avais des livres du CDI là-dedans, et j'ai horreur de payer des amendes.)

– Ça va ? ai-je demandé. Tu ne t'es pas brûlé ?

J'ai passé mon cerveau au crible, à la recherche de services d'urgences, de grands brûlés, de greffes de peau.

– Ouah ! T'es super speed, toi, a dit le mec en remettant en place sa casquette de base-ball.

J'ai relevé le nez, et réalisé que c'était Julian.

« Merci, mon cerveau, ai-je pensé amèrement. Sympa de m'avoir prévenue. »

En face de moi, Julian essuyait le café sur la manche de son blouson. Sa casquette était rabattue sur son visage et je ne le voyais pas bien, mais quand j'ai enfin croisé son regard, il était clair qu'il était moyennement ravi. Ses yeux sont tombés sur la mare de café par terre, avant de revenir sur moi. De sa main libre, il a coincé une mèche de cheveux derrière son oreille. Ils étaient raides et soyeux, comme s'il venait de les laver. Je me suis demandé comment sentait son shampooing…

« On se concentre, April. »

– Je suis sincèrement désolée ! Vraiment !

– C'est bon, relax ! Il n'était même pas chaud. C'est que du café de la cafèt.

Il a essuyé son sweat-shirt et secoué sa main pour faire tomber les gouttes.

– Tu souffres de troubles de l'attention ou quoi ? T'as toujours l'air sur le point de dérailler.

Je restais plantée là, à ouvrir et refermer la bouche comme un poisson. Je n'avais jamais entendu ce mec émettre autre chose que des grognements, et voilà comment il me parlait ?

– Heu, eh bien non, ai-je fini par répondre quand j'ai retrouvé ma voix. Je n'ai pas de troubles de l'attention. J'essaie juste de montrer un peu de respect pour les autres. Contrairement à certains qui continuent à polluer la planète avec des gobelets en polystyrène.

Houla. April la Reine de la Répartie s'était réveillée.

Quelques secondes se sont écoulées, après quoi il a émis un borborygme du style « C'est cela » et s'est éloigné, en laissant son gobelet sur le lino au milieu d'une mare de café.

– OK, d'accord, a-t-il lancé. À plus.

Non ; il laissait ses ordures par terre ?!

Mon cerveau pouvait me raconter ce qu'il voulait ; plutôt crever que sortir avec quelqu'un qui laissait traîner ses ordures.

Plutôt crever !

– Hé ! lui ai-je lancé. Tu vas ramasser ça, espèce de sale pollueur ?

– « Sale » pollueur ? a-t-il répété en se marrant. T'es une rebelle, dis donc.

– Ouais, pareil que toi, ai-je riposté. Laisser traîner ses gobelets par terre, c'est ce qui s'appelle affirmer sa différence. (J'ai désigné le A sur sa casquette, ce symbole galvaudé de l'anarchie.) Quoi, d'abord tu balances tes ordures partout et ensuite, tu renverses le gouvernement ? Pas mal, comme programme.

J'ai agité l'index, ce qui, j'avoue, était aussi ridicule que ça en a l'air. Mais trop tard ; c'était fait.

Julian a commencé à dire quelque chose, mais j'étais sur ma lancée, on ne pouvait plus m'arrêter :

– Et tu sais quoi ? J'aimerais bien te trouver ailleurs que dans mes pattes avec tout ton bazar quand j'ai des affaires à prendre dans mon casier ! Ça ne rate jamais ! Alors, fous-moi la paix, OK ? Bon Dieu, toi et Platon et tous les autres, vous n'êtes que des sales emmerdeurs ! Parfaitement, j'ai dit « sales » !

Il m'écoutait vitupérer avec des yeux de plus en plus ronds, et j'ai fini par me rendre compte que mon pouls battait à toute allure et que je respirais par à-coups.

– Quoi ? ai-je repris. T'en veux encore ?

Il a gardé le silence une minute, puis il a dit :

– *Le Mythe de la Caverne* ?

– Quoi ?

– Le truc de Platon.

Mon cœur continuait à propulser un sang rageur dans mes veines.

– Et alors ? On s'en fout.

– T'es en première ?

– Ouais.
– Je l'ai lu l'an dernier.
Il a passé la main sur sa casquette :
– C'est celle de mon cousin, au fait.
– Oh.
Je ne savais pas trop quoi dire.
– Alors t'es pas un anarchiste ?
Il a eu un petit sourire satisfait que j'ai trouvé assez craquant, autant que peut l'être un sourire satisfait.
– Je ne suis pas motivé à ce point-là. Je la lui ai piquée quand je suis allé le voir à la fac.
– Oh.
J'ai soupiré, et désigné son gobelet :
– Tu vas le ramasser, ou je dois le faire ?
Son regard s'est posé par terre, puis de nouveau sur moi.
– Tu sais que tu fais des fixations ?
– Oui, merci, Julian, je suis au courant. Mais c'est sympa de l'avoir remarqué.
– Tu sais comment je m'appelle ?
Je me suis immobilisée, à moitié baissée pour ramasser le gobelet. « Trouve quelque chose, vite, trouve quelque chose. »
– Heu, j'ai entendu un de tes amis qui t'appelait.
– J'ai pas d'amis.
« Au secours. »
– Écoute, ai-je lâché en balançant le gobelet à la poubelle. Tu veux vraiment le savoir ? Je suis voyante !
Après que les mots sont tombés de ma bouche, tout est resté comme en suspens. Je n'avais jamais

prononcé le mot « voyante » à haute voix. Même pas devant mes sœurs. J'ai attendu sans bouger la réaction de Julian. J'ai attendu les camisoles de force, les caméras des chaînes d'infos, n'importe quoi. J'espérais que je n'allais pas pleurer.

Mais je n'ai rien vu venir ; puis, Julian a éclaté de rire :

– T'es encore plus barrée que moi.

Il ne me croyait pas. Il pensait que je blaguais. Dans un flash, je l'ai vu en cours de maths deux heures plus tard, en train de glousser dans son coin en se rappelant notre conversation.

Apparemment, il n'était pas au courant qu'il y a toujours une part de vrai dans l'humour.

– T'as pas idée, ai-je dit. Je devrais porter une banderole de sécurité, tellement je suis barrée.

Il s'est remis à rire. Il avait un rire grave, spontané.

– Et toi, c'est quoi, ton nom ?

– April.

Il a hoché la tête :

– Eh bien, April, désolé d'avoir laissé mon gobelet par terre.

– Ouais, désolée de t'avoir gueulé dessus.

J'ai changé mon sac d'épaule. Ça commençait à devenir gênant de rester plantés tous les deux dans le couloir alors que le reste de la planète était en train de déjeuner. Ou c'était peut-être juste sa façon de me regarder d'un air perplexe qui était gênante.

– Oh, désolé si je ne t'ai jamais remerciée, a-t-il repris. Quand tu m'as poussé pendant le séisme. Je ne t'ai pas dit… oups, ça devient ridicule, là.

Je le dévisageais en tâchant de deviner ce qui se passait derrière ses yeux bruns, terrifiée à l'idée qu'il puisse savoir ce que j'étais. Mais pourquoi fallait-il que ce soit June, la télépathe ? J'étais totalement incapable de savoir ce qui se passait dans la tête des garçons.

– Merci, a-t-il marmonné. Merci d'avoir empêché une lampe de trois cents kilos de me tomber dessus. Même si ça m'a sans doute empêché de porter plainte et de toucher un million de dollars de dédommagements.

– C'est le remerciement le plus curieux que j'aie jamais entendu.

– Ouais, bon.

– Mais pas de quoi, me suis-je hâtée d'ajouter. Pas de problème.

On est restés plantés là une bonne minute : la parfaite image de deux débiles. Je cherchais désespérément un truc à dire pour mettre un terme à ce silence embarrassant.

Je suis en train de manger mon déjeuner, assise dans l'herbe avec Julian. Et je souris.

– Je rêve… ! me suis-je exclamée tout à trac, au moment où il disait : « Heu… on pourrait déjeuner ? »

– Tu me proposes de déjeuner avec toi ? ai-je demandé.

– Bah, sauf si tu préfères déjeuner avec tes amis, ou…

J'ai hésité une seconde avant d'avouer :

– J'ai pas d'amis.

Il m'a lancé un grand sourire :

– Je te l'ai dit, moi non plus. (Il a regardé les élèves qui allaient et venaient autour de nous.) Pas facile de trouver des gens qui en vaillent la peine.

– Bon, OK pour le déjeuner. Mais c'est tout. (Je venais de repenser à ma vision.) Rien que le déjeuner. Pas de blagues.

Il a haussé un sourcil.

– OK, j'annule le carnaval et les serpentins.

Je n'ai pas pu m'empêcher de rire :

– Parfait. Je déteste les grandes mises en scène.

Si on m'avait dit que Julian venait en cours avec son déjeuner, je ne l'aurais pas cru.

Pourtant, il était assis là sur la pelouse devant le lycée, en train d'ouvrir un vieux sac en toile pour en retirer un sandwich.

– Tu apportes ton déjeuner ? ai-je demandé. Sérieux ?

– Ben toi aussi, a-t-il signalé en désignant mon Tupperware rempli de carottes et d'houmous. Du moins, je suppose que ça se mange, ton truc. C'est quoi ?

– De l'houmous. Excellent pour la santé et bourré de protéines.

– Tu te le fais prémâcher ?

– Beurk, t'es dégueu ! Et toi, tu t'es regardé ? Tu manges un sandwich au *pain blanc* !

– J'adore, a-t-il affirmé avant de mordre dedans. J'aaaadore.

– Le pain blanc, ça peut te tuer.

Il a attendu d'avoir avalé pour répondre :

– Le lycée peut me tuer. Et aussi conduire sur l'autoroute, traverser la rue ou prendre l'avion. Je prends le risque, avec le pain blanc.

Il a pris une nouvelle bouchée avant d'ajouter :

– Laisse-moi deviner. Tu es l'aînée.

– Ouais. Comment tu le sais ?

– À cause de ton côté petit chef.

Il m'avait complètement dégoûtée de l'houmous ; du coup, je me suis rabattue sur les carottes.

– Je voudrais t'y voir, ai-je grommelé. Toujours devoir garder l'œil sur tout.

– Comment ça ?

– Rien.

– C'est vrai, n'empêche ! D'abord le coup de la lampe…

– Tu m'as déjà remerciée pour ça, l'ai-je arrêté.

– Et maintenant, tu me dis quelle sorte de pain je dois manger. (Il a souri, juste du côté gauche.) Caporal Jordonne.

J'ai levé les yeux au ciel avant de lui balancer une carotte, qui l'a atteint à l'épaule. Il n'a pas bougé d'un pouce pour l'esquiver.

– Et toi, je parie que tu es fils unique, ai-je répliqué. Vu que tu as l'air d'avoir autant de sensibilité qu'une loutre.

Il a eu un petit sourire fanfaron :

– Je plaide coupable, à part pour la loutre.

– Tu vois, tu ne peux pas comprendre. C'est une sacrée responsabilité, surtout quand…

Je me suis arrêtée juste avant de dire : « surtout quand tu peux voir ce qui va leur arriver. »

– Quand quoi ?

– Rien.

– Si, t'allais dire quelque chose.

– C'est rien. Tu sais, tu t'entendrais super bien avec ma sœur May. Vous avez le même goût pour les produits chimiques et les grossièretés.

– T'as raison, ça devrait coller.

Je l'ai fusillé du regard :

– T'as pas intérêt.

– Très bien, OK, restons entre nous, alors.

J'ai avalé mon bout de carotte de travers et Julian m'a tapé dans le dos pendant que je recrachais des morceaux.

– Hé, ça va ? m'a-t-il demandé. Évite de mourir étouffée. On risque de m'accuser, après.

J'ai hoché la tête, les yeux larmoyants :

– 'a va, ai-je articulé.

Mais en même temps, je recevais des flashs : Julian chez lui, prenant un livre de cours ; un casque sur les oreilles ; embrassant sa mère endormie sur le canapé avec ses chaussures aux pieds pour lui dire bonne nuit ; Julian à côté de moi au cinéma, riant de…

Hélàunepetiteminute. C'était pas un rancard, ça ?!

Bon Dieu, toute cette histoire de « voir l'avenir », c'était le pire truc qui me soit jamais arrivé.

Je lui ai jeté un petit coup d'œil, et je devais avoir une sale tête parce qu'il a eu un mouvement de recul.

– Quoi ? T'as besoin que je te fasse la manœuvre de Heimlich[1] ?

– Non, je…

J'ai secoué la tête, agitant les visions comme des

1. Manœuvre qui consiste à comprimer le thorax de quelqu'un qui étouffe pour expulser un corps étranger et libérer les voies respiratoires.

hochets dans mon crâne. J'ai essayé de me focaliser sur l'endroit où j'étais, en regardant les brins d'herbe, le parking de l'autre côté de la colline, mais je n'arrivais pas à rester concentrée. Les visions étaient super nettes, parmi les plus nettes que j'aie jamais eues, et j'ai compris que plus je me rapprocherais de Julian, plus je verrais de choses sur lui.

« Super, ai-je songé. Vraiment top. »

– Ça va, ai-je déclaré. Je t'assure. C'est juste un bout de carotte qui est passé par le mauvais tuyau.

– Ben si possible, évite de mourir.

J'ai souri malgré moi, tout en décidant d'établir sur-le-champ une bonne distance de sécurité avec lui. Je me doutais que ma dernière prémonition n'allait pas se réaliser pile là sur la pelouse, mais je ne voulais prendre aucun risque.

Et j'ai eu une nouvelle vision.

La lumière rouge est revenue lentement, pour finir par envahir tout mon champ de vision. J'entendais des sirènes, cette fois, et j'ai mis quelques secondes à comprendre qu'elles n'existaient que dans ma tête.

La lumière rouge clignote sans cesse et Julian est là, maintenant, les mains dans les poches, avec des reflets rouges sur le visage. Un policier s'approche de lui et les sirènes hurlent de plus en plus fort, au point que j'ai mal aux oreilles.

Oh seigneur. Oh seigneur.

– April ? disait Julian. April, qu'est-ce qu'il y a ? Ça ne va pas ? T'as encore un bout de carotte coincé dans la gorge ?

– Je, heu, je dois y aller, ai-je annoncé en fourrant à la hâte mon Tupperware dans mon sac à dos. À plus.

J'ai ignoré les gargouillis de mon estomac. Il se passait un truc grave, là, et je voulais m'éloigner le plus vite possible. Je pourrais toujours manger mes carottes et mon houmous plus tard.

– Heu, OK, a-t-il dit, l'air un peu vexé.

Et je suis partie sans lui dire au revoir.

Il m'a fallu deux heures pour arrêter de trembler. Je me rendais compte que les visions empiraient ; d'abord la lumière, puis les sirènes, et maintenant Julian. J'ai essayé de me déconnecter, mais les images revenaient en flottant comme un mauvais film, et me rappelaient sans cesse qu'il allait se passer quelque chose de grave, sans que je puisse rien faire pour l'empêcher.

chapitre 11

« Quel intérêt de pleurer si on ne peut même pas voir ses larmes ? »
May

J'ai toujours détesté l'école. Déjà au CP, je demandais : « On doit rester toute la journée ? Tous les jours ? Pendant douze ans ? Dites-moi que c'est une blague !? »

Mais maintenant qu'en principe, j'aurais pu aller partout où je voulais, c'était carrément devenu l'enfer pour moi au lycée. À n'importe quel moment, je risquais de me volatiliser. À quoi bon avoir un pouvoir quand on ne peut pas le contrôler ?

Histoire de rendre ça supportable, j'ai cherché les occasions qui me permettaient d'en profiter un peu. Au déjeuner, pendant que tous les autres tâchaient de prendre l'air cool en mangeant les sandwichs jambon-fromage préparés par leur môman, je pouvais me barrer ni vu ni connu à l'épicerie du coin pour m'acheter un délicieux snack bourré de conservateurs. (J'imaginais déjà le jour où April verrait comment je me nourrissais et me ferait une crise sanitaire. Elle me répète déjà en boucle : « Tu sais quels dégâts ça provoque sur le corps humain, les conservateurs ? » ; et je lui réplique : « S'ils arrivent à conserver les aliments, ils doivent pouvoir me conserver, moi aussi. »)

J'ai découvert aussi que je pouvais disparaître pile avant la sonnerie et sortir la première. L'idée n'était pas d'être à l'heure au cours suivant, mais plutôt de sortir du précédent le plus vite possible. Et même si je ne pouvais pas sécher, vu que mon chefaillon de grande sœur m'épiait tel un faucon, il me restait toujours d'autres options.

Et j'étais bien décidée à toutes les exploiter.

Le jeudi soir après les cours, j'étais allongée sur mon lit, plongée dans mon album de photos de Paris, quand April est entrée dans ma chambre. Je sais que, dans l'esprit de mes sœurs, j'ai un problème d'acceptation de la réalité ou quelque chose dans ce genre ; la vérité, c'est simplement qu'après une journée de cours, j'ai besoin de m'évader, et que la France me paraît l'endroit idéal pour commencer.

– Salut, a fait April.

– Salut salut, ai-je répondu en enlevant une oreillette de mon iPod. Ça roule, ma poule ?

– C'est qui, ce type ?

– Quel type ?

– Celui qui vient ce soir.

J'ai froncé les sourcils.

– Pas la moindre idée. C'est toi qui devrais le savoir, Madame Boule de cristal. C'est toi qui connais l'avenir.

Elle a levé les yeux au plafond.

– Il ne porte que des fringues de Stanford. C'est un indice ?

Mon cœur a bondi dans ma poitrine.

– Henry ? ai-je lâché. Mais enfin, on n'est pas… je n'ai pas…

– Apparemment, il vient te donner un cours ?

– Mais c'est pas prévu du tout ! ai-je bafouillé. Quel genre de désaxé sournois et pervers il faut être pour faire ça ?!

April a souri d'un air diabolique :

– Tu rougis.

– Parfaitement, je suis rouge de rage parce que je hais jusqu'aux brins d'herbe qu'il foule.

J'ai remis mon oreillette, mais elle s'est approchée pour le retirer.

– Excuse-moi, ai-je protesté, tu pénètres dans mon espace personnel. Physique et psychologique.

– Et t'as encore rien vu, a-t-elle rétorqué.

Elle s'est laissé tomber à côté de moi en allongeant les jambes sur mon couvre-lit prune. (C'est moi qui l'ai teint dans la machine à laver, ce qui a mis un peu le souk dans le linge familial. On apprend grâce à ses erreurs, non ?)

– Alors ? a repris April. C'est qui ?

– Tu ne peux pas le prédire et me fiche la paix ? Allez, April, c'est le seul endroit où je suis tranquille et tu gâches tout.

– Il s'appelle Henry, a déclaré June en passant devant la porte de ma chambre, qu'April n'avait pas jugé utile de refermer. C'est son prof de soutien d'histoire.

– Le droit à l'espace privé, ça te dit quelque chose ? lui ai-je lancé. Cherche dans le dictionnaire !

April a regardé June en fronçant les sourcils. Ça chauffait entre elles, mais j'ignorais pourquoi. Il suffisait que l'une entre dans une pièce pour que l'autre en sorte.

– Bon, a repris April. Henry. Il est mignon ?

– Pour ceux qui aiment le style cocker.

– Il est sympa ?

Je n'ai même pas levé le nez de mon ordinateur.

– Oh, un vrai rêve. Après chaque cours, on va aller au distributeur se prendre un chocolat chaud. Le paradis ! Et toi ? Ça boume avec Julian ?

June a repassé la tête par la porte :

– Non, elle se sert de ses superpouvoirs pour le fuir.

J'ai hoché la tête :

– Chouette. T'as bien raison. Comme ça, ça ne risque pas de finir mal.

– Ça n'a rien à voir, a rétorqué April après un coup d'œil assassin à June. Toi, t'as un mec qui vient te donner des cours. Moi, j'ai une vision qui n'a strictement aucun lien avec la réalité. Il n'y a aucune perspective d'histoire romanesque là-dedans.

– Arrête de lire Jane Austen[1]. Quand tu parles, on dirait un croisement entre *Emma* et *Star Trek*.

*1. Jane Austen (1775-1817), écrivain anglais du début du XIXe siècle dont plusieurs romans (*Orgueil et Préjugés, Emma, Raison et Sentiments…*) ont été popularisés par des adaptations cinématographiques.*

April a secoué ses cheveux blonds dans un geste assez proche de celui de June, si ce n'est que le sien était naturel.

– Même pas vrai.

J'avais besoin de changer de sujet ; penser à Henry me remplissait de rage aux couleurs de Stanford.

– Hé, ai-je demandé à April. Est-ce que je vais aller à Paris ?

– Quoi ?

– Est-ce-que-je-vais-aller-à-Paris ? ai-je demandé en détachant chaque syllabe.

– De quoi tu parles ?

– Je te pose une question. Tu peux voir l'avenir, dis-moi où je serai dans cinq ou dix ans.

– Tu sais bien que ça ne marche pas comme ça, m'a-t-elle répondu. Je ne choisis pas ce que je vois.

– Londres, alors ? Est-ce qu'au moins, tu vois Londres ?

– Je vois Londres ! Je vois la France ! a entonné June dans la salle de bains. Je vois… !

– Je vois quelqu'un à qui on fait avaler sa brosse à dents ! a crié April.

June a arrêté aussitôt.

– Revenons aux sujets importants, ai-je suggéré. Tu te l'es fait, ce mec ?

– Franchement, May, ce que t'es vulgaire !

– Ça, ça veut dire non, ai-je ricané.

– En plus, je suis sûre que je me trompe, a-t-elle argumenté.

J'ai rigolé.

– Ça ne serait pas la première fois. Là, ça t'arrangerait bien, avoue.

June est entrée en se tapotant délicatement le visage de poudre.

– Alors, ton prof de soutien va venir ? À la maison ? Ce soir ?

Je l'ai fixée avec mon regard de la mort :

– Si tu essaies de lire une seule de ses pensées…

Elle a haussé les épaules :

– Je ne contrôle pas les glorieux mystères du fonctionnement de mon cerveau.

– Attendez, a lancé April avant que j'aie pu bondir pour étouffer June. Oh, mince, où est-ce que j'ai déjà vu ça ?

– Quoi ? ai-je demandé.

Brusquement, j'ai eu un peu la nausée. Chaque fois qu'April a une vision, on dirait que ça se termine en catastrophe, et je ne voulais même pas envisager le genre de catastrophe qui se produirait quand je me retrouverais face à Henry. Des actes de mutilation, probablement.

– L'un de nous deux finit aux urgences ?

– Non, ce n'est pas ça, a dit April, mal à l'aise. On est jeudi. C'est ce soir que maman a son rancard.

Soudain, on aurait dit que tout l'air de ma chambre avait disparu. Puis je me suis rendu compte que c'était moi, en fait, qui avais disparu.

– Arrête de déconner, May ! a protesté June.

April a jeté un regard paniqué vers la porte.

– May ! a-t-elle sifflé. C'est maman… elle arrive ! Reviens tout de suite !

Cinq secondes plus tard, j'étais assise sur mon lit avec April, et June se tenait debout à côté de nous, les doigts crispés sur son poudrier.

– Oh ! s'est exclamée maman en nous voyant. On dirait que vous m'attendiez, les filles !

– Salut, a dit April, nerveuse comme un chihuahua.

Elle n'avait pas l'air de se sentir bien du tout. June a gloussé, et je lui ai enfoncé mon coude dans le bras pour la faire taire.

– Heu, les filles, a repris maman en s'asseyant sur mon pouf géant, je voulais vous parler d'un truc. Désolée d'avoir mis tout ce temps, mais je cherchais comment vous l'annoncer…

Le cauchemar recommençait. Je n'étais pas prête à me taper une nouvelle version de « Les filles, on a quelque chose à vous dire ». J'ai préféré mettre les pieds dans le plat :

– T'as un rancard, c'est ça ?

April a émis un petit jappement, toujours très chihuahua.

Ma mère a eu l'air carrément scotchée :

– Heu, oui. C'est ça. Il s'appelle Chad…

Évidemment qu'il s'appelle Chad. Forcément. Essayez de trouver plus moche.

– … c'est un collègue de bureau, très sympa. Mais je veux que vous sachiez que c'est juste une soirée. Rien de plus.

On l'a regardée en silence, et June a frissonné brusquement.

– Il passe me prendre à six heures pour aller dîner.

– C'est lui qui paye ? a demandé June.

– Heu, je ne sais pas, ma puce. Peut-être, je…

– Il a intérêt, a répliqué June. Sinon…

Elle a mimé un croc-en-jambe et maman a ri.

– Donc, June n'a pas d'objection, a-t-elle déduit. Et toi, May ?

J'ai lutté de toutes mes forces pour ne pas disparaître. Je sentais mon cœur qui se serrait, une boule d'énergie qui bouillonnait dans mon sternum, mes cheveux qui se dressaient. Mais je tenais bon.

– Moi, j'ai rien contre, ai-je menti. Tu es célibataire. Vas-y.

Ma mère a souri et s'est tournée vers April, qui a hoché la tête :

– Moi pareil, lui a-t-elle assuré. Tu l'as dit à papa ?

Je dois lui reconnaître ça, à ma sœur : elle sait poser les bonnes questions…

Elle s'est empressée d'ajouter :

– Parce que je suis sûre qu'il serait d'accord. Franchement, maman, c'est certain. Aucun doute là-dessus.

On a souri toutes les trois à notre mère.

– Je lui en parlerai, a-t-elle répondu à April. Ce n'est pas à vous de vous inquiéter pour ça. (Elle a fait une pause.) Donc… vous êtes OK ?

On a hoché la tête en chœur.

– Alors pourquoi vous faites des têtes de robots, tout à coup ?

Il fallait que l'une de nous réagisse et, soyons honnêtes, j'étais la candidate idéale.

– Hé, tu sais quoi ? ai-je lancé. Y a aussi un type qui

vient pour moi ce soir. C'est mon additif pédagogique !

– Prof de soutien, a rectifié April d'un ton supérieur.

– … et il va rehausser mes compétences en histoire européenne ce soir à partir de sept heures dans notre cuisine, avec l'aide d'une limonade, je suppose. Si je me sens en veine de générosité.

– Je crois qu'il préfère le Sprite, m'a soufflé April.

Ma mère m'a regardée en clignant des paupières :

– Toi, tu reçois un garçon ?

– T'en fais pas, m'man, elle le kiffe pas du tout, l'a aussitôt informée June, en fuyant mon regard.

Ma mère a eu un petit sourire :

– Et qu'est-ce qui te fait penser ça… ?

– C'est moi qui lui ai dit, suis-je intervenue avant que June ouvre à nouveau la bouche. Dans un moment de faiblesse. Quelqu'un avait dû verser du sérum de vérité dans ma boisson.

Ma mère s'est marrée et m'a embrassée sur le crâne. Ça continue à me toucher quand elle fait ça… mais je ne lui avouerai jamais.

– Bien, a-t-elle conclu. Mais vous écoutez April pendant mon absence.

– Pour changer, a grommelé June.

– Je serai rentrée à neuf heures au plus tard, a ajouté maman avant d'embrasser mes sœurs. Si on se retrouve coincés dans les bouchons, je vous appelle.

On a attendu qu'elle se soit éloignée pour s'affaler dans différents coins de la chambre.

– J'ai cru mourir, ai-je marmonné. J'ai cru que j'allais disparaître pile devant elle.

– Ça m'éclate de devoir superviser ton rancard avec ton additif, a gloussé April. Ça va être le truc le plus facile que j'aie jamais eu à faire. Même respirer, c'est plus dur.

June restait silencieuse, les yeux dans le vague.

– Arrête, lui ai-je dit. T'es encore en train d'espionner le cerveau de quelqu'un. Ça suffit.

– C'est pas vrai, a-t-elle répondu mécaniquement.

– Menteuse.

Mais elle n'a même pas pris la peine de se défendre et j'ai laissé tomber. Ça n'est pas drôle quand elle ne réagit pas.

April était allongée par terre, maintenant, les mains sur les yeux.

– Je peux vous dire un truc, a-t-elle annoncé en s'asseyant. On va passer ce fameux Chad à la loupe comme il ne l'a jamais été.

– On a les moyens de le faire parler, a approuvé June, avant de filer vers la porte. J'y vais. La télépathe a besoin d'une sieste.

À dix-sept heures cinquante-neuf, on était toutes les trois sagement installées dans le salon. April tenait la télécommande et June avait les jambes en travers de l'accoudoir de son fauteuil. Mais je ne crois pas qu'une seule d'entre nous aurait pu dire ce qu'il y avait à la télé. On attendait Chad.

Dix secondes avant que la sonnette retentisse, April s'est redressée brusquement pour annoncer :

– Que le spectacle commence !

On était à la porte avant que notre mère ait eu le temps de descendre.

– Au fait, les filles, pas la peine de l'accueillir comme un escadron des forces spéciales, nous a-t-elle dit en nous écartant. Il ne va pas nous attaquer.

June et moi, on s'est tournées vers April pour avoir confirmation. Elle a hoché la tête en nous poussant en arrière pour que notre mère puisse ouvrir la porte.

C'est dur à admettre, mais Chad avait l'air tout ce qu'il y a de plus normal. Je ne sais pas à quoi je m'attendais – des crocs, ou des poils partout, ou une eau de Cologne à tuer les mouches – mais il ressemblait juste à n'importe quel type qu'on croise au coin de la rue.

– Bonsoir, a-t-il dit. Vous devez être les filles de Carolyn.

– Non, ai-je répondu. On est des figurantes. C'est l'agence qui nous envoie.

– Je rêve, a marmonné April tandis que ma mère me poussait derrière elle.

Elles bossent en équipe, des fois, toutes les deux.

Ma mère a souri et l'a fait entrer, sous notre triple regard suspicieux.

– Je vous ai déjà vues en photo, sur le bureau de votre mère, nous a-t-il déclaré. Elle n'arrête pas de me répéter à quel point elle est fière de vous.

June, qui ne résiste jamais à un compliment, même le plus bidon, s'est illuminée.

– De qui elle parle le plus ? a-t-elle demandé. D'April, de May ou de moi ?

– April, c'est moi, a déclaré April en se plaçant devant June. Bonjour. Enchantée.

Pourquoi faut-il toujours qu'elle joue les jeunes filles modèles ? Ça me rend tellement plus difficile d'être… bah, moi.

Ma mère nous a présentées une par une. Quand mon tour est venu, je lui ai serré la main en disant :

– Ravie de vous rencontrer.

Et j'ai commencé à sentir des fourmis dans mon petit doigt.

J'ai lancé un coup d'œil à June, en m'imaginant déjà en train de disparaître. Elle a haussé un sourcil, puis hoché la tête pour montrer qu'elle avait pigé. Elle s'est éclairci la gorge :

– M'man, on peut aller regarder la télé ? a-t-elle demandé. Il y a le marathon de « La Prochaine Top-Model américaine[1] », et je veux voir quand la fille renverse de la bière dans le décolleté de l'autre nana. C'est un classique.

April a toussé pour étouffer un gloussement.

Ma mère nous a regardés tour à tour, nous et Chad.

– Je te présente mes filles, lui a-t-elle déclaré. Si tu préfères t'enfuir en hurlant, je comprendrai.

« Pourquoi remettre à plus tard ? » ai-je eu envie de dire. Mais je me voyais déjà interdite de sortie pendant les trois années à venir. Et j'étais trop préoccupée par ma main gauche, qui commençait à disparaître, malgré tous mes efforts pour la garder dans ma poche.

1. « America's next Top Model » *est une émission de télé-réalité rassemblant des centaines de candidates pour sélectionner la mannequin star de l'année.*

– Non, non, a déclaré Chad en souriant, mes enfants regardent ça aussi. Ravi de vous rencontrer, les filles.

June a littéralement bondi en entendant mes pensées et celles d'April hurler dans nos cerveaux, et je n'ai pas eu besoin de ses talents pour savoir qu'April avait exactement la même réaction que moi : « Des enfants ? Chad a des enfants ?! Alors, on pourrait avoir des demi-frères et sœurs ? »

– Ravies nous aussi, a dit April tandis qu'on se marchait dessus dans notre hâte de quitter l'entrée. Amusez-vous bien !

– Lèche-cul, ai-je sifflé dès qu'on a été hors de portée de voix. Tu tiens vraiment à ce qu'une bande de petits morveux s'installent ici et qu'on soit obligées de partager nos chambres et la liste des corvées et les parties de Monopoly ?

– C'est un premier rancard, pas un mariage, a objecté April à voix basse. June et toi, vous prenez tout au tragique.

– Tu peux parler ! a ronchonné June. J'ai cru que j'allais devenir sourde à t'écouter penser. Un vrai sifflet de locomotive. Alors, c'est qui qui prend tout au tragique, hein ?

– Je ne prends pas les choses au tragique, a répliqué April. Je suis l'aînée. J'ai déjà assez de mal à vous surveiller, surtout quand…

– Vous croyez qu'il a des fils ? a demandé June. Dans le genre mignons ?

April et moi, on l'a regardée, horrifiées.

– Quoi ? s'est-elle défendue. Je demande ça comme ça !

Ce serait sympa d'avoir un frère, pour ne plus être tout le temps coincée entre vous deux !

J'ai levé les bras – enfin, le seul qui restait visible à ce stade – au ciel en me plantant devant mes sœurs :

– Si on s'intéressait à ce type, plutôt ? ai-je suggéré. Avant qu'il embarque notre mère et jette son corps dans la rivière ou autre ?

April a poussé un soupir :

– Déjà vérifié. C'est quelqu'un de bien. Il a une fille qui doit avoir dans les treize ans et un fils un peu plus jeune, et il les emmène manger une pizza demain soir. C'est un bon père.

– Grand bien leur fasse, ai-je grommelé.

Mais mon estomac a fait un nœud et j'ai senti un courant d'air. Mes sœurs ont tourné la tête dans tous les sens en clignant des paupières.

– OK, May, fais ton numéro, a soupiré June. April et moi, on se charge du boulot, pendant que tu flottes en jouant les fantômes pathétiques. On a pigé.

Je bouillais de rage, mais je suis restée cachée. « C'est un bon père. » Cette phrase me narguait, même si je savais qu'April ne l'avait pas dite exprès. Chad n'aurait sans doute pas annulé un voyage à Houston. Je le détestais déjà. Qu'ils aillent se faire voir, lui et ses mioches avec leurs pizzas. Si ma mère était assez nulle pour sortir avec lui, ça la regardait. Ils n'avaient pas besoin de chaperon…

Ah la vache. J'étais un génie.

– Je peux les suivre ! me suis-je exclamée, en revenant si vite sur terre que je suis rentrée dans April. Aïe, pardon. Mais je peux les suivre ! Je peux me rendre invisible et voir tout ce qui se passe !

– Alors, ça, c'est du voyeurisme puissance mille ! s'est récriée June. Tu veux suivre maman et son type ? Et s'ils s'embrassent ? Beurk ! (Elle a eu un frisson.) Ce serait mon pire cauchemar. T'imagines, s'ils font des bruits baveux ? Aah, beurk beurk beurk.

Elle sautillait sur place en secouant les mains, le nez plissé, comme si ça sentait super mauvais.

– Ils ne s'embrassent pas, a affirmé April. Ils… Ho-ho.

– Quoi, ho-ho ? ai-je demandé. Quoi, ho-ho ?

Elle a haussé un sourcil :

– Ils vont manger mexicain. Maman est allergique à l'avocat. Merde.

– April, parle correctement, l'ai-je rabrouée. Épargne mes oreilles sensibles.

– Attends, non, en fait, tout va bien.

Son front s'est décrispé et elle a eu l'air soulagée.

– Ouf, il n'y a pas de guacamole, a-t-elle poursuivi. Elle va juste prendre des enchiladas et un verre de vin et…

– Si Chad conduit en ayant bu, il faut que je les suive, l'ai-je coupée. C'est mon devoir filial.

– … et Chad prend un Coca, a repris April. Il ne boit pas. Et je ne te vois pas sur la banquette arrière, May. Et voilà.

J'ai réfléchi à toute vitesse.

– Normal. Si je suis invisible, tu ne peux pas me voir. Et voilà.

Je lui ai tiré la langue.

– T'as quel âge ?

– Vous pourriez la fermer, une seconde ? a dit June. J'essaie de voir si Chad est un violeur.

Ses yeux bougeaient à toute vitesse, pendant que ses doigts pianotaient machinalement sur son jean.

– Bon, a-t-elle déclaré. Ce n'est pas un violeur. Il se dit que son blanchisseur est un arnaqueur. Et il doit se rappeler de porter sa voiture au garage pour changer l'huile, il oublie tout le temps.

– Eh ben c'est réglé, ai-je commenté. Notre mère ne peut pas monter dans une voiture dans cet état (prête à exploser).

– Désolée de vous le dire, a repris June en soupirant, mais il est parfaitement correct. Un peu ringard, mais maman aussi.

April a haussé les épaules et rejeté ses cheveux en arrière.

– Bon, faut s'y faire. La saison des rancards est ouverte.

– Quoi ? Vous êtes d'accord, vous ? ai-je demandé en ouvrant de grands yeux. Ça ne fait pas six mois qu'on a déménagé ! Il n'y a même pas deux heures qu'elle nous a demandé si ça nous allait, et vous vous écrasez déjà ?!

– Toi, tu devrais prendre des calmants, m'a dit June en me lançant un coup d'œil.

– Ta grande amie Mariah en a un à me passer ? ai-je répliqué.

June a fait semblant d'écouter une voix.

– Quoi ? Quelqu'un a entendu ça ? On me parle ? Vous devez être invisible, chère madame, parce que je ne vous vois pas, tellement vous êtes insignifiante.

– Bon Dieu, je ne suis pas gardienne de zoo ! s'est écriée April en s'interposant entre nous. Arrêtez ! Vous n'êtes que des sales pestes !

June a tressailli :

– Pourquoi tu viens de penser à Julian ?

April a rougi.

– Moi ? Pas du tout.

– Mais si. Tu viens de penser à lui, a insisté June avec un sourire diabolique. Tu le kiiiiffes…

J'ai regardé April.

– Si t'as envie de frapper, te gêne pas. Je ne dirai rien.

Tout à coup, notre mère a passé la tête par la porte.

– On y va, les filles. May, on reparlera plus tard de ton art du timing pour faire la maligne.

J'ai soupiré.

– Pas ma faute si mes talents dans ce domaine ne sont pas reconnus.

– Amuse-toi bien, m'man, a dit April.

– Si le rancard lui plaît, m'man, il doit penser à la bague, a ajouté June. Raisonne comme Beyoncé[1].

Maman a caressé les cheveux de June en riant.

– Bon, les filles, passez une bonne soirée. Et ne m'appelez pas, sauf si la maison brûle ou que l'une de vous se casse quelque chose.

– Et pour les bleus ? ai-je demandé. On t'envoie juste un texto ?

Ma mère m'a lancé un dernier regard noir et elle est partie.

Cinq minutes plus tard, j'étais allongée sur mon lit,

1. *Référence à la chanson* Single Ladies *de Beyoncé.*

le nez dans mes photos de Paris. Je n'avais vraiment commencé à les collectionner qu'après le déménagement, quand je n'avais qu'une envie, être ailleurs, n'importe où. J'allais revenir à celles du début quand April est passée devant ma chambre d'un pas décidé.

– May, Henry est là !

J'ai jeté un coup d'œil sur mon réveil.

– Mais non. Il n'est que sept heures moins le quart.

On a sonné à la porte.

– Je te l'avais dit ! a retenti la voix d'April en filant retrouver son cher travail dans sa chambre. Ta confiance me touche.

– Je t'en prie.

Je me suis traînée jusqu'en bas pour aller retrouver Henry.

Il était dans l'entrée, au même endroit que Chad une demi-heure plus tôt, avec un gros sac à dos Stanford tellement bourré que les coutures menaçaient de craquer.

– Eh bé, quelle surprise, ai-je fait. Tu viens faire quoi, diffuser ta propagande du lycée dans tout le quartier ?

– Je voulais te faire la surprise, a-t-il répondu.

Il a tenté un sourire, qui s'est éteint aussitôt devant mon manque de réaction. En plus, il avait les cheveux en pétard, comme s'il avait conduit avec les vitres ouvertes. Le rebelle.

– Tu sais… a-t-il repris. Vu qu'on s'est… un peu disputés et que tu as filé et que je ne t'ai pas revue depuis.

– Et tu oublies de rappeler que tu t'en es pris à ma personnalité. C'est le point essentiel pour moi.

Il a quand même paru un peu coupable.

– Ouais, enfin bref, je suis tenu de te donner encore au moins cinq cours…

– Mon cœur vient de s'arrêter, ai-je marmonné. Et tu n'étais pas obligé d'apporter toute ta bibliothèque. On a des livres, ici aussi. Ma sœur April fait la collec. Je suis sûre qu'on aurait trouvé quelque chose.

– Ta sœur a dit que je pouvais aller à la cuisine et…

– Laquelle ?

– Heu, votre cuisine, je pense…

J'ai levé les yeux au plafond.

– Je parlais de mes sœurs. Il y en a deux qui traînent dans le coin.

Henry a eu un petit rire.

– Oh. Heu, ouais, hum. Celle avec des cheveux bruns, un peu plus courts que les tiens.

– C'est June, l'ai-je informé. L'autre, c'est April. Elle est en haut. Un autre moyen de les distinguer, c'est de retenir que June est énervante et April rasoir.

– J'ai entendu ! a crié June depuis le salon.

J'ai regardé Henry.

– Qu'est-ce que je disais ?

– Ouais, je connais ça, m'a-t-il dit. Moi aussi, j'ai une sœur.

Je ne me sentais pas d'humeur à penser à l'histoire, ni à Henry, ni à mes sœurs, ni à ma mère et Chad. Ma tête était déjà trop remplie.

– Allons-y, ai-je dit. Les merveilles de l'histoire nous attendent.

On s'est installés à la table de la cuisine, avec de l'eau

pour moi et du Sprite pour lui – merci, April –, j'ai regardé l'énorme bouquin de cours et soupiré.

– Bon, ça doit durer combien de temps ?

– Une heure ? Une heure et demie ? Je ne sais pas. C'est la première fois que je donne des cours de soutien.

– Je n'aurais pas deviné... ai-je répliqué. On est coincés tous les deux, alors.

Je me suis baissée pour vérifier que mes pieds étaient toujours à leur place, et c'est là que j'ai vu ses chaussures.

– Ouah ! ai-je dit en me baissant davantage. Oh la vache !

– Quoi ?

Henry a suivi mon regard.

– Quoi ? J'ai fait des traces de boue par terre ?

J'avais du mal à parler tellement je me marrais.

– C'est écrit Stanford sur tes lacets ?

Il s'est hérissé.

– C'est que des lacets, a-t-il tenté pour sa défense.

– Ahahaha !

J'ai dû me fourrer la tête sous la table le temps de me calmer.

– Dis, Henry, ai-je poursuivi dès que j'ai eu retrouvé mon souffle. Si un jour tu as besoin de cours de soutien pour apprendre à être cool, n'hésite pas à me demander.

Il a marmonné quelque chose sur le lycée qui constituait la base d'une vie d'adulte stable, puis il a ouvert son livre.

– Bien, a-t-il déclaré. Qu'est-ce que tu sais sur Robespierre ?

– Un gros nul, ai-je répondu en m'essuyant les yeux. Qu'est-ce que c'est que ce nom, d'abord ? C'est de sa faute s'il a été décapité, avec un nom pareil.

Henry a eu l'air content.

– Alors, tu sais qu'il a été décapité ?

– J'aime bien les trucs sanglants.

– Donc, tu sais aussi que Marie-Antoinette a été…

Il a attendu patiemment que je termine sa phrase.

J'ai battu des paupières.

– … interprétée par Kirsten Dunst dans le film.

Henry a soupiré.

Je me suis calée contre le dossier de ma chaise avec un grand sourire.

– Quoi, c'est pas *faux*, ai-je insisté. Dix sur vingt.

On a passé quelques minutes comme ça, Henry tâchant de m'intéresser à la Révolution française et moi, totalement hermétique à la Révolution française. Je m'ennuyais tellement que j'ai envisagé de disparaître, rien que pour mettre un peu d'ambiance. Mais j'ai chassé l'idée avant que June ne l'entende ou qu'April ne la voie arriver. Je m'ennuyais, d'accord, mais de là à être suicidaire…

– Donc, quand Robespierre… a repris Henry.

Je l'ai interrompu avec un gros soupir.

– On peut faire une pause ?

– Ça ne fait que dix minutes qu'on a commencé et tu n'as pas répondu correctement à une seule question, a-t-il objecté.

Il semblait garder son calme. J'en ai déduit que je n'avais pas encore poussé le bouchon assez loin.

– Raison de plus, ai-je insisté. Je suis stressée. Ce n'est pas le bon état d'esprit pour étudier de manière constructive.

– Je croirais entendre ma sœur, a-t-il commenté.

À ce moment-là, April est entrée en coup de vent dans la cuisine.

– Salut. Je ne fais que passer, je viens prendre un verre d'eau, a-t-elle annoncé en me lançant un regard du type parental autoritaire. Je suis April, la sœur de May.

– Salut, a fait Henry.

– Heu, April, tu brises mon élan, là. (Je me suis tournée vers Henry.) T'as bien vu ? Elle entre et paf, j'oublie tout ce que j'ai appris.

– Difficile d'oublier ce qu'on ne sait pas, a-t-il répliqué.

April s'est versé du jus de pomme avec un sourire narquois.

– Henry, a-t-elle dit en rigolant, je ne sais pas qui te paye pour faire ça, mais tu devrais réclamer une augmentation.

Il a haussé les épaules en rougissant légèrement.

– C'est du bénévolat, pour mon dossier de candidature à la fac.

April a remarqué ses habits, son sac à dos et ses lacets débiles.

– Laisse-moi deviner laquelle…

– C'est une des meilleures facs du pays, a observé Henry. Et elle a son équipe de golf et…

Je n'avais aucune intention d'entrer dans un débat sur le golf.

– April, l'ai-je interrompu, tu as ton jus de pomme. Mission accomplie. Peux-tu nous laisser, s'il te plaît ?

Juste avant de sortir, elle a fait volte-face et saisi un rouleau d'essuie-tout qu'elle a posé sur la table, entre Henry et moi.

– Tenez, a-t-elle dit en me décochant un clin d'œil. Ça peut servir.

– Ça n'était vraiment pas nécessaire, ai-je protesté. Franchement.

Elle s'est marrée.

– Tu verras.

Henry nous a regardées l'une après l'autre, l'air perplexe.

– Merci, a-t-il dit enfin. Ça, heu, ça ne peut pas faire de mal d'avoir de l'essuie-tout.

– Ouais, ce sera parfait pour éponger le bain de sang, ai-je marmonné. Bon, ça y est, April ?

– Bye bye ! a-t-elle fait en agitant la main. Amusez-vous bien !

Je me suis retournée vers Henry en rejetant mes cheveux en arrière, juste au moment où il soulevait sa canette de Sprite.

Je hais plus que tout quand ma sœur a raison.

Mon bras a heurté celui de Henry et le Sprite nous a éclaboussés.

– C'est pas vrai ! me suis-je écriée, tandis que ça coulait partout sur mon jean, et sur la table, et par terre. Désolée !

– Une chance que ta sœur ait apporté l'essuie-tout, a dit Henry. Quel souk !

J'étais morte de honte.

– T'inquiète pas, il reste du Sprite dans le garage. Tu me passes de l'essuie-tout ?

Il a commencé à nettoyer la table pendant que je m'attaquais au carrelage gluant.

– Au moins, ça n'est pas tombé sur le livre, a dit Henry. C'est déjà ça.

– Génial, ai-je répondu. Je pourrais peut-être renverser le reste.

Ça l'a fait rigoler. Il est venu me reprendre de l'essuie-tout et nos doigts se sont touchés.

– Pardon ! ai-je dit en retirant ma main précipitamment.

– Pardon ! a-t-il dit en même temps en retirant la sienne.

Et devinez ce qui a disparu tout de suite après ?

Gagné.

J'ai fourré ma main gauche, désormais invisible, tout au fond de ma poche, pour qu'Henry ne s'aperçoive pas que je m'étais transformée en capitaine Crochet. Puis j'ai ri nerveusement.

Henry s'est éclairci la gorge.

– Donc, Robespierre.

– Décapité, ai-je rétorqué mécaniquement. Un bout de corps en moins. Je compatis.

Je me suis rassise en priant pour que mes pieds restent à leur place.

Pendant dix minutes, je les ai sentis qui menaçaient

un peu plus de disparaître chaque fois qu'Henry se penchait pour m'expliquer un truc ou pour reprendre son stylo. Ça a dû être le cours de soutien le plus inefficace du siècle. Henry aurait aussi bien pu me parler en cantonnais, pour ce que j'en ai retenu. Je mettais toute mon énergie à ne pas disparaître, et à part ma main et mes pieds, je m'en sortais très bien. Dommage qu'on ne soit pas notés sur le contrôle mental, parce que je cartonnerais, dans cette matière.

– C'est bon, tu suis ? m'a demandé Henry au bout d'un moment.

– Ouais, pourquoi ?

– Tu ne fais plus de commentaires ni de vannes.

J'ai souri.

– C'est parce que c'est passionnant. Ça me passionne. Je suis comme ça, quand je suis passionnée.

– Ah, là, je retrouve ton humour.

– Tu penses toujours que je ressemble à « une de ces filles » ?

Et pouf, mes pieds ont disparu.

Je n'avais jamais été consciente de mon cou, avant, mais là, je vous jure, j'étais quasi sûre qu'il était en train de disparaître aussi. J'ai cherché un truc à toute vitesse, en essayant de ne pas paniquer.

– Ouah, il pèle ici, ai-je dit. Tu peux me passer la couverture qui est sur le canapé ?

Henry m'a regardée. Il était en jean et en tee-shirt.

– Il doit faire vingt-deux degrés, dehors…

– Oui, mais… je suis très sensible aux changements de température.

J'avais tout sauf froid, et rien que l'idée de mettre une couverture me faisait transpirer. June avait raison : pourquoi l'une de nous (moi, au hasard) n'avait pas reçu le don de voler, plutôt ?

– Bon, OK, a dit Henry.

Il est revenu une minute plus tard avec la couverture.

– Tiens. Tu es sûre que ça n'est pas un plan pour tomber dans les pommes et zapper la fin du cours ?

D'une main, j'ai pris la couverture que j'ai étalée sur mes jambes.

– Je préférerais, ai-je dit en sentant ma cheville se volatiliser.

Bah, une cheville de plus ou de moins, qu'est-ce que ça change ?

– Alors, après… a commencé à dire Henry en se penchant pour replacer le livre devant moi.

Je me suis reculée instinctivement, de peur que mon nez se volatilise. Henry sentait bon, en fait. Les feuilles d'automne, ou…

– Beurk.

Henry et moi avons levé les yeux alors que June entrait dans la cuisine en me faisant la grimace.

Cette petite teigne venait de lire dans mes pensées.

– June ! ai-je lancé, si fort que Henry a tressailli. Je peux faire quelque chose pour toi ? Une petite lobotomie ?

– Relax, j'ai soif, c'est tout. Salut, Henry, a-t-elle ajouté en agitant la main. Ça roule ?

– June ! ai-je presque crié. Ça n'est pas *ton* cours de soutien. Calme ta soif et pars.

– Salut, June, a dit Henry.

Pourquoi était-il plus sympa avec mes sœurs qu'avec moi ? Il ne m'avait même pas dit bonjour, la première fois !

– Pas la peine d'être jalouse, a marmonné June en rejetant ses cheveux comme Rita Hayworth pour prendre la bouteille d'eau dans le frigo.

Elle n'est même pas fichue de se servir un verre d'eau sans tout faire pour qu'on la remarque.

– Prière de ne pas donner à manger aux animaux, ai-je dit à Henry en jetant un regard noir à ma sœur. Ça ne fait que les encourager.

June a ignoré mon commentaire, du moins sur le coup.

– On n'a pas un peu chaud ? m'a-t-elle demandé en lorgnant sur la couverture. Ou c'est juste pour le plaisir de mélanger la laine et le polyester ?

– Je me sens très bien comme ça, ai-je répliqué sèchement.

Je lui ai envoyé une image mentale de tous mes bouts de corps manquants. Elle a écarquillé les yeux, gloussé et fait semblant de chercher un verre dans le placard. Henry, qui lui tournait le dos, ne pouvait pas la voir. Moi si.

Malheureusement.

– Il te kiffe ! a-t-elle articulé silencieusement.

Puis, elle a envoyé des baisers dans le vide avant de pointer l'index sur Henry, avec un sourire jusqu'aux oreilles.

– Et quand la Révolution a vraiment commencé…

bourdonnait la voix d'Henry, qui ne se doutait pas une seconde que ma sœur était en train de lire dans ses pensées.

J'ai serré les dents en regardant June avec de grands yeux. Je commençais à avoir des fourmis dans le pouce droit.

Elle a compris ce qui se passait.

– Oups, a-t-elle dit. C'est bête, ce qui t'arrive.

– Quoi ? a demandé Henry en relevant le nez.

– Rien, ai-je assuré avec une grimace. Tu peux nous laisser, June ? S'il te plaît ?

« Avant que ma tête disparaisse entièrement ? » ai-je ajouté mentalement.

– Je prends juste un verre d'eau, a-t-elle répondu. Détends-toi.

Henry s'est marré.

– Ma sœur répète ça tout le temps.

June l'a désigné du menton, puis elle a levé les pouces vers le haut en me faisant un clin d'œil.

« Il me manque deux pieds, une cheville et une main, ai-je pensé, mais je trouverai le moyen de te botter les fesses. Fais-moi confiance. »

June a fait mine d'être effrayée en se versant son eau, puis elle a rincé son verre et l'a mis au lave-vaisselle en faisant tout un cinéma. À ce stade, j'étais sûre que les vaisseaux de mes joues allaient exploser, tellement j'étais écarlate. Je gardais les yeux rivés sur le livre, sans même oser regarder Henry.

C'était de loin le moment le plus embarrassant de toute mon existence.

– Bon, ai-je dit quand June est remontée à l'étage, voilà mes sœurs. Désolée que tu aies dû assister à ça. Elles ont dû s'échapper de leurs cages. Ça n'arrivera plus.

– Pas de problème, a dit Henry en riant. Ma sœur est totalement timbrée. J'ai l'habitude.

– Franchement, je crois que je te bats.

– Bah, est-ce qu'une de tes sœurs a un petit ami qui craint, comme la mienne ?

J'ai repoussé le livre d'histoire.

– Je ne crois pas, mais je me ferai un plaisir d'arranger ça si ça peut me permettre d'avoir la paix. Ça se trouve où ? Sur eBay ? Ou il me suffit de traîner dans le parking d'un Mac Do ?

– Je suis prêt à te payer pour que tu prennes le sien. Non, je blague. Je ne ferais pas une chose pareille à tes sœurs.

– À ce point-là ?

– Ouais. (Il m'a regardée d'un air un peu inquiet.) Tu es sûre que ça va, avec ce sweat-shirt et cette couverture ? T'as l'air d'avoir… chaud.

– Non, ça va très bien. (Je dégoulinais.) Parfaitement bien.

J'ai souri en gardant la bouche fermée, au cas où une de mes dents de devant m'aurait laissée en plan.

– Donc… le petit ami qui craint ?

– Ah ouais. Un vrai crétin. En principe, il redouble sa première. Mais je crois qu'il ne va même plus au lycée. Et il se fiche totalement d'elle.

– C'est vrai que ça craint, ai-je commenté.

Il a essuyé les gouttes de condensation sur sa canette.

– Tes sœurs m'ont l'air assez normales, comparées à la mienne. J'ai essayé de lui parler, mais… (Il a haussé les épaules.) Tu sais ce que c'est.

J'espérais que mes sœurs ne suivaient pas la conversation. Ou je n'avais pas fini de les entendre répéter que mon prof de soutien les considérait comme la crème de la crème.

– Bah, j'admets que mes sœurs ne sont pas si atroces que ça. Mais la normalité, c'est pas ce qui se vend le mieux, chez nous.

Comme pour confirmer ce que je disais, mon genou droit a disparu. En parlant avec Henry de son idiote de sœur, j'avais oublié de me concentrer pour garder tous mes morceaux en place.

– Nom de Dieu ! me suis-je écriée avant d'avoir pu me retenir.

Henry a failli avoir une crise cardiaque.

– Quoi ? Qu'est-ce qu'il y a ?

J'ai collé la main sur mon genou en tâchant de le maintenir là par un pur effort de volonté. Je le sentais qui tremblait sous ma peau, comme des vaguelettes dans l'eau.

– Je… Je… Oh, j'en reviens pas d'ignorer autant de choses sur l'histoire européenne ! ai-je improvisé. Cette lignée royale est sans fin ! Continue, j'ai tellement de trucs à apprendre !

J'ai tenu encore dix minutes, les bras serrés sur ma poitrine au cas où mes nichons décideraient de mettre les voiles. (Pour ce que ça changerait ! C'est tout juste si j'en ai.) Je ponctuais les commentaires de Henry de hochements de tête et de « Huh-huh », les yeux sur l'horloge du micro-ondes, en me concentrant de toutes mes forces pour tenir jusqu'à la fin du cours.

Enfin, l'horloge a marqué vingt heures et j'ai poussé un énorme soupir de soulagement.

– Houla, déjà huit heures ? ai-je annoncé en interrompant Henry au milieu d'une histoire de traité. Ah, je suis épuisée, pas toi ?

Il a regardé l'horloge par-dessus son épaule.

– Tu ne veux pas qu'on continue ? Juste une petite demi-heure ?

– J'ai le cerveau grillé, ai-je répondu. Impossible d'apprendre avec le cerveau grillé. C'est sûrement contraire à la déontologie des cours de soutien.

J'avais peur de me lever, au cas où je ressemblerais à du gruyère plein de trous.

La porte d'entrée s'est ouverte.

– Salut ! a lancé maman. Je suis là !

– C'est pas vrai, ai-je murmuré en me couvrant les yeux avec ma bonne main.

– Bonjour, vous devez être Henry, a dit ma mère en faisant claquer ses talons sur le carrelage de la cuisine. Je suis la mère de May. Ravie de vous rencontrer.

– Oh, bonjour, Mrs Stephenson, enchanté.

J'aurais dû me douter qu'Henry savait faire la « danse de la mère ».

C'est peut-être mon imagination, mais il m'a semblé qu'elle se raidissait en s'entendait appeler Mrs Stephenson. Elle avait repris son nom de jeune fille, ce qui m'avait un peu blessée, allez savoir pourquoi. Ça devait me faire bizarre d'avoir une mère qui ne s'appelait plus comme moi.

Cela dit, je commençais à être rodée aux trucs bizarres.

– On a fini, ai-je déclaré. Henry allait partir.

– Vous avez du mérite, Henry, a dit ma mère avec un grand sourire. L'histoire n'est pas le point fort de May.

– J'ai déjà du mal à affronter le présent, me suis-je défendue, en me rendant compte seulement après à quel point c'était vrai.

– Pas de problème, a dit Henry. On se voit demain au lycée, May ?

J'ai hoché la tête.

– Ça marche.

Ma mère m'a regardée en levant un sourcil.

– May, m'a-t-elle dit lentement, ce serait gentil de raccompagner Henry à la porte.

Hou là là. Hou là là. Je n'avais jamais eu de crise de panique, mais il faut une première fois à tout.

Henry m'a regardée en haussant un sourcil à son tour, ce qui lui a fait des plis sur le front, puis il a secoué la tête avec un soupir et ramassé son sac.

– Je trouverai la sortie, Mrs Stephenson.

À la seconde où la porte s'est refermée derrière lui, ma mère m'a jeté un coup d'œil étonné.

– Qu'est-ce que tu fais avec tous ces habits et cette couverture ? Tu as froid ? Tu es malade ?

J'ai esquivé la main qu'elle tendait vers mon front.

– Non, je vais très bien. J'avais juste un peu froid à force de rester assise.

Il fallait que je change de sujet. Et vite.

– Alors, comment ça s'est passé avec Chad ? ai-je demandé.

Ma mère a haussé les épaules.

– Très bien. June va être contente, il a payé pour le dîner.

– April sera ravie aussi.

– Oui, sûrement. Et toi ? (Elle m'a glissé un petit coup d'œil.) Avec Henry ?

– M'maaan. Il me donne des cours de soutien.

– OK. Mais tiens-moi au courant. Ta mère aime bien rester dans le coup.

– Et Chad, il est juste sympa ?

Ma mère a hésité, avant de me regarder avec le même petit sourire diabolique que j'ai parfois.

– Il avait un bout d'épinard coincé là, a-t-elle dit en désignant son incisive supérieure gauche. Mais comme il n'arrêtait pas de parler, je n'ai jamais réussi à le lui dire.

J'ai rigolé.

– C'est vrai ?

Elle a ri aussi.

– J'en ai peur.

C'était de loin la meilleure nouvelle depuis des jours.

– Je vais monter voir tes sœurs et me changer, a-t-elle annoncé. Ça va aller, toi ?

– Nickel.

J'ai serré les dents ; je tremblais presque, tellement c'était dur de tenir. « Accroche-toi », me suis-je dit.

Ma mère s'est arrêtée.

– Tu es sûre ? Tu as l'air un peu…
– Fiévreuse ?
– Tendue.
– Voilà ce que c'est d'étudier !

Elle a ri en s'engageant dans l'escalier. Je suis restée assise à écouter ses pas tandis qu'elle entrait dans la chambre de June, puis dans celle d'April, puis dans la sienne. À la seconde où elle a fermé sa porte, j'ai filé à l'étage. C'était vraiment bizarre de courir sans voir mes pieds. J'ai foncé à la salle de bains et tiré le verrou.

Quand je me suis retournée, il n'y avait personne dans le miroir.

Je ne sais pas bien combien de temps je suis restée enfermée. J'ai essayé de me faire revenir ; pas moyen. Alors je suis restée là, allongée par terre. J'en aurais pleuré de frustration. Sauf que je ne pleure jamais ; question de principe.

Et puis, quel intérêt de pleurer si on ne peut même pas voir ses larmes ?

Au bout d'un long moment, June a frappé à la porte.

– May, a-t-elle gémi. Je dois me préparer pour aller me coucher.

Je l'ai ignorée.

– Alleeez, a-t-elle grogné. Sérieux, je dois me démaquiller et mettre ma crème de nuit !

Et brusquement, je me suis retrouvée dans ma peau, furax d'être interrompue, furax de ne pas pouvoir me contrôler, furax d'être comme ça.

– Oh, je m'en voudrais trop de t'en empêcher ! me suis-je exclamée en ouvrant violemment la porte.

June est entrée comme un boulet de canon.

– C'est important de suivre un rituel quotidien, m'a-t-elle informée. (Elle m'a jeté un petit coup d'œil.) Ça ne te ferait pas de mal, sans vouloir te vexer.

– Ouais, et moi, je trouve qu'il faut être débile pour dépenser autant en crème hydratante. Sans vouloir te vexer.

– J'espère que tu seras contente de tes pattes d'oie, plus tard. Alors, c'était cool de rester couchée par terre là-dedans en déprimant à mort ?

– Hé ! ai-je lancé. T'as pas le droit de m'espionner ! J'étais…

– Je ne t'ai pas espionnée ! a protesté June. Pas besoin de ça pour deviner que tu déprimais.

Elle s'est fait un petit chignon à la va-vite, avant de sortir tous ses petits pots pour les aligner sur le lavabo.

Quelquefois, je me dis que son grand but dans la vie est de tourner dans une pub pour L'Oréal.

– Tu sais quoi ? m'a-t-elle dit. Tu te souviens, tout à l'heure, quand maman nous a parlé de son rancard ?

– J'ai pas oublié, c'était il y a trois heures…

– Tu te rappelles quand t'as dit : « T'as un rancard ? » et qu'elle t'a regardée ?

– Je me souviens que tu as frissonné.

Elle m'a fixée, et j'ai vu quelque chose dans ses yeux noisette que je n'avais pas vu depuis des mois. Je me suis rendu compte que c'était de la peur.

– Quoi ? ai-je demandé. Qu'est-ce qu'il y a ?

On serait sans doute restées un moment comme ça si April ne s'était pas réveillée en criant.

chapitre 12

« Je n'y vois rien. »

June

Mon pot de crème hydratante est tombé par terre tandis que May et moi, on se précipitait dans le couloir. Je crois même qu'elle a disparu quelques secondes. On est arrivées en même temps dans la chambre d'April.

Ses livres de cours étaient éparpillés partout sur son lit ; elle avait dû s'endormir en faisant ses devoirs. Elle avait les yeux écarquillés, et sa respiration était tellement saccadée que ses épaules en étaient toutes secouées.

– Qu'est-ce qui se passe ? ai-je soufflé. Qu'est-ce que tu as vu ?

April a secoué la tête.

– Un… un rêve, a-t-elle réussi à articuler. Rien de grave. Désolée.

J'ai rampé sur le lit pour m'installer à côté d'elle.

– C'est rouge, lui ai-je dit. Ton cerveau, tes pensées, tout est rouge.

Je crois que ma voix tremblait un peu. Je ne distinguais rien derrière tout ce rouge dans sa tête.

– C'est quoi, tout ce rouge ? ai-je demandé. Et ce bruit, ça vient d'où ?

Alors que May essayait de m'écarter, notre mère est apparue à la porte.

– April ? Chérie, qu'est-ce qu'il y a ? Ça ne va pas ?

– Tout va bien, lui a-t-elle répondu. Juste un rêve idiot.

J'ai secoué la tête. Elle me repoussait, pensant à tout et à n'importe quoi pour me maintenir à distance. Elle y mettait tant de force que ça me faisait presque mal physiquement.

– Arrête, ai-je soufflé. Je n'y vois rien. Arrête de faire ça.

– June…

Ma mère est venue s'asseoir à côté d'April, en passant un bras autour de ses épaules.

– June, chérie, laisse-lui un peu d'air, m'a-t-elle dit doucement en me caressant la joue.

Je suis restée là à regarder ma sœur, qui me fixait de ses grands yeux bleus glacés, effrayants. Elle avait vu quelque chose, et elle m'en interdisait l'accès.

Je pense que May, elle, savait ce qui se passait.

– April, ai-je insisté. S'il te plaît. Dis-moi.

May s'est installée à côté de moi et m'a tirée en arrière.

– Tout va bien, m'a-t-elle dit. Laisse-la tranquille.

Je l'ai repoussée pour m'asseoir au bout du lit.

Je sentais qu'April était bouleversée et je ne comprenais pas pourquoi, ni pourquoi elle refusait de me le dire. C'était comme entendre une musique de film d'horreur sans avoir les images. C'était ma sœur ! La règle n'était-elle pas de partager, entre sœurs ? Surtout nous !

Elle était encore un peu haletante, et notre mère l'a regardée en lui caressant le bras.

– Ça va ? lui a-t-elle murmuré.

– Oui, a dit April. Je vous assure, c'était juste un rêve idiot.

– Menteuse, ai-je dit tout bas.

May a glissé un bras autour de mes épaules et m'a serrée contre elle, un truc qui n'est pas dans ses habitudes. Je devais avoir l'air secouée.

Mais je ne voulais pas qu'elle me touche, pas alors qu'elle me mentait. Je l'ai rejetée d'un coup d'épaule et me suis levée.

– C'est ça, ai-je lancé. Je vais me coucher. Bon courage avec tes problèmes, April.

– June… a commencé maman.

Ma sœur s'est redressée en se dégageant de son étreinte.

– Je t'assure, m'man, ça va, a-t-elle répété. June est énervée pour autre chose.

– Tu es certaine ? a demandé ma mère, méfiante.

April a hoché la tête.

– Mais oui. J'ai bu un Coca avant de me coucher. Mauvaise idée.

Elle mentait. Je le savais.

Elle *me* mentait.

Ce qu'elle ne savait pas, c'est que moi aussi, j'avais mes secrets.

Quand j'ai commencé à lire dans les pensées des gens, je recevais beaucoup de signaux brouillés. Ça m'arrive encore, comme la fois en cours où j'ai cru qu'un certain Travis voulait s'acheter un soutien-gorge, alors que ça venait de la fille assise à côté de lui. (Ça m'a fait drôle, je vous assure.) Même quand j'ai entendu ce que Jessica et Daphné pensaient de Mariah toute la journée, j'ai d'abord cru que ça venait de quelqu'un d'autre. Il faut dire que ça ne volait pas haut :

« Mariah n'est qu'une garce ! »

« Pour qui elle se prend ? Tout le monde sait qu'elle rembourrait ses soutiens-gorge l'an dernier. Trop nul. »

Mais le soir où notre mère nous a annoncé qu'elle avait un rancard et que j'ai entendu ses pensées, j'ai su que je ne m'étais pas trompée.

Elle était étonnée que May ait deviné pour son rancard. Elle a trouvé ça bizarre. Et puis elle s'est dit que May lui rappelait beaucoup sa mère, notre grand-mère. Et qu'elle avait souvent eu l'impression que sa mère lisait dans ses pensées.

Je suis restée éveillée pendant des heures, même après qu'April s'est calmée et que tout le monde est allé se coucher. On aurait dit que mon cerveau était relié à une pile, tellement il était agité. Alors, j'ai attendu que mes sœurs dorment, avec leurs cerveaux remplis de rêves délirants (May rêve quelquefois d'un rhinocéros, c'est vous dire…) pour aller sur la pointe des pieds jusqu'à la chambre de ma mère.

Il y avait encore de la lumière sous la porte.

– M'man ? ai-je chuchoté en frappant avec l'index. T'es là ?

– June ? a-t-elle répondu.

J'ai ouvert la porte. Elle lisait dans son lit, qui avait l'air tout vide et bien trop grand pour elle toute seule. Elle dormait toujours du même côté qu'avant, et je me suis demandé si papa faisait pareil à Houston.

Je me suis sentie seule tout à coup en pensant à ça, comme quand on regarde un film triste et qu'on ne peut pas pleurer devant ses amis. Ça m'a fait de la peine.

– Salut, ai-je dit en restant à la porte.

Elle a enlevé ses lunettes de lecture et posé son livre.

– Salut, ma puce. Qu'est-ce qu'il y a ?

– Des mauvaises vibrations dans ma chambre, ai-je lancé au hasard, dans le plus pur style May. Je n'arrive pas à dormir.

Elle a soupiré et m'a fait signe d'approcher. J'ai grimpé dans son lit et j'ai mis ma tête sur son ventre, comme quand j'étais petite.

– C'est April qui te perturbe ?

– Non.

Il y avait des tas de trucs qui me faisaient flipper, mais je ne risquais pas de lui en parler.

– T'es sûre ? La vie est bizarre en ce moment, ma puce, hein ?

J'ai hoché la tête.

– Ça oui. Je peux te poser une question ?

Elle a écarté doucement ma frange.

– Vas-y !

– Elle était comment, grand-mère ?

Sa main s'est immobilisée et j'ai levé les yeux.

Il y avait un mélange de confusion, de tristesse et d'étonnement sincère dans sa tête. « Pourquoi me demande-t-elle ça ? », l'ai-je entendu penser.

– J'ai juste envie de savoir, ai-je ajouté. On ne parle jamais d'elle, et on travaille sur les arbres généalogiques, en cours.

C'était du grand n'importe quoi. Mais l'heure était grave.

Ma mère a pris une profonde inspiration.

– Elle est morte quand j'avais quinze ans. Ça a été très dur. Je n'avais pas de frères et sœurs, et ton grand-père était… de la vieille école, disons.

– Je vois, ai-je souri.

– Eh bien, il était comme ça. Pas le genre d'homme à écouter ses sentiments. Ni les miens.

– C'est pour ça que tu veux toujours qu'on parle et qu'on partage ce qu'on ressent et qu'on cultive le lien ?

– En partie, oui.

– Bon, OK, mais grand-mère, elle était comment ?

Maman a gardé le silence encore plus longtemps, cette fois, et j'ai vu trois personnes, trois visages de femmes.

– Elle avait des sœurs ? ai-je demandé, avant d'ajouter : ou des frères ?

Je ne voulais pas que ça ait l'air louche.

– Oui, effectivement. Deux sœurs, comme toi.

– Et elles étaient comment ?

Je commençais à avoir des fourmis. Je me suis demandé si c'était ce que May ressentait quand elle disparaissait, comme si la frontière entre deux mondes était en train de s'effacer.

– Je… je ne sais pas, en fait. Il y en a une que je n'ai jamais vue. Ta grand-mère disait qu'elle était ermite, mais je crois qu'elle blaguait. Bref, elle vivait quelque part sur la côte nord-est. Et son autre sœur était très autoritaire. Une mademoiselle-je-sais-tout. Ma mère ne l'aimait pas beaucoup, mais elle venait quand même nous voir.

Les fourmillements se sont accentués.

– Et grand-mère, elle était… ?

– Elle te ressemblait beaucoup, en fait. C'était la plus jeune. C'est drôle. Toujours en train d'inventer quelque chose, de monter des projets. Elle aimait quand il y avait de l'action.

Ma mère a posé une main sur ma tête et j'ai de nouveau perçu ses pensées.

– Elle avait beaucoup d'intuition. C'était une mère géniale, pour ça. Elle avait toujours l'air de savoir ce que j'éprouvais et comment réagir. Elle savait toujours quoi dire pour qu'on se sente mieux, pour nous aider d'une manière ou d'une autre.

Je me suis souvenue de la façon dont j'avais cafté sur Jessica et Daphné, et mon estomac s'est noué.

– Oh, ai-je fait.

Puis, malgré mon nœud à l'estomac :

– Comment elle est morte ?

Ma mère n'a pas paru s'apercevoir de ma voix aiguë.

– Crise cardiaque. Elle était bien trop jeune pour mourir comme ça.

J'ai réfléchi une minute.

– Peut-être que son cœur était trop gros, tu sais ? Un peu comme si toute cette intuition, tous les sentiments des autres, c'était trop lourd à porter tout le temps.

« Oups, je l'ai effrayée », a pensé ma mère. Et je me suis dépêchée de me tourner vers elle pour lui sourire, même si je tremblais à l'intérieur.

– Elle était jolie comme moi, aussi ? ai-je demandé en blaguant.

– Pas aussi magnifique que toi, a ri ma mère. Mais oui, elle était belle.

– M'man ?

– Hmm ?

– Pourquoi vous nous avez appelées April, May et June ? Tout le monde se fiche de nous ! Vous n'auriez pas pu trouver quelque chose d'un peu plus… passe-partout ?

– Faire un bébé tous les treize mois pendant trois ans, ça donne droit à un peu de fantaisie, a-t-elle répliqué. À ce propos, si possible, évite d'avoir trois bébés en trois ans ; pas avant d'avoir au moins trente-cinq ans.

– T'aurais pu me donner le prénom de grand-mère, ai-je suggéré.

Ma mère a laissé passer quelques secondes.

– Tu voudrais t'appeler Gladys ?

J'ai plissé le nez.

– Beuh. Non merci. M'man ?

– Oui ?

– Je t'aime.

– Moi aussi, je t'aime, ma June.

Elle m'a embrassée sur le front.

– Maintenant, au lit !

Et j'y suis allée.

Le lendemain matin, j'avais passé le cap. Je n'ai même pas pris la peine d'attendre mes sœurs ni de supplier April qu'elle me conduise au lycée. J'ai préféré marcher, contente d'être toute seule, en captant au vol des bribes de pensées des passants. (Vous n'imaginez pas le nombre de gens qui vont travailler le matin en maudissant leur boulot.)

Je n'ai pas vu mes sœurs avant la pause de dix heures et, même là, c'était par accident. En cherchant Mariah, je suis tombée sur elles devant le casier de May, qui chuchotaient, front contre front. May paraissait inquiète, et April avait le même air tendu que d'habitude. Presque tout de suite, elles se sont redressées en regardant dans ma direction.

Leurs pensées étaient tout embrouillées, un mélange de devoirs, de Stanford et de sandwichs sur la pelouse, sans que ça fasse sens.

– D'accord, ai-je soufflé en passant. Je vous laisse régler vos problèmes.

– Tu ne sèches pas, aujourd'hui, au moins ? m'a demandé April.

– Tu serais au courant, ai-je rétorqué.

– Ce n'était pas une question, a rectifié May. Tu ne sèches pas, aujourd'hui.

Je l'ai fusillée du regard.

– Félicitations pour les grands principes ! Ne te gêne surtout pas pour les appliquer.

– C'est de toi qu'on parle, a-t-elle répliqué en tirant sur son tee-shirt noir. Et je ne sèche pas, d'abord.

Voilà le genre de moment où je pouvais me réjouir d'être la seule télépathe de la famille. Mes sœurs n'avaient pas besoin de savoir que sécher, finalement, je trouvais ça décevant. Je passais des après-midi avec Mariah et son petit ami, Blake, qui n'était pas exactement le genre de petit ami rebelle qu'on voit dans les films. Il était… disons, un peu à côté de la plaque. Il ne parlait pas beaucoup, il ne mettait pas sa ceinture de sécurité et ne se montrait pas particulièrement respectueux avec Mariah. Tout ce qu'on faisait, c'était aller au fast-food, puis chez Mariah regarder des films d'horreur. Blake et Mariah passaient leur temps à se tripoter sur le canapé. Elle commençait par le repousser en gloussant, mais il avait ce qu'April appelle « de la suite dans les idées ». Il répétait : « Allez, allez ». Au début, il riait, puis il insistait, et finalement, elle cédait.

Et ils montaient dans sa chambre pendant que je remettais le film au début pour ne pas avoir à entendre les pensées qui venaient de là-haut.

Parce que… beurk.

C'était ça ou aller à la gym.

– June, m'a répété April en m'arrachant à mes pensées. T'as pas intérêt à sécher.

J'ai haussé les épaules.

– Je sèche si je veux. Mêle-toi de ce qui te regarde.

Elle s'est mise à bouillir de rage, mais s'est contentée de dire :

– Jure-moi que tu diras non.

– Quoi ? ai-je fait.

À ce moment-là, j'ai vu Mariah qui traînait dehors au même endroit que la dernière fois, assez à l'écart pour pouvoir filer sans se faire repérer, et assez près pour que ça n'ait pas l'air louche.

– *Adios,* ai-je lancé à mes sœurs avant de foncer lui demander : Hé ! Tu sèches, aujourd'hui ?

Elle s'est un peu marrée.

– Possible. Ça te dit ?

– À ton avis ? ai-je répondu en rejetant mes cheveux en arrière. Si t'y vas, j'y vais.

« Bon Dieu, donnez-moi une cigarette », a pensé Mariah. Mais au lieu de ça, elle a dit :

– Je fais une fête chez moi vendredi.

J'ai tâché de garder mon calme, mais je *mourais* à l'intérieur. C'était la fête qu'elle planifiait dans sa tête l'autre jour.

– Cool, ai-je dit. Il y aura qui ?

Elle a haussé les épaules.

– Tout le monde. Ma mère part en week-end avec mon beau-père. Le genre virée romantique à la con. Du coup, la maison est libre.

La virée romantique la turlupinait et se baladait d'un coin à l'autre de sa tête comme une boule de flipper, un peu comme les lumières rouges dans celle d'April, ou comme quand May pensait à la couleur rouge vif et à Stanf…

Mais je me fichais bien de leurs pensées. J'étais invitée à une fête. Il y avait des choses plus intéressantes dans ma vie que les cerveaux tordus de mes sœurs.

– C'est quel genre de fête ? ai-je demandé.

Mariah a haussé un sourcil.

– Le genre où tout le monde se torche.

« Elle n'est jamais allée à une fête ou quoi ? » s'est-elle demandé.

J'ai fait machine arrière vitesse turbo.

– Cool, ai-je dit. Parce que là où j'habitais avant, c'était nul. Ils jouaient à des jeux de société, t'imagines ?

Je n'ai pas jugé utile de préciser que c'était moi qui apportais le Monopoly.

– Des jeux de société ? a piaillé Mariah. T'as bien fait de déménager !

J'allais à une fête ! Comme au cinéma !

Ma vraie vie commençait, tout ça grâce à ce don dingue de lire dans les pensées.

Pas trop tôt.

– Tu l'as dit, ai-je approuvé.

chapitre 13

« C'était une mission à la MacGyver. »
April

J'ai vu des choses que je ne veux jamais revoir de toute ma vie.

J'ai mis May au courant. Il fallait bien que je confie à quelqu'un ma vision de cette nuit-là, et j'avais le cerveau déjà trop en vrac pour pouvoir garder un secret pareil. En plus, il n'était pas question que j'en parle à June.

Quand j'ai eu la vision, j'ai su tout de suite que ce n'était pas un rêve. Les rêves paraissent toujours sans queue ni tête, avec des trucs absurdes dedans, comme un banc de poissons qui passe dans votre salon. En revanche, chaque fois que je voyais l'avenir, tout était logique. Il n'y avait jamais rien de bizarre ou de surréaliste.

J'aurais préféré.

J'ai revu les lumières rouges. Cette fois, je les ai identifiées comme des gyrophares, d'ambulances ou de voitures de police. Il y avait les sirènes aussi, plus fortes que jamais, et j'ai vu Julian, comme la première fois.

La seule différence, c'est que June y était aussi.

Je l'ai dit à May le lendemain dans le couloir du lycée, sans lui parler de Julian.

Les jours suivants, après les cours, j'ai tenté d'en savoir plus. Je m'asseyais à mon bureau, les yeux fixés sur une bougie parfumée rose-citron, pour essayer d'entrer dans une sorte de transe, et pour finir avec une migraine. June trouvait que je me comportais comme une dingue.

« À table, dalaï-lama », m'annonçait-elle tous les soirs. Mais elle ne comprenait pas. Elle ne risquait pas ! Je ne savais même pas quoi lui dire. « Au fait, June, mauvaise nouvelle, on dirait que tu vas avoir un accident avec plein de sirènes et d'équipes de secours. » Laissez tomber. Je ne pouvais pas. Pas avant d'en savoir plus.

J'ai eu cette vision une centaine de fois depuis, mais sans rien de nouveau. Ça s'arrête toujours juste après que j'ai vu le visage de June, et je ne peux même pas dire si elle est blessée ou bien…

Je ne veux même pas y penser.

Du coup, quand j'ai vu Julian le lundi suivant devant nos casiers, en train de triturer son cadenas à code l'air totalement ailleurs, je lui ai foncé dessus, des éclairs dans les yeux.

– Tu connais ma sœur ? lui ai-je demandé.

– Qui ?

Il m'a regardée, les cheveux dans les yeux, en continuant à tourner les chiffres de son cadenas.

– Tu-connais-ma-sœur ?

– C'est qui, ta sœur ?

– Je te le demande.

Il m'a dévisagée comme si j'étais un monstre à deux têtes.

– Tu sais que t'es vraiment dingue ? m'a-t-il déclaré. T'es la fille la plus timbrée que j'aie jamais rencontrée. Et c'est pas peu dire.

– Je n'en doute pas une seconde, ai-je répliqué. Comme ça, tu sais tout ce que t'as besoin de savoir. Ne t'approche pas d'elle.

– De qui ?

– De ma sœur !

Julian a fini par ouvrir son casier, et failli défoncer au passage la tête du garçon qui se trouvait derrière.

– 'Scuse.

Puis il s'est retourné vers moi en s'adossant à nos casiers.

– Je serai ravi de me tenir à distance de ta sœur. Je prendrai soin de rester à distance de toute ta fichue famille s'ils sont tous comme toi. Le seul ennui, figure-toi, c'est que je n'ai pas la moindre idée de la tête qu'ils ont.

En me retournant, j'ai vu June qui entrait dans le hall bras dessus bras dessous avec Mariah.

– Ah, mince, ai-je marmonné. C'est celle-là, ai-je fait en la pointant du doigt.

Julian a suivi mon regard, avant d'éclater de rire.

– Mariah est ta sœur ? Laquelle de vous deux a été adoptée ?

– Non, l'autre. Celle qui n'a pas de MST et qui n'a pas une tête de présentatrice télé.

– J'adore les présentatrices, a commenté Julian. Elles sont trop cool.

– Hé, ne change pas de sujet ! (J'ai claqué des doigts sous son nez.) Tu ne parles pas à June, tu ne la regardes pas, tu ignores totalement sa présence. Pigé ?

June est passée devant moi en me jetant un regard noir, sans interrompre sa conversation avec Mariah. Je l'ai fixée quelques secondes, en m'efforçant de prendre un air de grande sœur menaçant, mais une vision s'est soudain interposée et je me suis appuyée à mon casier pour ne pas tomber.

June et Mariah à une fête. June porte sa jupe rose et des chaussures rouges que je ne connais pas. Elle est craquante, rougissante, joyeuse, et Mariah a l'air d'avoir bu. Il y a du monde, il fait chaud et il y a un bulletin plein de A+ sur le frigo. Vendredi soir. Quelqu'un hurle dans le fond à propos d'une fille soûle dans la salle de bains.

– Tu vas voir si j'y vais pas, m'a chuchoté June au vol, avec un sourire de triomphe.

Retour au présent. Je l'ai foudroyée du regard, mais elle s'éloignait déjà en sautillant. Elle l'a fait exprès, de lire dans mes pensées comme ça. La sale peste.

Julian, qui, le veinard, ne soupçonnait rien de tout ça, a refermé son casier en riant sans rien prendre dedans.

– En bref, tu me fais la leçon pour que je me tienne à distance de ta sœur pendant qu'elle se balade dans les couloirs avec Mariah Bradden ? Elle est bien bonne !

J'ai perdu un peu de mon assurance.

– Que… Tu la connais ?

Il a secoué la tête.

– Je me suis trompé tout à l'heure. Il y a une personne plus dingue que toi, c'est Mariah.

– Super, ai-je marmonné. Quoi, tu sors avec elle ? Ou t'es sorti avec elle ?

Il a levé les mains en signe de défense.

– Je plaide non coupable sur tous les chefs d'accusation. Je… sais des trucs, c'est tout.

– Des trucs ?

– Des trucs. Par exemple, qu'elle n'est pas près d'avoir le tableau d'honneur.

– Je pense que même ma grand-mère aurait pu deviner ça, ai-je rétorqué. Quoi d'autre ?

Il a levé les yeux au plafond.

– Elle a un petit ami, OK ? Blake. Et c'est un peu un con.

– Personne n'est un peu un con, ai-je observé. On l'est ou on l'est pas.

– Dans ce cas, c'est officiellement un con. Il était au lycée, mais il s'est fait virer.

Il a hésité une minute avant d'ajouter :

– On était copains avant. On était tout le temps fourrés ensemble. Mais…

– Mais… ?

Julian a hésité.

– Il n'est pas net, quoi. Je lui fais pas confiance.

C'était pire que ce que je craignais.

– Définis « pas net ».

Comme il hésitait, j'ai ajouté :

– Ma sœur traîne avec sa petite amie. Il n'est pas net jusqu'à quel point, bon Dieu, Julian ?

Il a pris une profonde inspiration et passé une main dans ses cheveux.

– Par exemple, ça l'éclate de sortir avec d'autres filles dans le dos de Mariah.

J'ai encore failli tomber.

– C'est pas « pas net », ça. C'est malhonnête.

– Si tu veux. En tout cas, il sait ce qu'il fait et comment parvenir à ses fins. Il m'a tout expliqué un soir où on avait bu tous les deux, c'est là que j'ai arrêté de le voir. Alors, toute l'énergie que tu dépenses à me brailler dessus, tu ferais mieux de la garder pour lui. C'est tout ce que j'ai à dire.

– Je ne connais pas Blake, ai-je admis. Mais ma sœur a séché avec Mariah l'autre jour.

Julian a émis un petit sifflement.

– Pas très malin. Blake a dû les emmener en voiture.

– C'est bon, j'ai compris, ai-je dit en serrant mes livres contre ma poitrine. Je n'aurais pas dû la laisser faire. J'aurais dû la traîner par…

– Tu ne pouvais pas savoir, m'a-t-il coupée.

Je me suis mordu la langue avant de lui répondre que si, justement.

Je savais des tas de choses, maintenant.

Mon cerveau s'est mis en branle, rassemblant toutes les petites pièces éparses. Il allait se passer quelque chose qui impliquait Julian et June. June était amie avec Mariah, quoi que je fasse pour l'en empêcher.

Mariah, apparemment, sortait avec Blake, le petit ami débile. Il y avait une fête vendredi soir. Ça a tendance à dégénérer, dans les fêtes. Peut-être que Julian y serait. Peut-être que ça dégénérerait justement ce soir-là.

Avant que je me mette à paniquer pour de bon, j'ai eu un flash de Julian et moi au cinéma. On partageait du pop-corn et il faisait noir, et les gens parlaient autour de nous.

Tout à coup, j'ai eu un plan.

– Hé, ai-je dit, tu vas me proposer qu'on fasse un truc ensemble ?

Il a ouvert la bouche, l'a refermée, a toussé.

– Je… heu… T'es plutôt du genre direct, toi, hein ?

– Si la réponse est non, pas de problème. Juste pour savoir.

Je n'avais pas le temps pour les subtilités.

Il s'est marré en se repassant une main dans les cheveux.

– T'es le genre de fille qui prend les choses en charge, quoi.

– T'as pas idée.

– Ben, je, heu, j'allais te demander si tu voulais qu'on fasse un truc tarte comme aller au ciné, mais je ne voudrais pas prendre ton poing dans la tronche.

C'est vrai, je devais être un peu speed. J'ai essayé de me détendre, mais mon cerveau fonctionnait encore à toute blinde. Des flashs très brefs de Julian jaillissaient dans tous les coins : en train de manger, de dormir, d'engueuler quelqu'un qui lui coupait la route en voiture et, de nouveau, son visage éclairé par des reflets rouges.

– Tu n'as rien à craindre, ai-je déclaré. Tant que tu ne regardes pas ma sœur.

– Alors, tu veux bien aller au ciné ?

– Vendredi, c'est parfait.

Il avait l'air sincèrement surpris.

– C'est vrai ? C'est, heu, OK, cool. Vendredi soir.

Je l'ai regardé de travers.

– Si on va au cinéma, tu dois savoir que je déteste rater les bandes-annonces.

– Je tâcherai de m'en souvenir.

– Et pas de films d'action débiles avec des dialogues tartes. J'aime bien les films avec une intrigue. Et les VO sous-titrées.

Après un petit silence, il a souri.

– En résumé, tu vas au cinéma pour lire les sous-titres. Bien sûr.

– Disons plutôt que j'essaie d'enrichir ma culture !

Il a ri franchement, avec son beau rire grave.

– Quel blabla prétentieux !

Je me suis cabrée.

– Pardon ? T'as déjà proposé à une fille de sortir ? Parce que j'ai beau ne pas être spécialiste, j'ai comme l'impression que tu ne maîtrises pas bien le mode d'emploi.

Il n'a hésité qu'une seconde, mais ça l'a trahi.

– Oh, ai-je repris. Je suis la première.

– Donc, ça ne se fait pas d'attaquer une nana sur son blabla prétentieux ?

– C'est pas recommandé.

– Je note. Cela dit, a-t-il ajouté, t'as pas non plus réagi de manière très sympa quand je t'ai invitée.

– J'ai dit oui, me suis-je récriée. Dans le genre sympa, ça devrait te suffire.

Après une pause, il a repris avec un sourire en coin :

– C'était sérieux, l'histoire des sous-titres, alors ?

– On ne peut plus. Regarde-moi. J'ai mon Visage Sérieux, là.

Il m'a fixée en plissant ses yeux bruns, et a hoché la tête.

– Visage Sérieux enregistré. Bien que je ne t'en aie jamais vu d'autre, remarque…

J'ai dansé d'un pied sur l'autre. Ma mère ne l'avait jamais rencontré. Mes sœurs allaient me tomber dessus à la minute où elles le sauraient, et je commençais à réaliser que j'allais avoir mon tout premier vrai rancard. Mon petit-déjeuner me pesait sur l'estomac.

– Alors, on fait comment ? ai-je demandé.

Julian a haussé les épaules.

– *A priori*, je suis censé passer te prendre en voiture et payer toutes les conneries.

J'ai soupiré.

– Et moi, je dois mettre des talons et m'habiller en fille ? Je dis ça parce que j'ai vraiment autre chose à faire.

– Je m'en fiche complètement. De toute façon, je t'ai déjà vue comme ça. (Il a fait un geste en direction de mon jean et de mes baskets.) Pas besoin de chercher à m'impressionner.

Ce n'était pas exactement ce que j'espérais entendre, mais au moins, je n'avais pas à flipper à l'idée de me balader devant lui en talons bobines tout en sauvant la vie de ma petite sœur. Je ne pouvais pas tout faire.

– Il faudra sûrement que tu rencontres ma mère quand tu passeras me prendre, ai-je précisé.

– Elle va me faire son Visage Sérieux, elle aussi ?

– Avec en prime le Discours Sérieux et les Menaces Sérieuses au cas où tu ne me ramènerais pas entière.

– Top !

J'ai rigolé.

– Donc, vendredi. Ce vendredi-ci, hein ?

– C'est quoi, cette obsession pour vendredi ?

– C'est mon jour préféré.

Faux. Je préfère le jeudi, pour le plaisir d'attendre le vendredi ; mais là n'était pas la question.

– Toi + moi + film = rancard ? ai-je résumé.

– Multiplié par le Discours Sérieux de ta mère.

– Puissance 2.

En relevant le nez, j'ai vu qu'il me fixait avec un drôle d'air. Ça m'a mise mal à l'aise, comme quand je sais que June lit dans mes pensées.

– Tu me demandes mon numéro ? Tu sais, pour que je puisse te dire où j'habite ?

Il a pris son téléphone et je lui ai donné mon numéro de portable, en vérifiant qu'il ne se trompait pas.

– La vache, a-t-il commenté. Jamais vu une telle obsédée du contrôle.

– En plus d'être la deuxième fille la plus dingue, ai-je complété en prenant mon sac. Je t'aurais prévenu.

Je ne vois pas comment on peut survivre en ayant un rancard sans avoir le don de prédiction. (C'est comme ça que j'appelle ça dans ma tête. Le Don de Prédiction. Ça sonne nettement mieux que « La Fille qui Peut Voir l'Avenir » ou, pire, « Le Fille aux Superpouvoirs ».)

Si je n'avais pas déjà vu le déroulement de notre rendez-vous du début jusqu'à la fin, j'aurais été à bout de nerfs dans les jours qui ont précédé. Je trouvais ça déjà assez dur de tenir mes sœurs à distance, June en particulier. Coup de chance, elle était absorbée par ses sorties avec Mariah, son shopping avec Mariah, ses SMS ou ses coups de fil à Mariah. Je ne tenais pas à ce que ma sœur traîne avec la fille baptisée « la plus dingue » par Julian, mais je ne voyais pas comment l'en empêcher.

Cela dit, je gardais l'œil sur June à longueur de journée. *A priori*, elle mangeait souvent au fast-food et traînait chez Mariah, mais Blake n'était pas dans le paysage. Dans l'idéal, j'aurais préféré qu'il soit dans un camp soviétique ou sur la côte antarctique, mais bon.

Pour tout dire, la vie de June n'avait rien de palpitant. Et j'étais bien décidée à ce que ça continue. J'avais déjà eu des flashs de June à la fête, et tout avait l'air normal. Je l'avais même vue dans la salle de bains, en train d'aider quelqu'un qui vomissait, ce qui m'allait très bien. Elle pouvait jouer les Mère Teresa tant qu'elle voulait, du moment qu'il ne lui arrivait rien.

Le vendredi après-midi, en rentrant de cours, je me suis lavé les cheveux et rasé les jambes, super lentement pour ne pas me couper. Non, je n'avais pas eu de vision de Julian en train de me toucher les jambes (au secours !), ni d'aucun de nous deux au service des urgences ni dans une piscine, mais ça me semblait être le truc à faire. J'étais sûre que ça faisait partie des règles pré-rancard.

Je savais aussi que Julian arriverait à sept heures trois (les trois minutes de retard étant dues au fait qu'il resterait coincé derrière un bus à un feu rouge sur le chemin. Les feux rouges peuvent durer des heures, dans le quartier.) On allait voir un nouveau film français à la cinémathèque, à vingt minutes de route de chez moi. Je savais aussi qu'à quarante-trois, Julian essaierait de me prendre la main, et j'avais déjà prévu de renverser mon pop-corn pour faire diversion. Ça me rassurait d'avoir une stratégie. Il fallait que je me penche sur l'avenir de Julian, maintenant, pour tâcher d'y voir June. Je ne voulais pas de surprises. Elles ne faisaient que mettre en évidence tout ce que je ne pouvais pas voir.

Mais avant tout, je devais tenir Julian éloigné de la fête.

Après ma douche, j'ai enfilé un jean et mon plus joli pull, le gris à col en V qui était doux et qui n'avait pas trop de peluches. J'ai aussi nettoyé mes baskets et piqué un peu de laque à June pour aplatir mon épi. J'ai même mis un peu de gloss goût pastèque. J'étais pas mal, je dois dire. Sortable. Le genre de fille dont on ne croirait pas qu'elle a le Don de Prédiction.

Puis, vers six heures et demie, j'ai mis en marche la deuxième partie de mon plan.

Je suis montée en sautillant dans la chambre de May.

Elle était en jean et sweat noir, allongée sur son couvre-lit prune, un stylo à la main, son livre d'histoire européenne grand ouvert devant elle.

– Malheur à celui qui entre, a-t-elle annoncé sans lever le nez.

– Je prends le risque.

– Bienvenue à ton enterrement.

Je me suis quand même assise sur le bord de son lit.

– May, ai-je commencé. Sœur préférée d'entre toutes.

– Non. Quoi que ce soit, non.

Toujours sans me regarder.

J'ai soupiré.

– D'accord. J'ai besoin que tu me rendes le plus grand service du monde.

– J'aurais jamais deviné.

– Ça concerne June.

– De mieux en mieux.

Elle a tourné tranquillement une page de son livre.

Je me suis jetée à l'eau.

– Elle va à une fête ce soir avec Mariah et… j'ai besoin que tu la suives.

Elle a levé ses yeux bleu gris sur moi. Elle a les mêmes yeux que papa. Ça me fait un drôle d'effet, maintenant.

– Et comment suis-je censée… Oh non !

– May, s'te plaît…

– Oublie. Tu veux que je me rende invisible pour suivre notre petite sœur ? C'est nul. La police de la morale va t'envoyer en prison.

– Ça n'existe pas.

– La police tout court.

– May ! On parle de notre petite sœur ! Elle est peut-être en danger !

– Ça, t'en sais rien ! a-t-elle objecté en balançant son livre. Si ça se trouve, elle était en train de prendre une contravention pour dépassement de vitesse pendant que tu avais cette vision !

– Elle ne sait pas conduire ! May, s'te plaît. Je ne peux pas y aller. Tu es la seule qui puisse la surveiller.

May a rigolé.

– Pardon ? Pardon ?! Qui peut prédire l'avenir ici ? Levez la main !

Son regard a fait le tour de la chambre avant de revenir sur moi.

– Aaah, mais c'est vrai ! C'est toi ! Tu ne peux pas faire venir une petite vision ? Un petit coup d'œil vite fait ?

– Tu crois que je n'ai pas essayé ? Tout ce que je sais, c'est que June porte sa jupe rose débile et des chaussures rouges à talons, et que Mariah est bourrée.

May a ricané.

– Sans blague.

– Ben, j'ai rien d'autre.

– Alors, je suis sûre que tout ira bien.

– Mais peut-être pas ! Imagine que ce soir, ce soit celui de l'accident, ou qu'il arrive un truc et que…

– Et qu'est-ce que moi, May Stephenson, quinze ans, vivant dans une foutue banlieue, je peux faire pour changer son destin ? Dis-le-moi ! Tu vois ça dans tes visions ?

J'ai hésité.

– Non.

Elle s'est appuyée sur son oreiller.

– Évidemment ! On ne doit pas faire ça, April ! Je parie que ça enfreint toutes les règles morales et éthiques qui existent.

J'ai joué mon joker.

– Et quand maman est sortie avec Chad, alors ? J'ai quasiment dû t'empêcher d'y aller. En quoi c'est différent, cette fois-ci ? Il s'agit de June, pas de maman.

Il y a eu un silence.

– Et je donne quoi comme excuse à maman pour sortir ? m'a-t-elle demandé.

Bonne question.

– Je ne sais pas. Un cours de soutien avec Henry ? T'es maligne, tu trouveras.

– Épargne-moi la flatterie.

Elle a soupiré, remis le nez dans son livre, l'a relevé pour me dévisager.

– Et toi, tu vas où ?

Et voilà.

– Heu, au cinéma.

– Avec qui ?

– Qu'est-ce qui te dit que j'y vais avec quelqu'un ?

– Parce qu'on est vendredi soir, a-t-elle articulé lentement, comme si elle parlait à une demeurée. Et tu ne vas absolument jamais au cinéma.

Ses yeux se sont agrandis.

– Non… C'est ce soir, alors ?

– Quoi ? Qu'est-ce que tu… ?

– Tu sors avec Julian ?

Je me suis sentie rougir.

– Oui, mais c'est…

– Alors, c'est ce soir, le grand papouillage ?

J'ai inspiré à fond.

– En fait, pas du tout. Il va rester très poli et courtois.

– Bah, c'est pas drôle.

J'ai attendu quelques secondes avant de répondre :

– Écoute. Je ne t'en ai pas parlé mais dans mon rêve, quand j'ai vu June, j'ai vu Julian aussi. Il y était.

May s'est redressée.

– Sérieux ?

– Oui.

Je la voyais qui rassemblait toutes les pièces dans sa tête, les yeux de plus en plus ronds.

– Tu veux dire que tu sors avec lui ce soir rien que pour être certaine qu'il ne s'approchera pas d'elle ?

– Je lui ai déjà fait jurer qu'il ne la regarderait même pas, c'est juste histoire d'être sûre.

Elle a secoué la tête.

– April, c'est trop nul. Encore plus nul que de vouloir la faire suivre.

– Comme si j'avais le choix ! me suis-je emportée J'essaie de protéger notre sœur, et si ça doit passer par là…

– Tu vas mentir à ce mec et faire semblant qu'il te plaît et sortir avec lui pour…

– C'est lui qui me l'a proposé ! ai-je protesté. Je nous ai vus au cinéma. J'ai juste… pris les devants.

– Tu te sers de lui ! Et de moi aussi, maintenant !

– Mais non ! Ça ne veut pas dire que je ne… juste que…

May a haussé un sourcil.

– Il te plaît ?

Pitié. Elle n'allait pas s'y mettre. J'avais assez d'une télépathe entremetteuse.

– Dans la liste des Choses Compliquées, ai-je déclaré, ça vient juste après la physique quantique et la théorie de la relativité. J'essaie juste de faire en sorte que tout se passe bien.

– Et au passage, tu fais les yeux doux à Julian pendant que je suis à une fête, littéralement invisible, à regarder notre petite sœur dégueuler le contenu d'un minibar. Ça va être trop romantique !

Elle a papillonné des cils, avant de faire semblant de vomir.

– June ne va pas dégueuler, ai-je affirmé. Elle ne sera pas malade. Tu peux me croire. Ça, je l'ai vu. Alors, tu vas le faire ? Pour June ?

May hésitait.

– Je te préviens : à charge de revanche !

Elle peut avoir l'air effrayante – presque dangereuse – quand elle veut.

Je lui ai quand même fait un grand sourire en la serrant dans mes bras. Elle s'est dégagée tout de suite.

– Et ça te coûtera un max, a-t-elle précisé.

– Demande-moi ce que tu veux, lui ai-je promis, soulagée d'avoir tout arrangé. Mon premier bébé, même.

– Bonjour le deal ! a-t-elle protesté. Qu'est-ce que

je ferais d'un bébé ? « Tiens, May, je te suis tellement reconnaissante que je t'offre un truc qui hurle, qui pleure et qui fait caca. » Donne-moi plutôt de l'argent. Ou un billet de première classe pour Paris. Pas ton bébé théorique.

C'est le moment qu'a choisi June pour arriver en bondissant sur le palier.

– Quel bébé ? a-t-elle demandé. Le bébé de qui ?

– Tu étais encore en train de lire dans nos pensées ? ai-je rétorqué. Alors ?

Elle a levé les yeux au plafond.

– C'est reparti, Miss Parano. Eh non ; je parlais avec Mariah au téléphone et, franchement, ses pensées m'intéressent plus que les vôtres.

Elle a battu des mains comme un adorable bébé phoque.

– Écoutez ça ! Mariah est inquiète que je vienne à la fête de ce soir parce qu'elle pense que je serai plus jolie qu'elle ! Hiii ! Vous parliez du bébé de qui ?

May a rigolé en ouvrant son ordinateur. Je voyais qu'elle se concentrait pour empêcher June d'entrer dans sa tête.

– Ce n'était qu'une métaphore sur le jour où j'aurai des bébés, lui ai-je répondu.

Ses yeux se sont illuminés.

– Alors, tu l'as déjà fait avec Julian ?

– Si c'était le cas, tu serais déjà au courant, ai-je répliqué. Combien de refrains de « *Gros Gras Bouts Gluants de Boyaux Baveux* » il faudrait que je me répète pour te détourner de ça, à ton avis ?

June a hoché pensivement la tête.

– Ouais, c'est sûr. En attendant, je dois repasser ma jupe.

May l'a chassée d'un revers de main, mais je l'ai arrêtée à la porte.

– Tu vas à ta fête, ce soir ?

– Qu'est-ce que tu crois ? Mariah passe me prendre dans vingt minutes.

– Mariah passe te prendre pour te conduire à une fête chez elle ?!

June m'a décoché un sourire en coin.

– C'est pas sympa, ça ?

– Personnellement, je trouve que c'est anti-écolo, a dit May. Et tu as raconté quoi à maman… ?

– Qu'on allait au cinéma et qu'on mangeait dehors.

– Tu sais que tu dois être rentrée à onze heures.

– J'ai jamais dit le contraire, a répliqué notre sœur avec un sourire angélique. De toute façon, maman s'endort toujours à dix heures.

Je me suis tournée vers May en quête de soutien, mais elle m'a ignorée.

– Elle chante « Frère Jacques », m'a informée June. Elle est trop occupée à me bloquer l'accès de son cerveau pour te répondre.

May a ricané dans son coin et refermé son ordinateur plus fort que nécessaire, tandis qu'on sortait toutes les deux de la pièce.

Un quart d'heure plus tard, June bondissait hors de sa chambre en jupe rose, collants noirs et chaussures rouges vernies.

– Qu'est-ce que t'en penses ? m'a-t-elle demandé en tournoyant devant ma porte.

Je me suis figée. J'étais en train de me demander si je devais mettre un collier ou je ne sais quoi, si c'était ce qu'on est censé faire pour un rancard, et je n'avais pas pu m'arrêter de penser à temps.

– Noon, a couiné June. J'y crois pas ! Tu as un rancard avec ce mec ?

Elle a gloussé en se couvrant la bouche.

– Noon ! Tais-toi ! Raconte-moi tout.

– Les deux en même temps, je vais avoir du mal. Va falloir choisir, ai-je observé.

– Arrête de tout prendre au pied de la lettre !

Puis elle m'a inspectée des pieds à la tête.

– Tu mets un jean pour un rancard ?

– Je suis toujours en jean.

J'ai jeté un coup d'œil sur ma tenue dans le miroir. À côté de June, j'avais l'air prête pour aller ramasser des patates.

– J'aime bien mon jean. Tout le monde ne peut pas porter des jupes roses, June. Il faut avoir le style qui va avec.

– J'adore cette jupe ! s'est-elle écriée, en me bousculant pour se regarder. Ça met un peu de bulles dans le diabolo, si tu vois ce que je veux dire.

– Et c'est parfait pour se faire gerber dessus par des crétins, a ajouté May en débarquant.

J'ai vu qu'elle n'avait toujours pas avalé ce que je lui faisais faire.

June a soupiré.

– April, quelqu'un va me vomir dessus ?

– Non. Mais fais…

J'ai hésité, et elles m'ont regardée toutes les deux.

– Fais attention à toi, d'accord ? Pas de bêtises.

– Merci, *m'man*, m'a-t-elle répondu, exaspérée. Je sais. Au fait, où tu vas, ce soir ? Qu'est-ce que vous faites ? Il t'a déjà embrassée ?

– On va voir le dernier film de Jeunet…

– Intello, m'a lancé June.

– Vous allez voir le dernier film de Jeunet ?! s'est écriée May.

J'ai fait la grimace. Je retournais le couteau dans la plaie, sachant qu'elle était la francophile de la famille et que je la forçais à passer la soirée à regarder picoler des gens qu'elle détestait.

– Je hais ma vie, a-t-elle soupiré.

– Et vous faites quoi d'autre ? a demandé June. Vous partez en rando ? Tu as mis des chaussures avec des semelles en caoutchouc.

– Elles sont pratiques.

Elle a secoué la tête.

– Je renonce.

– … dit la fille déguisée en barbe à papa, ai-je riposté. Écoute, promets juste de m'appeler ou d'appeler maman si tu as besoin qu'on vienne te chercher.

– Enfin, pourquoi tout le monde s'imagine que je suis incapable de me débrouiller toute seule ?

– Sans commentaire, a marmonné May.

– Alerte, pensées de maman à l'approche ! a dit June tout à coup.

Dix secondes plus tard, on a entendu maman dans l'escalier.

– Salut, les filles !

Puis, elle s'est aperçue que June et moi étions mieux habillées que d'habitude.

– Dites, on fait la fête ? a-t-elle souri. Vous êtes super, toutes les deux !

May a ricané.

– Il n'y a pas de fête, s'est empressée de dire June. Je vais au cinéma avec Mariah, et peut-être manger après. Je suis là à onze heures. Je sais, je sais.

Ma mère a eu l'air étonnée que June aborde le couvre-feu d'elle-même, mais elle n'a pas relevé.

– Et toi ? m'a-t-elle demandé.

J'ai soupiré intérieurement.

– Il y a un garçon dans notre lycée, Julian… Il a son casier au-dessus du mien. Il m'a proposé d'aller au cinéma ce soir. Si t'es OK.

Allez savoir pourquoi, des étincelles se sont allumées dans les yeux de ma mère.

– Un garçon t'a proposé de sortir ? C'est maintenant que tu le dis ?

Du coup, mes sœurs avaient les yeux braqués sur moi. Super.

– Enfin… ai-je rectifié. C'est un peu moi qui lui ai demandé en premier…

– C'est vrai ? a couiné June.

Elle m'a tapé sur le bras.

– Wouah, la dragueuse !

Après l'avoir gratifié d'un regard noir, j'ai vu ma mère

qui, c'était clair maintenant, se mordait la lèvre pour ne pas sourire.

– Et il est sympa, ce Julian ?

– Non, c'est un tueur en série, a sorti May. April veut le réhabiliter.

On a toutes les trois levé les yeux au plafond.

– Oui, il est sympa, ai-je assuré à maman. Vraiment.

– Je suppose qu'il vient te chercher et que je vais pouvoir le rencontrer ?

Ce n'était pas réellement une question, et je me suis félicitée d'avoir prévu le coup.

– Il sera là vers sept heures, à trois minutes près, ai-je dit.

Puis je me suis raclé la gorge en priant pour que May ne me tue pas à cause de la suite :

– Et May a des plans aussi.

May a failli tomber de son lit, mais elle s'est reprise juste à temps pour déclarer comme un robot :

– Oui, je vais travailler avec Henry. Ce sera charmant et tout à fait comme je rêve de passer un vendredi soir. Oh, je suis si heureuse. Quelle joie, quel bonheur.

Ma mère a souri.

– Eh bien, tant mieux si tu commences à t'intéresser à tes cours.

June a toussé pour étouffer un gloussement.

– Dire que mes trois filles sortent et vivent leur vie ! Ce que le temps passe ! Je suis contente !

Sa voix s'était mise à chevroter.

On s'est précipitées toutes les trois vers elle.

– Pleure pas, m'man ! a dit June. Si tu pleures, je vais

pleurer et j'ai mis mon mascara Dior. À ce prix-là, il a interdiction de couler. Chaque larme coûterait minimum cinq dollars.

– Oh, pour l'amour du ciel, a grommelé May.

Elle nous a repoussées à coups de coude pour s'approcher de maman.

– M'man, tu veux qu'on reste ici ce soir ? Pour que tu ne sois pas toute seule ?

« Oui ! » me suis-je dit. May était un génie. On pouvait arrêter tout ça en restant à la maison et…

– Non, non, c'est idiot, a répondu maman. Ne vous en faites pas pour moi. C'est chouette que vous vous adaptiez et que vous vous fassiez de nouveaux amis. Vous verrez, un jour, vous aurez des enfants et vous comprendrez.

J'avais un doute ; mais je lui ai fait un câlin, et elle m'a embrassée en me tapotant les cheveux.

– Tu es ravissante, m'a-t-elle dit. Je suis sûre que Julian sera d'accord avec moi.

– On verra, ai-je répondu.

Puis elle est allée se changer dans sa chambre, et June et May sont retournées dans la leur. J'ai jeté un dernier coup d'œil dans le miroir par acquit de conscience. Même si ce n'était pas la question. C'était une mission à la MacGyver, me suis-je rappelée, pas un rancard-rancard.

– April ? m'a lancé June depuis sa chambre. Tu peux venir une minute ?

Elle s'est interrompue de fouiller dans un tiroir de sa commode, le temps de me jeter un regard cinglant.

– Je t'en veux toujours, mais je ne peux pas te laisser faire ça.

– Me laisser faire quoi ?

– Franchement, a-t-elle soupiré. Tu vas à ton premier rancard avec un soutien-gorge de sport ?

J'ai regardé ma poitrine.

– Quoi ? J'ai rien d'autre, d'abord !

June a secoué la tête.

– Je te jure, a-t-elle marmonné en sortant un truc duveteux, rose et à dentelle.

Il y avait des petits nœuds roses au bas des bretelles et de la dentelle autour des bonnets.

– Tiens, m'a-t-elle dit. Mets ça, tu me remercieras plus tard.

– D'où tu sors ce truc ? C'est totalement girly.

– Heu, ouiii, c'est un soutien-gorge. Je ne vais pas te laisser te pointer à un rancard avec le look « mono-sein ».

Je le lui ai pris.

– Merci.

– Pas de problème.

Elle m'a décoché un sourire radieux.

– Et tu me réserves tous les détails, hein ? Je veux vivre ça par procuration.

J'ai inspiré à fond, puis expiré.

– Je ferais n'importe quoi pour toi.

chapitre 14

« Il n'y a pas grand-chose de pire qu'être seul au milieu d'une foule. »

May

J'aurais bien tué mes sœurs.

Pour vous dire à quel point je la sentais mal, cette soirée, j'aurais préféré étudier l'histoire européenne avec Henry, avec présentation de Stanford sur Powerpoint, même, plutôt que de pister June dans une fête de lycée débile. Je la connais, ma petite sœur. Elle a vu tous les films, écouté toutes les histoires, et elle était sûrement persuadée qu'aller à une vraie fête allait changer sa vie.

Ben voyons.

En plus, je trouvais qu'April flippait pour rien. Franchement, elle n'arrive même pas à prédire un séisme. Comment peut-elle savoir si ce qu'elle voit a une chance d'arriver ? C'était ridicule et, pire, il n'y avait pas moyen de la raisonner. Alors, j'ai dit d'accord, j'irai, j'espionnerai notre petite sœur.

Grossière erreur.

J'ai eu la première confirmation que j'avais fait le mauvais choix dès que le petit ami de Mariah s'est garé devant chez nous. Sous prétexte d'aller chez Henry, j'étais sortie cinq minutes plus tôt et je m'étais rendue invisible pour me cacher dans les buissons, où je me suis fait lacérer par les épines. Quand la voiture est arrivée, June est sortie en courant, j'ai foncé derrière elle comme une détective à la manque et je me suis glissée dans la voiture juste avant qu'elle claque la portière.

Où était ma vie dans tout ça ?

Au concours de la carrosserie la plus rouillée et du moteur le plus pourri, la voiture de Blake aurait sûrement remporté le premier prix.

– Salut ! a lancé June à Mariah, pendant que je me calais dans un coin en maudissant April.

J'avais découvert que June ne pouvait pas lire dans mes pensées quand j'étais invisible ; c'était déjà ça.

– Salut, Blake, a-t-elle ajouté.

Mais Blake s'est contenté de hocher la tête et de démarrer, la clope au bec.

J'étais sûre à 97 % que celui qui lui avait accordé son permis avait fumé la moquette.

Mariah et June caquetaient à propos de je ne sais quoi. Enfin, June surtout, parce que Mariah n'était pas très bavarde, mais c'était clair qu'elle était contente d'avoir ma sœur avec elle, quelqu'un qui, apparemment, ne pouvait penser que du bien d'elle.

– Ouais, répondait Mariah périodiquement.

Dès le premier feu rouge, Blake a interrompu les

délires verbaux de June en se penchant pour embrasser Mariah.

Quand je dis embrasser, ça ressemblait plus à une ablation des amygdales. Vu que je n'ai jamais embrassé un garçon, je ne suis pas une experte ès questions amoureuses, mais ça ne faisait pas rêver.

J'ai glissé un coup d'œil vers June, sans avoir vraiment envie de voir sa tête. Elle avait l'air pas très à l'aise et super jeune, même si on n'a que treize mois d'écart. Elle n'aurait pas pu être une intello comme April, ou une nulle comme moi ? Pourquoi tenait-elle tant à être comme ces gens-là ? Je sais que je ne suis pas quelqu'un de cool, mais au moins, je n'ai pas d'amis demeurés.

Mariah s'est retournée vers June.

– Tu veux qu'on s'arrête prendre un truc à bouffer ? lui a-t-elle demandé. On va passer au Mac drive.

– Ouais, cool, a dit ma sœur, soulagée que Mariah l'inclue enfin dans la conversation. Hé, Blake, ça y est, t'as passé le GED[1] ?

– Nan.

Il venait sans doute d'atteindre le summum de créativité de son vocabulaire.

Mariah a posé une main sur son bras, mais il n'a pas réagi.

– Il était dans le coma ce matin, a-t-elle déclaré d'un ton affectueux. Il a même dormi tout le temps où je lui parlais au téléphone.

1. General Educational Development *: examen qui donne une sorte d'équivalence du Bac.*

À ce stade, j'avais déduit que Blake avait dû tomber sur la tête quand il était petit et que c'était sans doute l'événement le plus intéressant de toute son existence.

– Oh, a fait June. Tu le passes quand, alors ?

Blake a haussé les épaules et accéléré en voyant le feu passer à l'orange.

– Va savoir, a-t-il répondu.

– Ouais, tu l'as dit, Blake, a dit June. C'est clair.

En fait, c'est à se demander comment Blake a tenu aussi longtemps au lycée. Quand on est arrivés au Mac drive, j'ai chopé la migraine rien qu'à l'entendre essayer de compter sa monnaie. J'ai bien vu que June était gênée aussi, et je n'osais pas imaginer ce que ça faisait de lire dans les pensées de Blake. Sans doute le même effet qu'être sous sédatif ou se faire matraquer.

– Tiens, a-t-elle fini par dire en lui passant un billet de cinq dollars. C'est moi qui paye. Garde la monnaie.

Il n'a même pas dit merci.

Je me suis penchée pour me taper le front sur le similicuir craquelé du siège avant. Il y avait une pile de magazines *Autos Motos* sous mes pieds invisibles, plus un autre avec une fille en bikini rouge sur la couverture. Je ne m'attendais pas à tomber sur *Les Progrès de la Science* ou le *Journal de la Bourse*, mais il y a des limites.

À notre arrivée, je suis sortie de la voiture dès que June a ouvert la portière, contente de respirer enfin. Mon soulagement a duré dix secondes, le temps de m'apercevoir que j'étais à une fête où je ne connaissais pas une seule personne.

Invisible ou pas, il n'y a pas grand-chose de pire

qu'être seul au milieu d'une foule. En prime, d'après ce que je voyais, cette fête était typiquement du genre « crétins imbibés + flaques de bière partout » ; un vrai cauchemar.

À côté de moi, June rayonnait.

– Trop top, l'ai-je entendue murmurer.

« Tuez-moi tout de suite », ai-je songé avec consternation.

La petite maison était pleine à craquer et sentait la bière, la sueur et la laque dont s'étaient vaporisées toutes les filles. La musique était super forte, une chanson horrible genre top-40 qui ne me sortirait sans doute plus jamais de la tête. À peine arrivées, June et Mariah ont filé à la cuisine la main dans la main et je les ai suivies, faute d'avoir mieux à faire.

J'admets que la maison était assez sympa. Sans être du style maison de magazine de déco, elle comprenait un rez-de-chaussée, un étage et une cuisine assez grande pour faire tenir toute ma classe de débiles. Ils étaient presque tous là, d'ailleurs, mais je ne connaissais pas un seul de leurs noms. Leurs têtes m'étaient familières, un peu comme les têtes des acteurs de pub. Mais entre reconnaître les gens et les connaître, il y a une marge.

Il y avait une petite armoire vitrée près du salon, qui contenait des figurines en porcelaine et des sculptures de cygnes en cristal.

C'était une bonne planque, aussi à l'écart qu'on peut l'espérer quand on est invisible, et je me mordillais distraitement un ongle en regardant June sortir dans le jardin sur les talons de Mariah. « Rien de tragique, ai-je pensé. C'est juste une fête. Qu'est-ce que j'en ai à faire, de ces gens, d'abord ? »

Une demi-heure plus tard, j'étais prête à me noyer dans le tonneau de bière.

Comme je l'aurais parié, June allait très bien, merci. Elle tenait un gobelet de bière à la main, et je la surveillais pour voir si elle allait vomir ou grimper sur le toit en déclarant qu'elle savait voler. Mais elle se contentait de glousser sur le canapé, en parlant avec un garçon que je ne connaissais pas. Quand elle s'est levée, elle a pris son gobelet avec elle ; clairement, April l'avait briefée sur l'importance de ne jamais laisser traîner son verre. J'avais eu droit à la même leçon l'année d'avant, comme si j'étais invitée à des fêtes, en ce temps-là.

Ou maintenant.

Ce qui me tentait bien, en revanche, c'était sa bière. Je ne suis pas une dingue de bière, mais j'en avais tellement marre de regarder les autres s'amuser que j'ai eu envie d'en faire autant. Quelqu'un avait mis la musique sur « Repeat », et la même chanson horrible passait en boucle à fond la caisse. J'ai fini par décider à l'unanimité que June n'avait rien à craindre.

Et je suis allée me chercher une bière.

J'ai réussi à piquer un gobelet sans que personne ne le remarque et j'ai filé à l'étage, là où je pouvais boire sans qu'on me voie. C'était nettement plus tranquille là-haut, et il faisait moins chaud. J'ai bu quelques gorgées de bière fraîche et lâché un soupir au moment où mon corps revenait sur terre.

Voilà qui était beaucoup mieux.

J'ai traîné un peu, fait un détour par la salle de bains pour me laver les mains, avant d'entrer dans une chambre. Il faisait noir, et j'allais allumer quand j'ai réalisé que je n'étais pas seule. Ils étaient deux.

Deux personnes. Dans une chambre. Dans le noir. Faites l'équation.

J'allais bredouiller des excuses quand je me suis rendu compte que, sous l'effet de la surprise, j'étais en train de redevenir invisible. J'entendais une voix masculine très basse, à la fois enjôleuse et menaçante ; un loup déguisé en agneau.

– Allez, disait-il. Allez, c'est bon. Elle est en bas.

Blake.

Je me tenais sur le seuil, pétrifiée.

– Non, attends, je peux pas, disait la fille.

Et ça n'était clairement pas Mariah. Qui que ce soit, elle avait l'air passablement bourrée. Et même si je n'avais pas tout suivi, je sentais que ça clochait. Sérieusement.

J'ai donné un coup de poing sur l'interrupteur avant de disparaître à nouveau, au sens propre comme au figuré.

J'avais beau savoir qu'on ne pouvait pas me voir, j'ai filé dans le couloir, entendant leurs voix dans mon dos :

– Bordel, merde ! a grommelé Blake.

Quelques secondes plus tard, Avery est sortie de la chambre en rajustant son tee-shirt, les cheveux en bataille, les yeux hagards. Blake l'a bousculée pour passer devant et descendre l'escalier quatre à quatre, furieux que quelqu'un ait braqué les projecteurs sur son petit jeu.

Quel connard !

Je suis entrée dans une autre chambre, mon gobelet toujours à la main. Comme celle-là était bien vide, je n'ai pas allumé. Ça m'a permis de voir June dehors par la fenêtre avec une autre fille, qui parlaient d'un air excité de je ne sais quoi. June avait une expression joyeuse ; pas celle qu'elle a devant des chatons ou une paire de chaussures neuves, mais plutôt celle qu'elle a eue quand notre père a annoncé qu'il partait à Houston, et qu'elle s'est exclamée avec un grand sourire plaqué sur la figure, assez grand pour qu'il y en ait pour tout le monde : « Ah la vache, on pourra avoir des chevaux ? »

C'était bizarre comme cet air joyeux me rendait triste.

Mais avant que j'aie le temps d'avoir de la peine pour ma petite sœur, la lumière s'est allumée brusquement, et je me suis retournée.

– C'est pas vrai !! s'est-on écriés en chœur.

C'était Henry.

– Qu'est-ce que tu fais là ? m'a-t-il demandé.

– Moi ?! Et toi, qu'est-ce que tu fais là ? C'est pas vraiment ton style de décor !

– Heu, ben si. C'est ma chambre.

Gloups.

J'ai regardé autour de moi et découvert une guirlande de petits drapeaux de Stanford sur les murs et une couette rouge vif sur le lit. Il y avait un bureau impeccablement rangé, avec des stylos dans une tasse Stanford près de la lampe, et tous ses livres en pile, bien alignés.

– Une petite minute, ai-je dit. T'habites ici ?

Il a confirmé d'un hochement de tête un peu raide.

– J'y crois pas, Mariah est ta sœur ?

J'ai porté une main à ma bouche.

– C'est possible, ça ? Vous avez vraiment un lien biologique, ou vous êtes demi-frère et sœur ?

Henry a lâché un énorme soupir avant d'entrer dans la chambre.

– À vrai dire, je crois que j'ai encore plus de questions que toi. Du genre, qu'est-ce que tu fais dans ma chambre ?

– Oh, heu, c'est, heu, c'est plutôt marrant.

Je me suis éloignée de la fenêtre pour ne pas me faire repérer par June, mais j'ai marché sur une chaussure et renversé un peu de bière par terre et sur une pile de…

– Mes magazines *National Geographic* ! s'est écrié Henry. C'est pas vrai, qu'est-ce que t'as fait ?!

– Oups, vraiment désolée.

Puis j'ai gloussé. Ça devait être à cause de la bière, parce que je ne glousse jamais, d'habitude. Il avait tellement de revues, empilées les unes sur les autres contre un mur qu'on aurait dit un petit gratte-ciel jaune.

– T'as raison, on n'en a jamais trop, ai-je commenté.

– Je suis abonné, m'a-t-il expliqué en se baissant pour essuyer la bière sur une revue avec un mouchoir en papier. Tu peux sortir d'ici, maintenant ?

Au lieu d'obéir, je me suis assise sur son lit. Encore, un effet de la bière sans doute.

– Non, désolée, ai-je dit. Si je suis là, c'est juste parce que ma grande sœur m'y a forcée, pour surveiller ma petite sœur. Et elle craint, cette fête. Sans vouloir te vexer. Alors, sans déconner, Mariah est ta sœur ? Ça fait quel effet ?

– Celui de vivre en enfer avec quelqu'un qu'on déteste, m'a-t-il répondu.

– Henry ! me suis-je exclamée en prenant l'air ébahi. Tu viens de faire toute une phrase sans rapport avec Stanford ! Quel exploit !

J'ai avalé le reste de ma bière. Encore une chance qu'il y ait eu parmi ces clowns des mecs capables de pomper un tonneau !

J'ai vu un petit sourire danser au coin de sa bouche.

– Tu en veux une autre ? m'a-t-il proposé.

– Une autre phrase ?

– Une autre bière !

J'avais dû pencher mon gobelet un peu trop pour aspirer la dernière goutte.

– Oui, ai-je répondu, mais je ne peux pas descendre. Ma sœur ne sait pas que je suis là. Je l'espionne. Chut ! C'est un secret !

J'ai mis un doigt sur ma bouche.

Cette fois, il a souri pour de bon. Il a disparu, pour revenir une minute plus tard avec deux gobelets.

– Houla ! Deux ! ai-je dit. Henry, quelle générosité ! Incroyable !

– Il y en a une pour moi. Faudrait pas abuser.

– C'était juste histoire de dire merci, ai-je rectifié avant de boire une longue gorgée.

Elle était glacée. Ça tombait bien, parce que je trouvais que la température dans sa chambre commençait à grimper. L'espace d'une seconde, j'ai réalisé que je n'avais jamais mis les pieds dans la chambre d'un garçon.

– Comme ça, vous êtes frère et sœur, ai-je repris. Tu ne me l'as jamais dit.

Henry s'est assis à son bureau en haussant les épaules.

– Tu ne me l'as pas demandé.

– C'était pas une question d'histoire européenne, ai-je objecté. Je ne savais pas si c'était permis.

– Tu peux aussi me poser des questions sur Stanford, a-t-il précisé.

Cette fois, on a rigolé tous les deux.

Je me suis demandé si April avait vu cet épisode arriver, moi et Henry en train de boire de la bière comme deux vieux potes.

– OK. En voilà une, ai-je déclaré. Qu'est-ce que Stanford a de si génial ?

– C'est différent, a-t-il répondu. Et c'est ailleurs.

– Bon, je ne suis pas une grande fan de ta sœur, ai-je admis. (J'aurais eu du mal à trouver les mots pour décrire combien je détestais Mariah.) Mais il y a un problème avec tes parents ?

Et, miracle des miracles, il s'est mis à parler. De ses parents, de son père qui s'était remarié et qui vivait à San Francisco avec sa nouvelle femme et leurs jumeaux.

– Mariah les déteste, a-t-il précisé. Elle refuse d'aller les voir. Elle reste là, à traîner avec Blake.

– C'est dur, quand c'est ta sœur, ai-je acquiescé. Je veux dire, les miennes me rendent dingue, mais… mais c'est mes sœurs.

– Ouais, a soupiré Henry.

Là, tout à coup, mon père m'a manqué.

Il y a eu une brusque agitation en bas, des gens qui riaient et qui criaient, et ça m'a rappelé pourquoi j'étais là.

– Oh, heu, sans vouloir être impolie, je ferais mieux d'aller jeter un coup d'œil sur June. Mais… tu restes dans les parages ?

Il a hoché la tête en fourrant les mains dans ses poches.

– Probable. Vu que c'est chez moi.

J'ai souri malgré moi et filé en bas, en m'assurant qu'il ne me suivait pas. Le temps d'arriver à la cuisine, j'étais redevenue invisible. Au moins, j'arrivais à contrôler ça. Cela dit, ça ne changeait pas grand-chose. Avec tout l'alcool qu'avaient ingurgité les autres, s'ils m'avaient vue clignoter comme une guirlande de Noël, ils se seraient dit que j'étais embauchée pour faire l'animation.

La cuisine était pleine à craquer, et j'ai vite compris qu'ils jouaient au jeu de la vérité, avec Blake et Mariah en vedettes. Comme si leur histoire avait une chance de bien finir… Je commençais à me sentir flotter, mais j'étais assez sobre pour ne pas m'incruster. Ça ne pouvait que dégénérer.

Je n'ai pas vu June. Elle devait être dehors. J'allais partir à sa recherche quand Mariah a braillé : « Henryyyy ! » avant de partir dans un rire hystérique.

– Henry ! C'est mon frère ! Henry, action ou vérité ?

En me retournant, j'ai vu Henry qui s'apprêtait à jeter nos deux gobelets. Évidemment, il n'allait pas les laisser traîner dans sa chambre de maniaque de l'ordre ! Il les a balancés dans la poubelle, l'air mi-énervé, mi-déprimé par les hurlements de sa sœur.

– Action ou vérité ? a-t-elle repris. Je choisis pour toi ! Vérité !

Elle a pris une grande goulée d'un truc qui n'était pas de la bière, puis elle a eu un hoquet et s'est essuyé la bouche du revers de la main. La grande classe.

– Vérité ! a-t-elle répété. Cette fille à qui tu files des cours, tu veux te la faire ?

Elle a gloussé comme une folle et tous les yeux se sont braqués sur Henry.

Les miens compris.

Mon cœur s'était mis à faire de drôles de petits bonds, et je ne savais pas si c'était la bière ou cette bonne vieille adrénaline qui me donnait envie de vomir. Dans un sens, j'aurais voulu être ailleurs, et en même temps, j'étais vissée là. J'étais juste à côté de lui, maintenant, si près que j'aurais presque pu compter ses cils, et il ne s'en doutait pas une seconde.

– La vérité ! a bramé Mariah.

Henry a avalé sa salive et ses yeux se sont durcis comme de l'acier.

– Ça va pas ? a-t-il répondu. Elle ? Y a pas de risque.

Et il a disparu à l'étage.

Je me suis félicitée d'être invisible, tout à coup. Parce que je me serais sans doute mise à pleurer. Cela dit, si Henry avait pu me voir, je n'aurais pas découvert quel connard c'était. Comme ça, je savais.

Il me l'avait quand même balancé en pleine poire.

Bon, pas que j'aie prévu qu'on fasse des bébés ensemble, mais il n'avait pas besoin de le dire comme ça ! Comme si rien que l'idée le rendait malade !

Il y avait deux garçons dans le salon qui préparaient des verres de vodka, et je me suis approchée. June est passée à côté de moi en coup de vent, en criant à Mariah : « Qu'est-ce que j'ai raté ? Qu'est-ce que j'ai raté ? »

Je me suis rendue visible en franchissant la porte d'entrée. C'était bien ce que je pensais : il y avait tellement de monde et ils avaient tellement bu que même quand ils pouvaient me voir…

… je restais invisible.

chapitre 15

« Dites-moi que je rêve. »
June

En fait, je dois reconnaître, elle était sympa, cette fête, mais j'attendais qu'il se passe un truc.

Attention, c'était top, mais pas tout à fait ce que j'avais imaginé. Dans les fêtes qu'on voit dans les films, il arrive toujours quelque chose, comme quand tout le monde se met à danser ensemble ou décide de faire une blague à un mec bourré. À chaque fois, on voit que c'est une fête qui-va-changer-leur-vie !! Voilà ce que j'attendais.

Remarquez que, dans les films, les gens ne sont pas télépathes. Je ne suis pas sûre que ça arrange les choses pour moi.

– Tu fumes ? m'a demandé Lilian.

C'était une copine de Mariah qui n'était pas dans notre lycée. Ça devait être le cas de la moitié de ceux qui se trouvaient là, et faites-moi confiance, je suis plutôt observatrice. Lilian avait le teint pâle et un visage dur, comme si elle passait ses week-ends à faire de la boxe et à prendre un air menaçant. J'ai secoué la tête devant la Camel qu'elle me proposait.

– Non merci.

Je sais que fumer tue et tout, mais en plus, ça donne des plis autour de la bouche. Et je ne mets pas de la crème hydratante tous les soirs depuis que j'ai dix ans pour des prunes.

– Mais vas-y, toi. Ça ne me dérange pas.

C'est un peu stressant de trouver quoi raconter à des gens qu'on connaît à peine. Mais si on ne parle à personne, on reste planté là comme un débile. Alors, je cherchais à faire durer les conversations. J'ai fini par me retrouver en face d'un garçon avec les dents en avant qui s'appelle Derek. Je l'avais déjà vu au lycée. Pendant vingt minutes, il m'a parlé des lapins de sa mère qui gagnaient des prix, alors que je déteste les lapins et que Derek a tendance à postillonner.

Dans les fêtes qu'on voit dans les films, on ne parle jamais de lapins qui gagnent des prix. Enfin, au moins, je n'étais pas toute seule dans mon coin, comme cette fille, là, Avery. Elle errait de groupe en groupe, sans ouvrir la bouche. J'ai eu envie de lui refiler Derek, mais il était gentil, ça n'aurait pas été sympa pour lui. (En plus, il a vraiment une tête de lapin. Marrant, non ?)

N'empêche, la musique était tellement à fond qu'elle faisait pratiquement trembler mes tympans, et j'ai bien fait gaffe de toujours garder ma bière avec moi. Les gobelets étaient omniprésents (mon dernier mot de vocabulaire piqué au champion en orthographe). Et régulièrement, quelqu'un renversait le sien et tout le monde autour se mettait à crier. Mariah, surtout, trouvait ça tordant ; elle enroulait ses bras autour de mes épaules et gloussait sans plus finir. Elle sentait la bière, mais ça n'était pas grave, parce que c'est mon amie. Et les amis, ça sert à ça : s'amuser à des fêtes et boire et regarder les autres faire pareil.

En tout cas, c'est ce qu'ils font dans les films.

– Heyyyy, a bafouillé Mariah à un moment donné.

Elle avait les yeux dans le vague, et je l'ai rattrapée par le coude avant qu'elle s'écroule par terre.

– Oups, a-t-elle gloussé. Tiens-toi droite.

– Ouais, ai-je répondu sans la lâcher, avec un grand sourire.

Je continuais à prendre une gorgée de bière de temps en temps, sans perdre de vue mon gobelet. (L'an dernier, April m'a donné un cours sur les dangers des somnifères qu'on peut glisser dans votre verre, et c'est resté gravé dans ma mémoire.)

– Tu t'amuses ? lui ai-je demandé.

Elle a souri d'un air endormi.

– J'adore ma maison. Et mes amis. Et mon mec. Il est où, mon mec ?

J'ai jeté un coup d'œil aux alentours.

– Chais pas. Pas vu depuis un moment.

– C'est cool.

Elle s'est accrochée de nouveau à moi, au moment où un petit groupe passait en cavalcade. J'ai reconnu un certain Matthew et Arthur, de mon cours d'espagnol. Je lui aurais bien dit bonjour, mais je ne le connaissais pas. Pas vraiment, quoi.

– Et tu sais, m'a dit Mariah, tandis qu'on titubait toutes les deux vers la pelouse, mon père a une maison sur la plage.

– C'est vrai ? ai-je dit en manquant de la laisser tomber par terre. Où ?

– À Cabo[1].

– Une maison sur la plage à Cabo ?

Une maison sur la plage à Cabo ! C'est carrément mon rêve d'aller dans une maison sur la plage à Cabo. Je ne m'en étais pas aperçue jusque-là. Mais soudain, c'était devenu mon but ultime.

– Tu devrais venir, m'a dit Mariah en s'affalant à côté de moi. Toi, et Blake, et moi. Ce sera top.

– Ton père est d'accord pour que tu amènes ton petit copain au Mexique ?

– On s'en fout. Il sera pas là. Il n'y va jamais.

Elle a froncé les sourcils et agité la main pour chasser son père de son esprit. Mais son cerveau répétait : « Qu'il aille se faire voir ! Qu'il aille se faire voir ! » super vite, comme si elle ne s'en rendait même pas compte, et je me suis un peu écartée, au cas où ses pensées seraient contagieuses. Je ne savais plus trop de qui on parlait, de Blake ou de son père. Mais ça m'était un peu égal.

Le temps de prendre un bikini, et j'étais prête pour Cabo.

– Ce sera génial, lui ai-je dit en lui passant ma bière pour qu'elle la finisse. (C'est infâme, la bière. Mes sœurs auraient quand même pu me prévenir.)

1. *Station balnéaire mexicaine.*

– Gééééniaaal, a répété Mariah.

Là-dessus, Blake est sorti par la porte de derrière, l'air bizarre et les yeux hagards.

– Blake ! a-t-elle braillé.

Il a eu l'air un peu surpris qu'elle connaisse son nom, mais il est quand même venu s'affaler à côté de nous. Dans son cerveau, il n'y avait que des histoires de lumière, un flash de lumière tellement violent que je n'y voyais rien dans la pièce, et j'ai décidé qu'il était soit totalement ivre, soit totalement drogué, et que c'était le bon moment pour retourner cultiver ma vie sociale. C'était soit ça, soit les regarder se tripoter en écoutant leurs pensées. Beurk.

Manque de chance, Derek m'a encore coincée.

– Hé ! m'a-t-il lancé en me voyant approcher. Je t'ai manqué ?

Ses dents de devant luisaient dans la pénombre.

J'ai failli lui balancer une vacherie, mais je me suis retenue en voyant dans ses pensées que je le rendais super nerveux, comme quand on aime bien quelqu'un et qu'on a la bouche toute sèche et qu'on sort le premier truc débile qui nous passe par la tête. Ce n'était pas la manière dont Blake pensait à Mariah. D'ailleurs, on ne peut même pas dire qu'il pensait à elle.

Bref, j'ai passé la demi-heure suivante avec Derek sur le canapé, en me tenant le plus loin possible et en écoutant les autres penser. C'était assez marrant d'entendre leurs cerveaux devenir de plus en plus ivres, comme s'ils étaient passés au ralenti. J'ai gloussé quand j'ai entendu Julie Hicks s'imaginer qu'elle embrassait

Derek. Elle devait avoir beaucoup bu. Il n'y avait pas d'autre explication.

Quand j'ai enfin réussi à me débarrasser de Derek, il se passait un truc dans la cuisine. J'ai entendu des cris et des rires et j'ai foncé droit vers Mariah.

– Qu'est-ce que j'ai raté ? Qu'est-ce que j'ai raté ? ai-je crié.

Mais elle rigolait trop, et son cerveau ressemblait à de la bouillie. Elle m'a attrapée par les épaules en continuant à hurler de rire, et j'ai commencé à rire avec elle. Est-ce que c'était ça que ça voulait dire, planer par contagion ? Je n'étais pas trop sûre.

– Cabo ! a-t-elle couiné dans mon oreille.

Et là, tout est devenu trop top. C'était ça que je voulais. Je voulais des amis. Je voulais des fêtes. Je voulais de la musique et du monde, et je voulais être moi-même.

Et j'avais enfin tout ça.

J'avais aussi envie de faire pipi.

J'ai tenu le plus longtemps possible, mais j'ai fini par monter à la salle de bains du premier. La porte était fermée et j'ai tapé dessus avec impatience.

– Dépêchez-vous ! Il y a la queue !

Ce n'était pas vrai, mais j'étais pressée.

Avery est passée dans le couloir avec un gobelet, les yeux un peu gonflés.

– Oh, salut, a-t-elle fait.

– Salut, ai-je répondu en me retenant de sautiller sur place comme une gamine. Ça va ? Ça marche, le boulot ?

Comme elle me regardait d'un air perplexe, j'ai ajouté :

– On t'a vue à Médiadiscount, avec mes sœurs, tu te rappelles ?

– Ah ouais. Bah, ça va. Dis, t'as pas vu Mariah ? Elle est avec Blake ? Des visions de Mariah et Blake lui ont traversé l'esprit, en train de se tripoter comme si c'était la fin du monde. Ça m'a fait un peu bizarre.

– Heu… je crois qu'elle est dehors. Je suis pas sûre.

– Cool. Au fait, tu devrais chercher d'autres toilettes. Celles-là ne sont pas près d'être libérées.

J'ai tambouriné sur la porte en demandant :

– Pourquoi tu dis ça ?

Une voix a hurlé à l'intérieur :

– Dégage !

Je me suis figée, tandis qu'Avery s'éloignait.

Je connaissais cette voix.

J'ai ouvert la porte comme une brute et je suis entrée. Une fille était recroquevillée au-dessus des toilettes, en train de marmonner, et j'ai failli sauter au plafond.

– C'est pas vrai, ai-je gémi. Dites-moi que je rêve.

chapitre 16

« C'est pas un film ! On est dans la vraie vie ! »

April

Sans vouloir paraître cynique, il y a au moins un avantage à avoir des parents divorcés. Quand un garçon passe vous prendre pour un rancard, il n'en a qu'un seul à affronter. Je n'y avais pas pensé avant, principalement parce qu'il n'y avait pas une chance sur un milliard pour qu'un garçon ait besoin de rencontrer mes parents pour une raison de ce genre ; mais maintenant que l'occasion s'est présentée, j'admets que c'est un plus.

Enfin, ce n'était pas un rancard. C'était une enquête. Objectif : sauver June et je ne sais quels autres débiles qui se trouvaient à cette fête.

Je reconnais que ma mère s'en est tirée avec les honneurs. Mes sœurs venaient de partir quand Julian est arrivé. Elle lui a serré la main, sans dire ou faire quoi que ce soit d'embarrassant, du style : « J'ai une arme et je sais m'en servir, mon pote » ou autre formule que les parents surprotecteurs balancent aux soupirants de leurs filles. (Ça ne risque pas, en plus. On n'a même pas le droit de se viser avec des élastiques, à la maison.)

Julian a été parfait, lui aussi. Il avait même renoncé à sa casquette d'anarchiste et ses cheveux bruns étaient en bataille, c'était trop mignon ! Il a serré la main de ma mère, s'est présenté et l'a appelée « M'dame », ce qui m'a fait hurler de rire intérieurement. Mais bon, je savais déjà que cette petite rencontre se passerait bien. L'ennui, c'est que mon cerveau ne voyait pas tout, et je ne savais jamais ce qui manquait comme éléments dans mes visions, ce qui faisait paraître les trous encore plus gros.

– Alors, vous allez au cinéma ? lui a demandé ma mère. C'est sympa. April ne va jamais au cinéma.

Et voilà. Ce commentaire-*là*, je ne l'avais pas vu venir. Du coup, Julian allait croire que j'étais une espèce d'hybride entre une tortue et un ermite.

Dans le dos de Julian, j'ai lancé à ma mère le regard qui tue en me tortillant pour mettre mon manteau.

– Amusez-vous bien. April, retour à minuit au plus tard ?

– OK.

– Tu as ton portable ?

Je l'ai agité devant ses yeux et Julian, très chevalier servant, a tenu mon manteau pour que j'enfile l'autre manche. Je me suis un peu empêtrée, et ça a vite tourné à la scène à la Charlie Chaplin. Mais c'était gentil de sa part.

Ma mère souriait tellement que j'ai cru qu'elle allait se décrocher la mâchoire.

– Salut, ai-je dit tandis que Julian allait ouvrir la porte.

Je l'ai embrassée en lui glissant discrètement à l'oreille :

– « April ne va jamais au cinéma » ?! Je te remercie !!

– Oh, relax, m'a-t-elle murmuré. Il y a un garçon qui te tient la porte. File.

Elle a agité la main en nous regardant partir et j'ai vu la soirée qui l'attendait. Elle allait manger des biscottes et du fromage, debout dans la cuisine parce qu'il n'y avait personne pour s'asseoir à table avec elle. Puis elle regarderait MTV, parce que ça lui faisait penser à nous, ses filles, qui étions en train de grandir et de s'éloigner. Elle irait se coucher à dix heures, en dormant à gauche dans le lit, comme elle l'avait toujours fait.

Elle monterait le volume de son portable et le calerait tout à côté de sa tête, au cas où on appellerait, mais je savais déjà que le téléphone ne sonnerait pas et qu'à mon retour, elle dormirait.

– Ici la Terre, m'a dit Julian en ouvrant ma portière. Où t'étais ? T'as eu un regard bizarre pendant une seconde.

– J'essayais de me rappeler si j'avais débranché le fer à repasser, ai-je répondu en ravalant la tristesse qui me montait à la gorge. Et qui t'a appris à tenir les portières ?

– Ma mère. Elle m'a quasiment menacé de m'enlever la voiture si je ne te traitais pas comme il fallait.

– C'est vrai ?

– Oh oui. Elle a dit que si je ne me conduisais pas en gentleman, elle reprenait la voiture et que je me débrouillerais avec mon vélo, et qu'on verrait bien, après ça, combien de rancards je décrocherais.

Il a ri tout seul en démarrant le moteur.

– Sachant que j'ai la voiture depuis un an et que tu es la première fille qui monte dedans.

– Oh.

Je ne savais pas si je devais me sentir flattée ou anormale. En tout cas, on avait un rancard, un vrai. Je commençais à réaliser. J'ai regardé discrètement autour de moi. La voiture n'était pas crade, mais c'était clairement une voiture de garçon. Il n'avait même pas de désodorisant ni de sac poubelle pour les déchets.

– Si ça peut t'aider, j'appelle ta mère et je lui dis que tu as été charmant avec moi.

Il a ri en faisant marche arrière dans l'allée.

– Attends, la soirée n'est pas finie.

J'ai souri en mettant ma ceinture.

– T'en fais pas, je la sens bien.

La salle de cinéma était à moitié vide et on s'est installés au fond, au moment où les lumières baissaient.

– Je suppose que tu fais partie de ces gens qui n'aiment pas qu'on parle pendant les bandes-annonces, a-t-il chuchoté en posant le pop-corn entre nous.

– Chut.

Ça l'a fait rire. Il avait vraiment un joli rire. J'ai dû me forcer à me rappeler que Julian était synonyme d'embrouilles, joli rire ou pas.

Après le film, on est allés prendre un café et il m'a invitée. Il m'en a même payé un deuxième.

– Tu ne risques pas de dormir cette nuit, a-t-il commenté quand le serveur m'a apporté ma tasse.

Je ne pouvais pas lui expliquer que c'était précisément

le but, que je ne voulais surtout pas dormir et refaire ce rêve où je le voyais avec June. Je préférais encore me shooter à la caféine et passer des nuits entières d'insomnie.

– Alors, comment tu as trouvé le film ?

Il a siroté son café d'un air pensif.

– Je crois que j'ai juste une question.

– Oui ?

– De quoi parle ce foutu machin ?

J'ai failli recracher mon capuccino.

– C'est du réalisme poétique français ! me suis-je écriée. On a regardé le même film, tu crois ? Tu t'es endormi ?

– J'étais trop occupé à lire le film, a-t-il rétorqué.

Il m'a glissé un coup d'œil.

– Ho-ho. Ça t'a plu.

– J'ai adoré !

Et c'était la vérité. Je m'en voulais encore plus d'avoir forcé May à suivre June, parce qu'elle l'aurait sûrement adoré aussi.

– Pas toi ?

– April, c'est complètement irréaliste !

– C'est une métaphore !

– La prochaine fois, on va voir *Massacre à la tronçonneuse*.

– C'est ça, ai-je ricané. Ta mère menace de te reprendre ta voiture si tu ne me tiens pas la portière, et tu veux m'emmener voir un film où les gens s'arrachent les tripes. Ha ! T'es un comique.

Il m'a fait un grand sourire et j'ai réalisé tout à coup

qu'on parlait de notre deuxième rancard. Il allait me réinviter, et je ne savais pas trop si je le déduisais d'une vision ou de sa façon de me sourire.

– Et si je promets de ne pas t'emmener voir un film avec des tripes, t'es d'accord ?

J'ai entrepris de réduire ma serviette en confettis.

– Heuuuu, ai-je bafouillé comme l'idiote du village. Ouais, c'est juste…

Il s'est laissé aller en arrière sur sa chaise en se passant une main dans les cheveux.

– Oh.

– Non, non, c'est pas ça, me suis-je empressée de dire. C'est juste…

J'ai inspiré à fond, en cherchant comment lui en dire un peu sans lui dire tout.

– C'est un peu bizarre en ce moment. Chez moi.

– Bizarre comme le film qu'on vient de voir ?

– Pire. Bizarre comme…

Je mourais d'envie de lui dire. De tout lui dire : que mes sœurs et moi, on avait la chance, ou la malchance, d'être hantées ou je ne sais quoi, qu'il se passait un truc. J'avais besoin de partager ce poids avec quelqu'un, avant de tout lâcher et que ça s'écroule.

– Bon, mes sœurs et moi, on a un…

De la crème fraîche qui coule tout le long du comptoir des condiments, de grosse gouttes bien grasses qui dégoulinent sur les chaussures…

– Oh non ! ai-je lâché.

Julian m'a regardée.

Et deux secondes plus tard, un gars a renversé son

pot de crème fraîche et ça n'a pas raté, il y en avait partout.

Julian s'est retourné en suivant mon regard, juste à temps pour voir ce qui se passait.

– Ouh, a-t-il dit. Une chance que je me sois déjà servi.

Mais la vision m'a rappelé que je n'avais pas surveillé May ni June depuis bientôt une heure. Pendant que Julian se penchait pour tendre au gars des mouchoirs en papier, j'en ai profité pour baisser les yeux, les fermer et regarder. Mais je voyais juste June dans la cuisine, qui riait à côté de Mariah, toute joyeuse. C'était la même image que j'avais vue toute la semaine, la même vision idiote qui refusait de confirmer mes pires craintes. J'ai soupiré et laissé tomber.

June allait bien. May allait bien. Je ne pouvais voir ni l'une ni l'autre. Tout irait bien.

– Ça va ? m'a demandé Julian en se penchant vers moi.

– Très bien, ai-je répondu machinalement.

– Tu sais, tu as vraiment une drôle d'expression, des fois. Comme si tu regardais la télé.

– C'est vrai ? Je fais cette tête-là ? ai-je dit sans réfléchir.

Puis j'ai rougi. Je n'avais pas réalisé qu'il m'observait d'aussi près.

– Un peu.

Il s'est redressé et a pris son café.

– Tu disais que depuis le divorce de tes parents, c'était bizarre. Et ça t'empêche d'aller au cinéma ?

Je me suis tortillée un peu sur ma chaise.

– Voilà ce qui s'appelle être direct, ai-je commenté pour gagner du temps.

Il a haussé un sourcil.

– T'as une meilleure méthode, Caporal Jordonne ?

J'ai souri malgré moi, et il a souri à son tour.

– Je peux aller au cinéma. C'est juste que… c'est super compliqué. Ma vie déconne complètement en ce moment. Je ne sais même plus qui je suis.

Il a rigolé.

– April, personne ne sait qui il est. La vie déconne pour tout le monde. Il suffit de me regarder, je déraille totalement.

– Tu sais trouver les mots pour donner envie de ressortir avec toi.

– Tu comprends ce que je veux dire.

Je savais bien qu'il avait raison. J'ai fouillé frénétiquement dans ma tête à la recherche d'un deuxième rancard, mais il a recommencé à parler.

– Tu me plais. C'est assez direct pour toi, ça ? T'es la première fille qui m'ait charrié sur mes gobelets en polystyrène et mes sandwichs au pain blanc, et la première qui n'ait pas peur de moi et qui ne me traite pas de gothique chelou parce que je m'habille en noir ou je ne sais quoi. Et je ne sais pas quel est ton problème, mais je me fous complètement que tes parents soient divorcés et que ta vie soit bizarre. Je m'en fous.

– Tu dis ça aujourd'hui.

– Je persiste. Je suis même prêt à retourner « lire » un film avec toi.

J'avais tellement envie de tout lui dire, là, tout

de suite, mais allez donc annoncer à quelqu'un : « Bonne nouvelle, j'ai vu l'avenir, et toi et moi, on sort ensemble. Je ne sais pas quand, ni comment. Mais un peu de patience, ça va arriver. »

– OK, a-t-il repris. Si tu tiens à régler ça au jeu de « celui qui fixe l'autre le plus longtemps a gagné », c'est parti.

J'ai ri, mais je n'ai pas cillé. Lui non plus, et on s'est regardés dans les yeux si longtemps que j'ai commencé à larmoyer.

– Ha, t'es en train de perdre, a-t-il pronostiqué. Deuxième rancard, me voilà !

C'était apaisant de le regarder dans les yeux, comme si je n'avais plus à me soucier de quoi que ce soit, comme si tout allait s'arranger tout seul et…

« Julian qui plisse le nez, un éternuement bruyant… »

– Tu te crois le plus fort, ai-je rigolé. Mais c'est toi qui vas perdre, mon pote.

– Oh que non… Espère toujours… Ah, minc… ATCHOUM !

J'ai levé les bras en l'air avec un cri de triomphe :

– Yes ! Gagné ! Lancez les confettis et la fanfare !

Plusieurs personnes se sont retournées.

Il s'est mis à rire, mais pas franchement aussi gaiement que moi.

– Hé bé. Ça doit être la première fois qu'une fille fête avec autant d'enthousiasme le fait de ne pas avoir de deuxième rancard avec moi.

Et il a détourné le regard.

Oups.

J'ai laissé retomber les bras. J'avais totalement oublié qu'il y avait un enjeu.

– Excuse-moi. J'aime bien gagner, c'est tout. Je ne pensais pas…

Il a fini son café.

– Pas de problème. Je t'assure, c'est…

– Attends. Attends une minute.

J'ai couvert mon visage de mes mains et attendu de voir un truc. N'importe quoi. Mais tout ce que j'ai eu, c'était le baiser qui passait en boucle, comme pour me narguer. Quand j'ai relevé la tête, Julian me regardait, en attendant une réponse.

– C'est dur à expliquer, ai-je dit lentement, mais je pense qu'il y a un truc entre nous.

Mais si c'était un truc négatif ? Pourquoi entrait-il dans ma vision avec June et les lumières rouges et mon horrible pressentiment ?

– Il y a souvent des tas de trucs entre des tas de gens, m'a-t-il répondu.

– Je t'assure, je sais ce que je dis. Mais il faut que tu comprennes, c'est compliqué pour moi ces temps-ci.

Il a hoché la tête gravement.

– OK.

J'ai inspiré à fond.

– Et mes sœurs comptent plus pour moi que n'importe quoi au monde.

– C'est une des choses qui me plaisent chez toi.

Ça m'a prise un peu de court.

– C'est vrai ?

– Ouais. L'autre jour, quand tu m'es tombée dessus

pour que je ne m'approche pas de ta sœur, on aurait dit un ours, comme ceux qu'on voit dans les documentaires à la télé. (Il a fait une pause.) C'était plutôt sexy, faut dire.

– D'accord, j'ai pété un plomb. Mais si on peut y aller doucement, super extra lent genre « attendez-moi, je suis une tortue », alors…

– Alors… ?

– Alors, on peut se voir. Mais pas de *Massacre à la tronçonneuse* !

Il m'a lancé un sourire si rayonnant que ça m'est allé droit au cœur.

– Cool ! Cette fois, je suis sûre que ma mère va me laisser la voiture.

– Hé, la soirée n'est pas terminée !

Tout de suite après, je me suis trahie en bâillant.

– Et si, a fait Julian.

Il s'est levé et m'a tendu la main.

– Allez. Couvre-feu dans deux petites heures.

– J'habite à un quart d'heure d'ici.

– Il peut y avoir des bouchons.

– Y en aura pas, ai-je assuré sans réfléchir.

– C'est ton petit doigt qui te l'a dit ?

Je lui ai tiré la langue pour éluder.

– Je peux te poser une question plus dure ? m'a-t-il demandé.

– OK.

Il m'a tenu la porte pour sortir, et le brouillard d'automne qui montait de l'océan m'a fait frissonner.

– Pourquoi faut-il que je me tienne à distance de ta sœur, mais pas de toi ?

Aïe. Encore un moment que je n'avais pas vu venir.

– Heu…

– Un de ces trucs bizarres que tu ne peux pas expliquer ?

J'ai bien vu qu'il se fichait de moi, mais j'ai hoché la tête et je me suis engouffrée dans la brèche.

– C'est simple, June est un robot.

Il s'est mis à rire, et je me suis empressée d'ajouter :

– Que veux-tu, on évite d'en parler, avec tous les préjugés sur les robots dans notre société. Des fois, sa puce se met à déconner et elle a des instincts meurtriers. C'est un peu la honte, mais maintenant, tu sais tout.

Il m'a regardée sans cesser de se marrer.

– Tu te rappelles que j'ai dit que t'étais la deuxième fille la plus dingue que je connaissais ?

– Ça ne s'oublie pas.

– Eh bien, tu progresses lentement vers la première place.

– Parfait. Je te l'ai dit, je déteste perdre.

Quand il m'a déposée chez moi, il m'a ouvert la portière et m'a même raccompagnée jusqu'à la porte, les mains enfoncées dans les poches de son sweat.

– Bon, a-t-il dit.

– Bon, ai-je répété en me tournant vers la porte. Merci pour tout. C'était très agréable.

Il rentre chez lui sans encombre et va voir sa mère, qui dort sur le canapé, parce qu'elle lui laisse la seule chambre de l'appartement. Il mange des céréales et met son bol dans l'évier. Il va dans sa chambre et sourit tout seul, l'air tellement joyeux que je me demande pourquoi je ne l'ai pas embrassé ce soir.

– Pour moi aussi. Même le film, ça m'a plu.

– Menteur.

Il a hésité, puis :

– J'avoue. J'ai menti.

On a ri tous les deux.

– Je peux peut-être t'appeler ce week-end ? m'a-t-il proposé.

– Oui, ce serait sympa !

– OK, cool.

Il est reparti à reculons vers sa voiture avant de se souvenir de quelque chose :

– Oh, juste un truc !

– Ouais ?

– Ma mère me déshériterait si je ne le disais pas.

J'ai souri.

– Ouais, quoi ?

– T'avais l'air très « toi », ce soir.

– Excuse-moi, c'est un compliment ?

– Je veux dire…

Il a raclé les marches en ciment du bout du pied et j'ai vu ses joues rosir très légèrement.

– T'avais l'air heureuse. Je ne t'ai jamais vue comme ça avant ; t'as toujours l'air sur tes gardes. Alors que ce soir…

Il a relevé la tête et nos regards se sont fixés dans un nouveau duel.

– C'était chouette d'être avec la vraie toi.

Le temps que je me reprenne, il était parti. J'ai regardé

sa voiture s'éloigner. Quand je suis rentrée, la lumière de l'horloge du four était la seule chose allumée dans la maison, et je n'entendais que le bruit de mon cœur qui battait dans ma poitrine.

Je savais que ma mère dormait. Je suis montée entrouvrir sa porte.

– M'man ? ai-je chuchoté.

– Hmmmph ?

– M'man, je suis rentrée.

Elle s'est tournée vers moi. Il faisait presque noir et je la voyais à peine.

– C'était bien ? a-t-elle marmonné.

Je sentais toujours mon cœur qui battait.

– Ouais. C'était cool.

Ça n'était pas le bon mot pour décrire ma soirée. Je crois que ce mot-là n'a pas encore été inventé.

– Bien, a bâillé ma mère.

– Rendors-toi, lui ai-je dit.

Mais elle s'était déjà retournée. Je savais qu'elle était fatiguée. Et aussi, que les ratés du moteur de la voiture du voisin la réveilleraient à cinq heures et demie et qu'elle n'arriverait pas à se rendormir. J'ai refermé la porte et je suis allée dans ma chambre.

Julian avait dit qu'il aimait bien être avec la vraie moi.

Et la Terre tournait toujours.

Je suis restée longtemps assise sur mon lit, à essayer d'assembler toutes les pièces du puzzle, jusqu'à ce que la sonnerie de mon portable m'oblige à aller le pêcher dans mon sac. Je me suis vue dans le miroir en passant, et je me suis rendu compte que je souriais d'un air totalement crétin. Je me suis demandé depuis combien de temps j'avais cette tête-là et combien de temps je la garderais, mais elle a changé dès que j'ai vu qui m'appelait.

C'était June.

– Allô, June ?

– Salut, m'a-t-elle dit d'une voix glaciale.

– June, ça va ? Où tu es ?

– À la fête.

En effet, j'entendais le bruit derrière, la musique à fond la caisse et des gens qui braillaient comme des veaux. May devait être atterrée.

– Ça va ? ai-je répété, en retombant violemment sur terre. Tout se passe bien ?

– Oh, super, m'a-t-elle répondu.

Mais son ton restait sec et hautain et je sentais sa colère à l'autre bout du fil.

– Alors, qu'est-ce que…

– Moi, ça va très bien, m'a-t-elle coupée. C'est May qui est beurrée.

Je suis arrivée chez Mariah moins de six minutes après, en passant à l'orange pour la première fois de ma vie. J'avais glissé un mot pour maman sous la porte de sa chambre, au cas où elle se réveillerait. Mais elle ronflait quand je suis partie, et dans mes visions, je ne la voyais pas se réveiller avant les bruits de moteur du voisin.

June m'avait donné l'adresse de Mariah en précisant : « Ne rate pas la bifurcation à gauche », et elle avait raccroché. J'avais de nouveau le ventre noué par l'appréhension, comme quand mes parents nous avaient fait asseoir l'été d'avant, comme le jour du tremblement de terre quand j'avais poussé Julian sans comprendre ce que je faisais.

Les choses allaient changer cette nuit-là. Je n'avais pas besoin de connaître l'avenir pour savoir ce qui se préparait.

Quand je suis arrivée chez Mariah, May était assise au bout de l'allée, la tête baissée, les cheveux pendants, une bouteille d'eau à la main, et June se tenait debout derrière elle, les bras croisés, l'air tellement en rage qu'elle m'a presque fait peur. Assis à côté de May, Henry lui tapotait maladroitement l'épaule. La porte de chez Mariah était grande ouverte, et j'en ai vu assez pour savoir que l'intérieur avait été saccagé. Le petit bout de pelouse qui menait à la porte était jonché de canettes de bière vides.

Disons que ça n'était pas beau à voir.

– Qu'est-ce qui s'est passé ? ai-je demandé en sautant de la voiture. Ça va ?

June a ricané.

– Ouais, t'avais raison sur un point. Personne ne m'a dégueulé dessus ce soir.

« Boucle-la, ai-je songé. Pas la peine que Henry sache… »

– On s'en fout, m'a-t-elle répondu. Ça ne serait pas le pire qui soit arrivé ce soir.

Je me suis accroupie à côté de May.

– Salut, ai-je dit à Henry, en ignorant June pour le moment. Qu'est-ce que tu fais là ?

– C'est là qu'il habite, m'a informée June sans le laisser

répondre. C'est le frère de Mariah. Encore un scoop. On peut rentrer à la maison ?

May a gémi en se tenant la tête.

– June, s'il te plaît, tais-toi.

– Compte là-dessus.

– Tu as encore envie de vomir ? ai-je demandé à May.

– J'ai plus rien à vomir.

Elle avait toujours du mal à articuler, mais elle avait dû dessoûler un peu. Je n'ai jamais été bourrée et je ne passe pas ma vie dans les fêtes (d'accord, je ne vous apprends rien). Mais j'ai vu assez de films et d'émissions pour savoir à quoi ça ressemble.

– Tu l'as dit à maman ?

– Non, elle dormait.

J'ai regardé June.

– Et toi ? Est-ce que tu…

– Ne m'adresse pas la parole, a-t-elle aboyé. Je t'ai appelée pour que tu nous ramènes, point.

Henry continuait à tapoter maladroitement l'épaule de May.

– Tu veux encore de l'eau ? lui a-t-il demandé.

– Non, merci.

Elle a gémi de nouveau et laissé tomber sa tête dans ses mains.

– Est-ce que quelqu'un me tient à l'envers ? J'ai l'impression de faire le cochon pendu.

– Super, ai-je grommelé.

June a levé les yeux au ciel avant de me lancer un nouveau regard noir.

– April, on rentre.

J'allais riposter quand elle m'a interrompue :

– Non. Toi, tu ne me dis rien du tout.

Henry nous a regardées tour à tour d'un air perplexe avant de lancer :

– Je crois que ça va aller, April. Elle a passé beaucoup de temps à vomir.

May a confirmé par un geignement.

– Ouais, du grand spectacle, a précisé June, la voix lourde de sarcasme. Franchement, un des trucs les plus sympas qui me soient jamais arrivés.

Elle a fait une pause avant d'ajouter :

– Et quelle charmante surprise de tomber sur ma sœur ici !

May a levé le nez et, pendant une fraction de seconde, on a échangé un regard coupable. June savait ce qu'on avait fait.

– Désolée, m'a dit May.

– C'est pas à April que tu dois des excuses ! a gueulé June. Les seules excuses que je veux entendre, c'est…

– Allez, on s'en va, ai-je déclaré, avant qu'elle lâche le morceau devant Henry et les quelques pochtrons qui titubaient sur la pelouse.

June s'est mise en marche vers la voiture.

– Et j'espère qu'elle va dégueuler partout sur le siège avant, a-t-elle lancé.

Avec l'aide d'Henry, j'ai doucement mis May sur ses pieds.

– Houla, a-t-elle marmonné. Hou là là.

– Bon, elle est peut-être encore un *petit* peu ivre, a murmuré Henry.

– Hououla.

– Ouais, ai-je acquiescé. Merci de t'être occupé d'elle.

– June a fait presque tout le boulot, m'a répondu Henry. Je l'ai juste amenée dehors.

Je me suis retournée vers ma petite sœur, assise à l'arrière avec les bras croisés, regardant droit devant elle.

– Eh bien, merci quand même, ai-je ajouté à l'adresse de Henry.

May l'a regardé et elle a vivement retiré son bras.

– Me touche pas. Connard.

Henry a eu l'air un peu décontenancé, mais il l'a lâchée. May s'est mi-assise, mi-effondrée sur le siège du passager avant.

– Un gros connard, a-t-elle marmonné.

– Parfait, a commenté June. Elle a l'alcool mauvais, en plus.

– Ce connard a un nom de roi, tu savais ? Crétins de rois, m'a dit May pendant que j'attachais sa ceinture.

– Oh, nom de Dieu, ai-je grommelé. Tu vas mourir de honte, demain, ça, je peux te le dire.

– Ouais, a-t-elle acquiescé.

Elle a passé trente secondes à se battre avec ses cheveux qui lui tombaient sur la figure, avant de renoncer.

– Ramène-moi à la maison, je suis cassée.

Je me suis penchée vers elle.

– Si tu vomis dans la voiture, je te tue, l'ai-je avertie avant de claquer la portière.

On n'était pas au bout de la rue quand June a lancé :

– Bon Dieu, April !

Sa voix était neutre et froide. Elle m'aurait fait flipper si ça n'avait pas été celle de ma petite sœur.

– Quoi ? ai-je rétorqué en la regardant dans le rétroviseur. Quoi ? OK, May t'a suivie parce que j'étais inquiète.

– Tu te fous de moi ? a-t-elle piaillé. Pas plus tard que la semaine dernière, tu me faisais une leçon de morale comme quoi « on devait avoir des principes et ne pas mentir » ! T'as oublié ? C'est qui, la menteuse ?

– J'avais peur qu'il t'arrive quelque chose ! me suis-je écriée.

– Tu avais peur, ou tu le savais ?

– Oh, fermez-la, a dit May en se frottant le front avec une grimace.

– Toi, ça va, a riposté June. C'est ta faute. Et je suis en rogne contre toi aussi !

– J'aurais pas deviné.

– Qu'est-ce qui s'est passé ? ai-je demandé, en lançant un regard noir à May.

Elle a haussé les épaules et appuyé la tête contre la vitre.

– J'ai juste bu deux bières. Et un truc transparent.

– De la vodka ? Tu t'es soûlée à la vodka ?

– S'il te plaît, ne prononce plus jamais ce mot.

– Tu sais combien il y a d'histoires tordues à cause de la vodka ? ai-je couiné, ce qui l'a fait grimacer de plus belle.

– Je vais te dire, moi, ce qui s'est passé, a dit June en se calant entre nos deux sièges. Je vais te dire comment s'est déroulé ton plan génial. May que voici a décidé de se servir quelques « gentils p'tits verres de rien » comme je crois qu'elle a appelé ça en dégueulant…

– En fait, c'était des méchants p'tits verres de rien, a rectifié May.

– … et après quelques heures de ce régime, je vais à la salle de bains, et devine sur qui je tombe, affalée par terre ?

– Oh, nom de Dieu, May, ai-je marmonné en secouant la tête.

Ça expliquait pourquoi j'avais cru que tout irait bien. Je ne pouvais pas la voir quand elle était invisible. Le seul hic dans mon supposé plan génial.

– Alors, c'est vrai, tu lui as demandé de me suivre ! Est-ce que vous vous rendez compte que vous avez totalement bousillé ma soirée ? Mariah ne risque pas de me reproposer de sécher. Alors qu'on commençait juste à être amies ! De vraies amies. Vous comprenez ce que ça veut dire ? Sans doute pas, vu que vous n'en avez aucun ! Pas étonnant ! Vous n'êtes que des sales hypocrites !

Elle était dans une telle rage que sa voix en tremblait.

– June… a commencé May en se tenant la tête entre les mains.

– Toi, la ferme, a aboyé June, d'un ton un peu effrayant. Je sais, May. Je sais.

« Oh non. C'est pas vrai. » Je venais de comprendre.

– Je suis au courant pour la tequila ! Je sais qu'on a dû déménager à cause de toi, parce que tu t'es apitoyée sur ton sort et que tu t'es cuitée ! Tu y as pensé tout le temps que tu vomissais dans la salle de bains de

Mariah ! Et si maman découvre ce qui s'est passé ce soir, hein ? On ira habiter où ? Qu'est-ce que vous allez encore faire foirer, toutes les deux ?

– June ! me suis-je exclamée. On était juste inquiètes. On pensait…

– Je t'emmerde.

C'était comme si elle m'avait giflée, tellement elle l'avait dit vite et sèchement. Même May a relevé la tête, surprise, pour nous regarder l'une après l'autre.

Et voilà que j'étais en rage, moi aussi.

J'ai viré brusquement pour me garer au bord du parking qui se trouvait près de chez nous. Il était totalement désert, juste éclairé par quelques lampadaires autour de l'aire de jeux. J'ai détaché ma ceinture et je me suis tournée vers June.

– Tu n'as aucune idée de ce que tu fais, lui ai-je déclaré d'une voix sourde. Aucune idée.

– Je le sais mieux que personne, a-t-elle rétorqué. On ne peut pas me mentir. Je n'aurais jamais cru que vous le feriez. J'en sais bien plus que vous deux.

– Ah ouais ? ai-je riposté. Quoi, par exemple ? Éclaire-moi ! Qu'est-ce que tu sais de si important ?

Elle a eu un sourire satisfait.

– Je sais que la mère de maman était télépathe.

May et moi, on l'a regardée fixement.

– Et qu'elle avait deux sœurs. Une qui est devenue ermite dans le Maine et l'autre… (elle m'a jeté un regard noir) qui jouait tout le temps les petits chefs. Maman l'a appelée une « mademoiselle-je-sais-tout ».

– C'est maman qui t'a dit ça ? ai-je murmuré d'une

voix à peine audible. Tu… tu lui as dit ? Pour nous ?

– Je ne suis pas débile. Je lui ai juste demandé de me parler de grand-mère. Et elle m'a raconté qu'elle avait toujours l'air de savoir ce que les autres pensaient. Si tu crois que *ça*, c'est une coïncidence, a-t-elle ajouté avant même que mes pensées se soient formées dans ma tête, t'es une idiote.

May nous a regardées avant de dire :

– Mais je ne veux pas aller dans le Maine.

J'étais trop surprise pour réagir. C'était dingue, cette histoire !

– Je te l'ai dit ! a crié June. On ne peut pas me mentir. Je peux voir tout ce que les gens pensent ! Dommage que j'aie pas fait plus d'efforts avec vous deux ! Si j'avais lu dans vos pensées, j'aurais su quelles traîtresses vous étiez !

May s'est calée dans son siège en soupirant bruyamment.

– Et vous ne regrettez même pas ! s'est écriée June. Je m'attendais à des excuses, mais je n'entends même pas…

– Tu n'auras pas d'excuses, ai-je hurlé. Tu ne sais pas ce que j'ai vu !

Ça lui a cloué le bec. J'avais eu raison. Le fardeau était trop lourd à porter, et maintenant, je m'effondrais.

– Maintenant, si.

– Et ça ne t'effraie pas ? Toi avec des sirènes et des gyrophares ? Ça ne te fait pas flipper ?

June a haussé les épaules, sans perdre une miette de son assurance.

– Ça ne veut rien dire. Tu ne sais même pas quel sens ça a. Je le vois dans ta tête. Et si c'était aussi important pour toi, pourquoi t'as envoyé May faire le sale boulot ? Tu ne pouvais pas t'en charger toi-même ?

May a soupiré.

– Parce qu'elle tenait Julian à distance.

– May ! ai-je protesté.

– Ben quoi ? C'est vrai. Ne joue pas l'innocente. Elle a vu Julian avec toi dans la vision, alors elle essaie de le tenir à l'écart pour pas qu'il se passe un truc.

June m'a regardée bouche bée, et je me suis sentie à peu près de la taille d'un brin d'herbe.

– Tu t'es servie d'un garçon ?

– Tu ne vas pas t'y mettre, ai-je rétorqué.

Mais je savais qu'elle avait raison, et je commençais à me sentir minable et complètement larguée.

– C'est toi qui te sers des gens en lisant dans leurs pensées pour les manipuler ! ai-je insisté. Je t'ai prévenue que c'était dangereux. Je t'ai dit qu'on devait se serrer les coudes et...

– C'est toi qui nous divises ! a hurlé June.

– Bon Dieu, on déconne totalement, a murmuré May en se couvrant le visage de ses mains.

– Cette histoire aurait pu être géniale ! a repris June. Ça aurait pu être fantastique ! Mais au lieu de gérer, t'as tout planté !

– Fantastique ? ai-je répété lentement en sentant monter la colère de mon ventre à ma gorge, à ma bouche. Tu t'attendais à ce qu'il se passe quoi, June ? On n'est pas à la télé ! On n'est pas dans un film !

Buffy ne va pas apparaître pour nous apprendre à exploiter nos superpouvoirs tout neufs !

– April, a commencé May en me prenant par le bras.

Je l'ai repoussée.

– Tu ne vas pas voir la chouette Edwige se poser sur ta fenêtre avec une lettre de Poudlard ! ai-je poursuivi sur ma lancée. Pas de Dumbledore ! On n'est pas dans *Harry Potter*, ni dans *Twilight* ! Il n'y a rien ! C'est pas un film ! On est dans la vraie vie ! Il y a nous, et rien que nous !

June avait les yeux embués de larmes, mais sa voix n'a pas tremblé quand elle a murmuré :

– Ça a toujours été nous et rien que nous. Et ça ne marche plus.

C'était comme si elle m'avait balancé un coup de poing dans l'estomac. Je me suis appuyée contre mon dossier pour reprendre mon souffle. Elle avait peut-être raison. Mes sœurs et moi, on avait passé toute la nuit à mentir à des gens innocents. J'ai essayé de ne pas penser au rire de Julian, à sa façon de me regarder dans les yeux, au fait qu'il me faisait confiance.

May fixait le pare-brise, tandis que la petite phrase de June distillait sa vérité dans nos têtes. J'avais mal au ventre, mal à la gorge, mal partout. À côté de moi, May se mordait la lèvre.

– Elle a raison, April. Il y a de plus en plus de distance entre nous.

J'ai regardé passer une voiture, incapable de parler.

– Je veux rentrer à la maison, dit June. Je veux que cette journée s'arrête.

Les doigts tout engourdis, j'ai tourné la clé de contact et démarré. Le silence dans la voiture était aussi pesant que quand nos parents nous avaient annoncé leur divorce, aussi lourd qu'une chape de nuages noirs.

Notre mère dormait toujours quand on est montées dans nos chambres. Une par une, on a fermé nos portes. « Voilà. Notre famille est divisée », ai-je songé en me regardant dans la glace. La dernière fois que je m'étais vue, Julian venait de me dire qu'il se sentait bien avec la vraie moi.

Mais il ne savait pas qui j'étais.

Allongée dans mon lit, cette nuit-là, j'ai envoyé pensée après pensée à June. « Pardon, pardon, pardon. » Mais elle n'est pas sortie de sa chambre, et je me suis mise à pleurer, sans savoir si elle m'écoutait.

chapitre 17

« Un menteur restera toujours un menteur. »
May

Ça fait mal.

Hou, ce que ça fait mal.

Je me suis réveillée quand le soleil du matin – oui, bon, de l'après-midi – m'a frappée au visage. C'est bien l'impression que ça m'a fait, comme s'il me matraquait le crâne jusqu'à atteindre la zone vulnérable et sensible de mon cerveau.

– Aaaaghhhhh, ai-je gémi.

C'était un son inhumain, comme celui d'un animal agonisant au bord de la route. Je me suis tournée lentement sur le côté pour regarder l'heure au réveil de ma table de chevet : treize heures trente-sept. Le samedi était bien entamé. Une chance : je voulais que cette journée s'achève le plus vite possible.

Je suis restée allongée un moment, à essayer de respirer sans faire bouger les parties douloureuses de mon corps. En voyant que ça ne marchait pas, j'ai tenté l'invisibilité. J'ai regardé mon lit défait, sans voir mon corps nulle part, mais ça faisait toujours mal. J'ai fini par réapparaître.

Si être invisible ne pouvait même pas me sauver d'une gueule de bois, à quoi bon ?

J'ai écouté mes sœurs monter et descendre dans l'escalier, claquer des portes et les rouvrir avec un grand *whoush !* sans échanger une parole. Je n'étais ni la télépathe ni la voyante, mais je les connaissais assez pour savoir qu'elles étaient en pétard l'une contre l'autre, et contre moi aussi. Seul point positif de la matinée : je n'avais même pas entendu sonner le réveil-cocorico de June.

Le temps que je descende, j'étais prête à étriper la première qui ferait du bruit ou qui me dévisagerait un peu trop longuement.

– Tiens, salut, chérie, m'a dit ma mère en traversant la cuisine. On fait la marmotte, aujourd'hui ?

– On peut dire ça, ai-je répondu en grimaçant quand elle m'a embrassée sur le crâne.

Mon sentiment de culpabilité était presque aussi violent que ma gueule de bois. Je m'étais dit qu'une de mes sœurs m'avait peut-être vendue, mais ça les aurait obligées à se trahir aussi. Un menteur restera toujours un menteur, j'imagine.

– Bon, à l'attaque, a dit ma mère, sans s'apercevoir que je m'agrippais à deux mains au plan de travail.

Je serais bien restée là, si je n'avais pas réalisé que mon pied gauche recommençait à disparaître. (Mais pourquoi toujours le pied gauche ? Pourquoi pas le lobe de mon oreille droite ou mes rotules ? Bon Dieu, j'aurais payé cher pour un mode d'emploi ou une foire aux questions sur le pouvoir d'invisibilité...)

– Je vais remonter, heu, ranger ma chambre, ai-je annoncé. C'est le bazar.

Ma mère m'a regardée.

– Tu comptes ranger ta chambre un samedi après-midi ?

– Heu, ouais !

– Bien, a-t-elle commenté avec un grand sourire. Essaie de transmettre un peu de tes bonnes intentions à tes sœurs, tant que tu y es.

– On peut rêver, ai-je marmonné dans l'escalier.

April se tenait dans ma chambre, les bras croisés, tapotant du pied par terre.

– Bonjour à toi aussi, ai-je grommelé en rampant jusqu'à mon lit. Maintenant, sors.

Elle m'a foudroyée du regard.

– Juste pour que ce soit clair, je ne te parle pas.

– Ah non ? Malheureusement j'ai des indices tangibles du contraire.

– Je te parle uniquement parce que je veux savoir ce qui s'est passé hier soir, et que June ne m'adresse plus la parole.

– On devrait suivre son exemple plus souvent, ai-je observé.

J'ai été récompensée par le bruit de la porte de June qui claquait.

– En ce moment même, elle est en train de lire dans nos pensées comme dans une encyclo, a dit April.

– Parce qu'elle te prévient, maintenant ?

– Tu crois qu'elle se gênerait ?

Un point pour elle.

– Eh ben super ! ai-je grogné avant de m'enfouir la tête sous la couverture. Quand est-ce que tu commences à ne plus me parler ? Tout de suite, ça m'arrangerait.

– Explique-moi ce qui s'est passé hier soir.

J'ai baissé la couverture juste ce qu'il fallait pour lui lancer un regard mauvais.

– Pourquoi ? C'est pas toi qui prédis l'avenir ? Tu n'as rien vu du tout ?

– Raconte.

– Sors.

S'il y avait une chose que je refusais de faire, c'était de m'humilier devant April la Parfaite.

– May…

– Quoi ? ai-je crié. (Aïe, ma tête.) Sérieusement, April, sors. Tout ce que je veux, c'est disparaître.

– Ouais, c'est pratique, hein ? m'a-t-elle répliqué. Si tu t'en étais tenue à ça hier soir, on n'en serait peut-être pas là !

– Là où ? À ne pas se parler ? Moi, je trouve ça parfait.

J'ai plongé le nez dans mon oreiller.

– Tu étais censée surveiller June et au lieu de ça, c'est toi qui aurais pu te faire du mal !

– C'est fait ! ai-je sifflé. J'ai le cerveau trois fois trop grand pour ma boîte crânienne, là. Et June allait parfaitement bien. En tout cas, avant que tu me pousses à la suivre et que tout dégénère. C'est ta faute, pas la mienne.

Je savais que j'étais de mauvaise foi, mais je n'étais pas d'humeur à m'encombrer de scrupules.

– Ben tiens, et c'est moi qui t'ai poussée à boire et à vomir sur la pelouse ?

J'ai montré la porte du doigt.

– Veux-tu sortir, s'il te plaît ? ai-je crié, ce qui a fait repartir ma migraine au galop.

– Très bien, a-t-elle dit en tournant les talons. Avec joie.

Elle a enfin quitté ma chambre (sans fermer la porte, pour changer), et je me suis laissé glisser dans un état comateux. Je suis restée comme ça un moment, les yeux fixés sur une fissure au plafond. J'ai envisagé de me lever et de suivre mes sœurs en catimini, mais après notre soirée, ça ne m'amusait même plus.

Mon portable a sonné sur ma table de chevet, et j'ai refait surface le temps de sortir le bras de la couverture et de regarder qui m'appelait.

Devinez.

J'ai laissé sonner trois fois avant de répondre.

– Quoi… ai-je croassé.

– Heu, salut, a dit Henry.

– Pourquoi les gens se lèvent à l'aube, le week-end ? ai-je grogné.

Il a ri de son petit rire nerveux.

– J'appelais pour savoir comment ça allait.

– À ton avis ?

– Pas top ?

J'ai ôté ma main de mes yeux pour regarder vers la porte, en essayant de voir si ma mère arrivait. Je m'étais tellement habituée à ce qu'April ou June donnent l'alerte que je me sentais soudain privée d'un bout d'armure essentiel.

– May ? T'es toujours là ?

– Ouais.

– Alors, comment tu te sens ?

– Comme si je m'étais fait rouler dessus par un camion rempli de taureaux en colère.

– À ce point ?

– Deux fois de suite.

– Aïe. Ça ne doit pas être sympa.

– Belle déduction !

Je me suis tournée sur le côté en rabattant la couverture sur ma tête. Je lui aurais volontiers roulé dessus avec un camion, après la façon dont il avait dit : « Ça va pas ? Elle ? Y a pas de risque. » Les mots avaient dansé dans ma tête toute la nuit, mêlés aux vapeurs d'alcool et aux accès de nausée. « Y a pas de risque. » Rien que d'y penser, j'avais de nouveau envie de vomir.

– Tu veux qu'on travaille, aujourd'hui ? m'a-t-il demandé.

– Henry, laisse-moi te poser une question. T'es toujours aussi con avec les filles, ou c'est juste moi qui fais ressortir cette facette de ta personnalité ?

Au bruit qu'il a fait, on aurait dit qu'il recrachait ce qu'il était en train de boire.

– Parce que si c'est juste moi, ai-je repris, tu peux retourner en rampant dans ton trou.

Il y a eu un silence, avant qu'il réponde :

– Plutôt que vomir dans le caniveau, tu veux dire ?

– C'est ce que je pensais. *Ciao ciao, amigo.*

J'allais raccrocher, quand sa voix métallique a lancé dans le téléphone :

– Attends, May, ne raccroche pas ! Excuse-moi ! Ne raccroche pas.

Mon pouce a plané au-dessus de la touche « fin ».

– Tu t'excuses ?

– Je… je suis vraiment désolé. J'aurais dû faire attention à toi, hier. Mariah n'invite pas que des gens bien à ses fêtes…

– Ouais, je sais. Je suis en train de parler à l'un d'eux, ai-je riposté.

C'était assez rassurant de constater que même quand mon cerveau menaçait d'exploser, j'avais encore de la répartie.

J'ai presque pu voir Henry se raidir à l'autre bout de la ligne.

Il devait porter son sweat de Stanford et jouer avec ses lacets comme il faisait toujours pendant les cours.

– C'est tout ce que t'as à te reprocher ? ai-je demandé à voix basse.

– Bon Dieu, May ! J'appelle pour m'excuser. Qu'est-ce que tu veux de plus ? Que je le fasse en direct ?

– Ce que je voudrais, c'est que tu sortes la tête une minute de tes conneries de Stanford pour t'apercevoir que les gens peuvent être là même quand tu ne les vois pas !

Il y a eu un silence.

– De quoi tu parles ?

– De rien. Écoute, je suis sûre que tu as de quoi t'occuper tout l'après-midi, à surligner tes catalogues de facs et à remplir des fiches de vocabulaire espagnol. Alors annulons le cours d'histoire. Annulons tout, tiens. Oublie que tu me connais. Ça devrait pas être dur.

Sa petite phrase n'arrêtait pas de revenir dans ma tête : « Ça va pas ? Elle ? Y a pas de risque. »

– Alors, c'est comme ça, a fulminé Henry. J'appelle pour m'excuser parce que tu as bu trop de vodka, et ta réaction, c'est de fuir ?

– On dirait bien, ai-je marmonné.

– Ben si tu y tiens tellement, c'est peut-être une bonne idée.

Il était remonté, bien plus que quand j'avais renversé de la bière sur ses *National Geographic*. (Je l'avais oublié, ce détail-là. Bien fait pour lui, tiens.)

Je n'ai pas pu m'empêcher de rire.

– Henry, pour une fois, on est d'accord.

J'ai appuyé sur la touche « fin » et j'ai vu mon bras qui disparaissait au moment où je balançais le téléphone à l'autre bout de ma chambre.

Il avait raison. Qu'est-ce qui me retenait de m'en aller, tout simplement ? J'étais invisible. Je pouvais prendre un avion pour les îles Fidji sans que personne ne le sache. Je pouvais m'installer au Carlton, logée et nourrie. Je pouvais m'envoler pour Paris, manger dans des cafés, visiter les musées et squatter chez des gens qui avaient des maisons trop grandes pour eux. Le tout gratuitement.

Je pouvais aller voir mon père à Houston.

J'ai décidé de passer le reste de la journée au lit, sans prendre la peine de réapparaître une seule fois.

chapitre 18

« C'étaient les fous qui dirigeaient l'asile. »
June

Je n'ai jamais été aussi heureuse de ma vie d'être un lundi.

Comme il pleuvait un peu ce matin-là, j'ai mis une couche supplémentaire de spray lissant, en priant pour que ça marche, avant de monter dans la voiture d'April. May était recroquevillée sur la banquette arrière, sa capuche rabattue sur les yeux et son iPod réglé à plein volume. Elle ne m'avait pas parlé depuis le vendredi soir, mais je m'en fichais, puisque je ne lui parlais plus non plus.

Le dimanche, April avait tenté plusieurs fois de m'adresser la parole, mais à chaque fois, je l'avais envoyée bouler direct : en claquant la porte, en filant au rez-de-chaussée, ou en allant prendre une douche. J'ai dû me laver les cheveux trois fois ce week-end-là, sans même me les sécher, tellement j'étais en pétard. May me suivait comme une espionne débile, et April acceptait un rancard avec un mec pour le tenir éloigné de moi ? (Jalouse, elle ? Si peu…) Je me sentais totalement trahie. Après tous les efforts que j'avais faits pour ne plus lire dans leurs pensées, en plus ! Maintenant, ce qu'elles pensaient ne m'intéressait même plus. De toute façon, April essayait toujours de me faire flipper, en me faisant la liste de ce qui risquait d'arriver, de ce qu'il ne fallait pas faire… Pour autant que je sache, ses « visions » de moi et de Julian et des gyrophares pouvaient très bien être un effet de son imagination.

Si vous avez besoin d'une part de folie refoulée, passez en prendre une tranche à la maison, on a tout ce qu'il faut. Franchement, mes sœurs croyaient que je ne pouvais pas me débrouiller toute seule, alors que c'étaient elles qui débloquaient. C'étaient les fous qui dirigeaient l'asile. Mais j'étais à un cheveu de me faire inviter par Mariah à Cabo, et je n'allais pas laisser mes sœurs gâcher ça *aussi*.

Avec la conduite de tortue d'April, on a mis des heures pour faire la route du lycée. Pendant tout le trajet, May est restée roulée en boule à l'arrière, sans râler une seule fois, ce qui était bien le signe qu'elle faisait la gueule. Quand j'ai mis la radio pour écouter une chanson qui me plaisait, une pensée lui a échappé et a flotté jusqu'à moi.

« Me casser. »

Je n'ai pas réagi. J'ai continué à me lisser les cheveux, super zen. Je ne peux pas sécher sans qu'April ait une crise d'apoplexie, et May rate les cours comme elle veut ? Très bien ! « April sauvera le monde sans moi, ai-je songé. Il y a une maison qui m'attend à Cabo. »

Avec Mariah, on s'était envoyé quelques textos le dimanche. J'avais écrit : « Cabo sa a l'R top ! », et le temps qu'elle me réponde deux heures plus tard, j'étais sur les nerfs, à me dire qu'elle avait oublié, qu'elle avait trop bu et qu'elle n'avait jamais eu l'intention de m'inviter.

Puis, enfin, la réponse est apparue sur mon écran de portable : « Ta pa iD » et j'ai improvisé une petite danse au milieu de la cuisine, pour bien montrer à mes sœurs que pour moi, tout allait très bien, merci.

En revanche, c'était pas la joie dans cette Voiture de la Mort et du Triste Sort.

Dès qu'April s'est garée, je suis descendue en claquant la portière super fort, rien que pour l'énerver.

– June, attends ! m'a-t-elle crié.

Mais j'ai monté les marches sans me retourner.

Et j'espérais bien qu'elle allait voir la suite du programme.

Dans les couloirs, j'ai croisé des gens de la fête qui m'ont dit bonjour. Derek, bien sûr, qui m'a fait signe en me souriant avec ses dents de lapin, et j'ai aussi salué deux filles qui voulaient désespérément devenir amies avec Mariah. Le mot « Cabo » rebondissait dans leurs têtes à elles aussi, et j'ai souri d'un air bienveillant en disant : « Ça roule ? »

Puis j'ai filé à mon casier avant de partir à la recherche de Mariah.

Elle était assise dehors près de la salle de musique, l'air aussi déglinguée que May. Elle avait le visage masqué par d'énormes lunettes noires ; et là, j'ai su tout de suite qu'il me fallait exactement les mêmes.

– Salut, a-t-elle dit en me voyant. Je suis une loque.

Elle ne mentait pas. Sa tête fonctionnait à cinquante pour cent de la vitesse normale.

– Tu viens de te réveiller ? ai-je demandé en m'asseyant à côté d'elle.

– Il y a vingt minutes, m'a-t-elle confirmé avec un grand sourire. C'est Blake qui m'a amenée.

– Il se lève si tôt que ça ?

Elle a pris un air coquin.

– Il ne s'est pas couché.

J'ai compris le sous-entendu, mais ce n'était pas vrai. Blake avait passé la nuit à fumer des joints en jouant sur son ordinateur pendant que Mariah dormait chez elle dans son lit. Ils avaient échangé des textos et elle avait essayé de le convaincre de venir la voir, mais il avait fini par ne plus répondre.

– Ouah, super, ai-je dit simplement. Alors, c'est quoi, le plan pour aujourd'hui ?

Mariah a soupiré en triturant son portable.

– Je suis déjà passée à l'étape suivante. Je suis prête pour ce soir.

– Ah ouais ? Y a quoi, ce soir ?

– Une autre fête.

– Tu organises une autre fête ? me suis-je exclamée.

J'étais verte. Avec une mère qui se sentait coupable dès qu'elle nous laissait seules, une sœur capable de prédire l'avenir et l'autre qui se prenait pour un fantôme, ce n'était pas demain la veille que je ferais une fête chez moi. Y en a qui ont du bol !

– Ta mère et ton beau-père ne sont pas rentrés ?

– Si, ils sont là. Ce n'est pas chez moi, cette fois. Ça se passe à l'appart d'un voisin de Blake. Il vient d'emménager, ça va être top.

Aller à une fête chez quelqu'un que je ne connaissais même pas, ça me paraissait tellement adulte que ça me rendait dingue.

– J'y vais. C'est quand ?

– Ce soir. Tu suis ou quoi ? Je viens de te le dire. On se réveille...

Et elle m'a tapoté la joue, un peu trop fort.

– C'est bon, ai-je dit en me reculant. Mais c'est à quelle heure ? Et comment je fais pour y aller ?

Elle a haussé les épaules.

– Bah, dis à ta mère que tu vas au cinéma. C'est pas ce que racontent les élèves de troisième quand ils veulent sortir ?

– Je ne sais pas, ai-je répondu. Je ne fréquente pas les troisièmes.

Mariah m'a regardée par-dessus ses lunettes, avant de les remonter sur son nez.

– En tout cas, plus maintenant, m'a-t-elle lancé avec un sourire. On passe te prendre à sept heures et demie, avec Blake. T'as pas intérêt à être en retard.

– Je serai prête.

Et j'en avais bien l'intention, quel que soit le plan débile qu'April inventerait cette fois-ci.

chapitre 19

« Les lumières rouges m'ont assaillie de toutes parts. »
April

Le lundi, quand je suis arrivée au lycée, Julian m'attendait devant mon casier.

– Bon, traite-moi de parano, mais je pense que tu m'ignores.

– Tu es parano, ai-je dit mécaniquement.

J'avais déjà vu défiler ce petit échange dans ma tête après le premier texto qu'il m'avait envoyé le samedi matin. Il m'en avait envoyé quatre autres dans le courant du week-end, mais je n'avais répondu qu'à celui qui disait : « On remet ça bientôt ? » J'avais dit oui parce que je savais qu'on ferait quelque chose ensemble de toute façon. C'était une question facile.

– Non, je ne suis pas parano, a-t-il insisté. Pourquoi tu t'es refermée comme une huître pendant le week-end ? C'est pas sympa. Je croyais que c'était les mecs qui aimaient bien se la jouer distants et imprévisibles ?

– Tu me trouves distante et imprévisible ? me suis-je indignée, les poings sur les hanches.

– Ben, oui, quand même.

Il s'est campé devant moi.

– C'est toi qui as commencé à me faire remarquer ce qui clochait chez moi, non ? Maintenant, c'est ton tour.

J'ai ouvert mon casier avec un soupir, en me fichant bien de prendre les bons livres. On était à peine début octobre et je n'en avais déjà plus rien à faire de mon année scolaire.

– Excuse-moi. C'est la bagarre avec mes sœurs. Les choses sont vraiment bizarres en ce moment.

– T'as envie d'en parler ?

J'en avais tellement envie que j'avais les mots sur le bout de la langue.

– Non.

– T'as envie… qu'on aille prendre un café ? Qu'on passe à la bibli ? Qu'on balance des cailloux sur des retraités ?

– Pardon ?

– Juste pour voir si tu m'écoutes.

Il m'a souri et je me suis soudain sentie toute petite. Du coup, je me suis demandé ce que ressentait May quand elle disparaissait ; elle n'avait jamais peur de se faire écraser par tous ces gens qui ne la voyaient pas ? Et puis je me suis souvenue que ses problèmes ne me concernaient plus, depuis qu'elle avait agi aussi bêtement le vendredi soir.

– J'ai des devoirs, ai-je répondu. Je dois faire gaffe à mes notes pour être acceptée en fac.

– On croirait entendre ce mec avec tout son attirail de Stanford, a ricané Julian. Moi aussi, j'ai des devoirs.

– Et donc… ?

Des gyrophares, le visage de Julian, celui de June, quelqu'un qui pleure…

– April ?

Je ne voyais rien d'autre que les lumières, et elles me brûlaient les yeux.

– Où t'étais ?

– Je suis là.

J'ai refermé mon casier sans y prendre aucun livre et je l'ai regardé.

– C'était chouette, vendredi. Très chouette. Mais je vis vraiment des trucs dingues, en ce moment.

Comme par exemple, le fait que plus je passais de temps avec lui, plus les visions s'intensifiaient. Je commençais à les ressentir dans mon ventre, comme si on me tordait les intestins.

Il m'a regardée pendant une bonne minute avant de me demander :

– C'est parce que j'ai été honnête avec toi et que je t'ai dit ce que je ressentais que tout est bizarre entre nous, tout à coup ?

Mes yeux se sont promenés partout sauf sur lui.

– Si c'est le cas, il va falloir que tu dépasses ça.

Il s'est penché pour capter mon regard.

– C'était chouette pour toi et pour moi. Moi, j'ai envie qu'on recommence. Si ça ne te va pas, aucun problème. Mais je ne suis pas un menteur, et à mon avis, toi non plus.

Je n'aurais pas eu assez de la journée pour lui faire la liste de tous les mensonges que je lui avais dits.

– Pour moi aussi, c'était chouette, ai-je confirmé (sans mentir). Ça a sans doute été le moment le plus chouette depuis que j'habite ici.

– Alors, c'est quoi, le problème ?

– C'est moi, ai-je suggéré. Je suis un peu timbrée.

Il a haussé un sourcil.

– Si c'est ça que t'appelles timbrée, je peux faire avec.

Je n'ai pas répondu parce que je ne pouvais pas, et il a ajouté :

– Si tu veux, on peut aller faire nos devoirs à la cafétéria de la librairie ce soir. Le café est dégueu, mais je te promets de tout faire pour compenser.

J'ai fouillé dans l'avenir et je nous ai vus assis ensemble, devant deux énormes bouquins de cours auxquels on ne s'intéressait pas beaucoup.

– OK, ai-je acquiescé. Ça va être sympa.

Et ça le serait.

Et, m'a rappelé une toute petite voix, ça tiendrait une fois de plus Julian éloigné de June.

Les préparatifs de mon deuxième rancard ont été nettement plus discrets que ceux du premier. Mes sœurs n'étaient pas là pour me mettre en boîte, et ma mère, qui devait rentrer tard, ne me regarderait pas avec des larmes dans les yeux à l'idée que je devenais adulte. Sur le coup, ça m'avait énervée, mais là, je me sentais un peu seule. Encore un truc que je n'avais pas anticipé.

J'ai vérifié que June n'avait pas programmé une folle virée ce soir-là, mais tout ce que j'ai vu, c'est ma mère qui klaxonnait deux fois en rentrant du boulot, et June qui sortait en courant et se faisait déposer au cinéma. Ma mère pensait à son deuxième rancard avec Chad, avec moins d'enthousiasme qu'au premier.

Je me suis coiffée, j'ai mis le soutien-gorge de June et je suis descendue attendre Julian. May traînait quelque part, mais où, mystère. Elle devenait invisible de plus en plus souvent, surtout quand ma mère n'était pas à la maison. Elle aurait pu vivre dans un autre pays, je ne l'aurais pas croisée davantage.

J'ai ouvert la porte à Julian.

– Eh ben, pour une timbrée, tu te débrouilles pas trop mal pour choisir tes fringues, m'a-t-il déclaré en guise de salutation.

J'ai barré le passage aux sirènes et aux gyrophares.

– Merci. J'ai mis ma tenue « spécial révisions ».

Le café de la librairie était à moitié vide. D'habitude, l'après-midi, ça grouille d'élèves du lycée, mais là, on entendait juste la machine à expressos qui sifflait et grondait à intervalles réguliers. Julian me jetait des coups d'œil de temps en temps par-dessus ses exercices de maths. D'accord, j'en faisais autant, sinon je ne m'en serais pas aperçue.

– J'admets que cette tension romantique n'est pas désagréable, a-t-il fini par dire sans lever le nez de sa feuille. C'est presque aussi relaxant que les bruits de la machine à café et le type qui se racle la gorge derrière nous.

Je n'ai pas pu me retenir de rire.

– Il paraît que la tension romantique peut améliorer ta moyenne au bac d'au moins deux dixièmes, l'ai-je informé.

– À moi la mention très bien !

Il a repoussé ses livres et s'est étiré.

– Tu révises tout le temps comme ça ? m'a-t-il demandé.

– Comme ça comment ?

– Comme si tu opérais quelqu'un du cerveau.

Je devais avoir les doigts un peu crispés sur mon stylo.

– Oh, heu…

– Toujours tes sœurs ? a-t-il deviné.

« Ça, et ces foutues visions de toi et June dans un accident qui m'agressent à longueur de temps », ai-je songé.

Au moins, maintenant, je pouvais penser sans que June déboule dans ma tête à tout bout de champ.

Soudain, Julian m'a pris la main sous la table et je n'ai plus du tout pensé à mes sœurs. Ni à mes devoirs. Ni à respirer.

« Chers clients, le magasin ferme ses portes dans cinq minutes. Merci d'aller régler vos achats à la caisse la plus proche. »

Ce n'était pas un haut-parleur qu'ils avaient, c'était un « hurleur ». On s'est écartés en sursautant. Mes doigts se sont sentis tout perdus quand il les a lâchés, une sensation que je n'aurais pas imaginée possible avant ce moment-là.

– Ils sont subtils, ici, a dit Julian.

– Et leur café est dégueu, ai-je ajouté. Que demande le peuple ?

Il a ri.

– Je t'avais prévenue !

– La prochaine fois, on apporte le nôtre.

Il a acquiescé en fermant son bouquin.

– On sort avant qu'ils nous fassent acheter un calendrier avec des chatons ? a-t-il suggéré.

– Avec plaisir.

C'est comme ça que j'ai atterri dans sa voiture dans un parking désert. La lueur orange des lampadaires ne faisait qu'accentuer les lumières rouges de gyrophares dans ma tête. Je les ai repoussées.

Comment Julian pouvait-il être aussi sympa tout en étant impliqué dans un truc aussi moche ? Pourquoi est-ce que je n'arrivais pas à voir quoi que ce soit au-delà de cette scène ?

– April, qu'est-ce qu'il y a ?

Je l'ai regardé, et mon cerveau s'est éclairci.

– Contrôle de géo demain, ai-je répondu machinalement. Je suis un peu stressée.

– Je parie que tu as déjà plus de 15 de moyenne.

Effectivement, et le contrôle du lendemain ne ferait que l'améliorer.

On continuait à se regarder. Il s'est penché vers moi, et les sirènes ont hurlé de plus en plus fort jusqu'à ce que nos lèvres se frôlent et que j'aie presque oublié de respirer.

J'ai vaguement réalisé que j'étais sur le point d'échanger mon premier baiser. Et j'ai beau ne pas être une experte en la matière, je savais que ça allait être chouette. Encore bieeeen mieux que ça. Julian sentait bon. Quand il a posé sa main sur mon épaule, les gyrophares se sont éloignés et il n'y avait plus que lui, ses mains sur mon visage, et le contact de son blouson sous mes doigts.

– April ? a-t-il murmuré tout contre ma bouche.

Et je jure qu'il m'a fallu quelques secondes pour réaliser qu'il me parlait.

– Hmm ?

« Tais-toi et embrasse-moi, ai-je pensé, prise de vertige. Tu parleras plus tard ! »

– Ton portable.

J'ai cligné des paupières et regardé mon téléphone, qui vibrait dans mon sac.

– Tu réponds ?

Non.

– Ouais, ouais, attends, ne…

J'ai serré les doigts sur sa chemise, comme s'il risquait de s'enfuir, et pris mon portable. Il y avait trois appels de May, à une minute d'intervalle.

Puis les visions ont envahi mon cerveau et les lumières rouges m'ont assaillie de toutes parts, éclatant dans tous les coins et clignotant aussi vite que les battements de mon cœur.

chapitre 20

« Faut qu'on y aille. Tout de suite. »
May

Ô miracle des miracles. Tout le reste de la famille était sorti vivre sa vie et je me retrouvais enfin seule à la maison.

Ç'aurait pu être super, sauf que c'était vexant.

C'est vrai, quoi, mince. Je venais de décider de les planter là pour mettre les voiles, et mes sœurs faisaient quoi ? Que dalle ! June la fouineuse télépathe n'avait même pas cherché à me tirer les vers du nez. April la voyante petit chef n'avait même pas essayé de faire sa maligne en me donnant la météo du Texas. Apparemment, je ne les intéressais plus du tout. J'étais peut-être restée invisible trop longtemps.

Pas grave ; ça n'était plus mon problème. J'avais mon plan.

J'ai jeté sur mon lit un sac marin tiré du fond de mon placard, et j'ai commencé à le remplir pour partir à Houston. Mon père n'aurait qu'à faire avec, et moi, j'apprendrais à vivre avec les cow-boys et le climat subtropical humide. J'allais peut-être m'y sentir chez moi et arrêter de disparaître tout le temps.

Au moins, ça craindrait moins qu'ici.

En préparant mon sac, j'ai descendu un paquet de Curly et mis de la poudre orange partout sur mes fringues. Mais je m'en fichais complètement. J'étais de plus en plus en colère. Quand j'ai jeté mes chaussettes dans mon sac, elles ont failli rebondir à l'extérieur tellement je les ai lancées fort.

« Waouh, j'ai mis le turbo », ai-je pensé, avant de réaliser que c'était une expression de June.

Voilà que je l'imitais. Il était grand temps que je m'en aille.

J'avais prévu de partir le lendemain matin. Je ferais semblant d'aller au bahut et je reviendrais chercher mon sac une fois la maison vide. J'avais de l'argent – l'avantage, quand on ne sort jamais, c'est qu'on fait des économies. Je pouvais aller en taxi à l'aéroport, prendre un avion et être à Houston avant que mes sœurs rentrent de cours. J'avais l'adresse de mon père et mon portable. Oh, et aussi, je pouvais me rendre invisible. Que demander de plus ?

En prime, je raterais le contrôle d'histoire européenne du lendemain matin, mais tout à coup, en me rappelant ça, j'ai pensé à Henry, ce qui m'a fait penser à gerber, ce qui m'a écœurée des Curly, moi qui ne suis pas capable d'en laisser un dans le paquet.

Je me traînais vers la buanderie, avec mon sac dans une main et le paquet de Curly dans l'autre, quand on a sonné à la porte.

J'avais vu assez de films pour imaginer que ça pouvait être le monstre de *Scream* avec son masque d'Halloween qui venait me déchiqueter. Sauf que moi, je pouvais me rendre invisible. Qu'il essaie un peu de me tuer, ce crétin. Quoi, ça ne vous plaît pas, les revirements de situation ?

Mais à la porte, il y avait pire que le type de *Scream* : Henry.

J'ai planqué le paquet de Curly derrière mon dos.

– Oh, ai-je dit. J'ai cru que c'était un assassin.

– Heu, non. Je sais que tu me détestes, mais je n'ai jamais tué personne.

Je me suis adossée à la porte.

– Alors ? Tu vends des billets de tombola ? Tu fais une collecte pour les SDF ?

– Tu as un contrôle demain. Je me suis dit que tu avais peut-être besoin d'aide.

Les Curly se sont retournés dans mon estomac.

– J'ai pas besoin d'aide.

– C'est des Curly ?

J'ai baissé le nez sur mon paquet.

– Ça se peut.

– May.

– Henry.

– Je te trouve bizarre.

– Tu trouves que j'ai perdu mon habituelle humeur enjouée de pom-pom girl ?

– Je trouve que tu es, genre, un peu rouge.

Il avait raison. Il faisait chaud ; beaucoup trop, comme sous une lampe d'interrogatoire.

– Écoute, Henry…

– C'est un sac de marin, ça ?

J'ai baissé le nez sur le sac, puis je l'ai relevé pour le regarder.

– Ça se peut.

Il m'a dévisagée, les yeux plissés.

– Tu vas quelque part ?

– En tournée avec l'équipe de hockey sur gazon, ai-je improvisé. J'adore assommer les gens à coups de crosse.

Henry a inspiré à fond en se passant une main dans les cheveux. Ils étaient bien trop courts, ce qui m'énervait à un point indescriptible. On voyait même la pointe de ses oreilles, pour vous donner une idée.

– Tu ne joues pas au hockey sur gazon, a-t-il rétorqué. Je peux peut-être entrer ?

Je me suis écartée en lui faisant signe de passer.

– *Mi casa es tu casa.*

La dernière fois qu'on avait parlé, j'étais bourrée ; mais l'effet de l'alcool s'était dissipé, remplacé par quelque chose de furieux, quelque chose de pire que ce que j'avais ressenti jusque-là.

– Une heure, ai-je déclaré. C'est tout. Avec un peu de chance, ça te suffira comme bénévolat pour avoir ton diplôme avant moi et on n'aura plus jamais besoin de se revoir.

– Si ça peut te faire plaisir…

– Ça me ravit, Henry, ai-je répliqué sèchement. Je saute de joie.

Je n'avais pas besoin de le regarder pour savoir qu'il

me fixait d'un drôle d'air. Je le sentais sur ma peau, et ça me rendait plus visible que je ne l'avais jamais été. J'aurais voulu que le monde entier se sente comme je me sentais à cet instant, frustrée, stupide et en équilibre instable, comme si la planète avait dévié de son axe et que je me retrouvais toute seule projetée dans l'inconnu.

– Bon, ai-je soupiré, on peut travailler ?

Il me fixait toujours et je l'ai regardé à mon tour, droit dans les yeux.

– Quoi, j'ai oublié de dire « s'il te plaît » ?

Je devais me grouiller de le faire fuir, ou je n'aurais jamais le temps de boucler mon sac avant le retour de mes sœurs. À tous les coups, elles comprendraient ce que je manigançais et je resterais coincée ici. Rien que d'y penser, j'avais l'impression que quelqu'un était assis sur mon thorax et me clouait sur place.

Alors, j'ai décidé de pousser Henry à bout.

Au début, il a fait comme si de rien n'était. Il est parti sur des histoires d'alliances et de traités, comme si ça intéressait quelqu'un. Il a parlé de la Prusse, et de rois, et de coups d'État, et de décapitations. J'ai fait rouler mon stylo sur la table, renversé de l'eau « accidentellement » sur mes notes (qui étaient déjà illisibles, de toute façon), bâillé deux fois et répondu oui à tout ce qu'il me demandait, même aux questions ouvertes.

Il était neuf heures passées quand j'ai enfin eu l'impression qu'il commençait à perdre patience. Je voulais lui faire péter un plomb. Je voulais qu'il voie, plus ou moins, ce que ça faisait d'être moi. Mais il se contentait de soupirer ou de passer les doigts de plus en plus souvent dans ses cheveux. Enfin, il a posé son stylo et tourné la tête vers moi.

– Pourquoi t'as fait ton sac ? m'a-t-il demandé d'une voix posée. Je veux dire, sérieusement. Sans mentir.

J'ai tressailli.

– Quel rapport avec l'histoire européenne ?

– Aucun.

– Alors, en quoi c'est ton problème ?

– Tu vas sécher le contrôle de demain ?

Je me suis mise à rire.

– C'est une blague ? C'est tout ce qui t'intéresse, savoir si oui ou non je vais rater ce fameux contrôle ? T'as pas encore pigé ? Je m'en fous, de tout ça. Dans six mois, personne n'en aura plus rien à carrer de ce contrôle, mais à te voir, on croirait que c'est le truc le plus important au monde. La vie, c'est pas ça, Henry !

J'ai balancé mon Stabilo à l'autre bout de la table, et il a rebondi par terre.

– Tu te comportes comme si tu savais tout et que t'étais un petit génie, ai-je poursuivi, mais tu ne sais rien du tout.

– Je sais que tu veux fuguer, a-t-il répliqué.

– Je vais chez mon père à Houston. Nuance.

– Pour t'installer là-bas ? Pour de bon ?

Il a ramassé le Stabilo et l'a reposé sur la table.

– Ça t'arrangerait bien que je me casse, hein ? ai-je lancé. Tu te sentirais mieux ?

Il m'a fixée avec des yeux de chiot blessé.

– Non, a-t-il dit à mi-voix. Pas vraiment.

– Ouais, c'est ça, ai-je maugréé en refermant mes

livres d'un coup sec. Je suis sûre que ça t'éclaterait que je reste. Tu dois te sentir tellement plus intelligent quand tu me donnes des cours !

– Ça n'a rien à voir ! s'est-il emporté. Rien du tout ! Mais tu n'écoutes jamais. Tu ne…

Je lui ai fait face, presque soulagée qu'il se décide enfin à crier aussi.

– Oh, j'en ai entendu bien plus que tu ne crois ! ai-je répliqué. Je sais très bien ce que tu penses de moi !

Rien que d'en parler, ça m'a fait grimacer. Pire que l'effet de la cuite, il y avait eu sa petite phrase, et les rires de tous les autres.

Cette fois-ci, j'ai carrément jeté le Stabilo à l'autre bout de la pièce, et je l'ai regardé dans les yeux.

– Écoute. T'es un petit con, un vrai connard. Et si tu crois que je vais rester là pendant que tu continues à te foutre de moi dans mon dos, t'es encore plus frappé que moi. Je ne sais pas où est ma place, Henry, mais certainement pas ici avec toi !

On aurait dit que je l'avais giflé, ce que j'aurais fait volontiers.

– Pourquoi tu te mets en colère simplement parce que je préférerais que tu restes ? a-t-il fini par me demander.

Ses mots m'ont frappée à la fois à la tête et au cœur. Je me suis affalée sur ma chaise comme un ballon de baudruche qui se dégonfle. J'avais tout fait pour qu'il soit en colère, comme moi, et au final, il était juste blessé.

Comme moi.

Il fallait que je file avant de me mettre à disparaître.

– Je… je vais prendre un peu l'air.

Je me suis levée de ma chaise tant bien que mal, j'ai ouvert la porte-fenêtre et je suis sortie dans le jardin. Il était envahi par les mauvaises herbes et la pelouse avait besoin d'être tondue. C'était mon père qui s'en chargeait, avant.

J'ai inspiré plusieurs fois à fond et je suis restée sous le couvert des arbres, au cas où Henry me surveillerait. J'avais des fourmis dans les orteils, et j'ai appuyé bien fort sur la plante de mes pieds pour m'ancrer dans le sol. Un lointain souvenir m'est revenu tout à coup : mes sœurs et moi dans notre vieux jardin, en train de sautiller sur la brique chaude. Nous trois. Joyeuses.

Les larmes ont jailli, et j'ai eu beau faire, pas moyen de les ravaler. Au bout de quelques minutes, j'ai entendu la porte coulisser et quelqu'un qui sortait.

– Va-t'en, ai-je dit sans me retourner.

Henry a fait un pas de plus.

– Ça va ? Tu veux que j'appelle April ? Ou June ?

Il avait l'air indécis et inquiet, et je ne pouvais pas le lui reprocher.

J'ai secoué la tête en m'essuyant discrètement les yeux.

– Non.

Le petit doigt de ma main droite a commencé à picoter, et je l'ai fourrée dans ma poche en rabattant ma capuche sur ma tête pour me planquer le plus possible. Il faisait noir de plus en plus tôt, et de plus en plus froid aussi.

– Ça va, ai-je affirmé.

Tous mes orteils m'envoyaient des signaux d'alerte, maintenant.

Je l'ai entendu refermer la porte.

– Tu es sûre ? Parce que je sais bien que t'es pas la nana la plus aimable de la terre, mais tu…

Il a laissé sa phrase en suspens.

J'ai inspiré à fond avant de me retourner. Il paraissait petit, tout à coup, et pas très rassuré, comme si j'étais un ouragan sur le point de fondre sur lui pour l'emporter loin de son univers familier.

Ça aussi, je savais quel effet ça faisait.

– Ma vie est un vrai bazar, ai-je lâché. Et ça ne s'arrange pas. D'abord, mes parents divorcent et on s'installe ici. Maintenant, je me bagarre avec mes sœurs et je ne reconnais même plus ma famille. Même moi, je ne me reconnais pas. Et (j'ai inspiré un bon coup) tu m'as vraiment blessée.

– Quoi ? Quand ça ?

– À la fête ! me suis-je écriée, au bord des larmes. Mariah t'a demandé si tu voudrais sortir avec moi et t'as dit : « Elle ? Y a pas de risque. » Comme si j'étais… une merde sous ta semelle.

Henry a eu l'air pétrifié.

– T'étais là ?

– Faut croire !

– Mais je ne t'ai même pas vue…

– Et alors ? Si je suis pas là, ça ne compte pas ?

Il a fait prudemment un pas en avant, et moi, un en arrière. S'il approchait, ma tête risquait de disparaître d'un coup.

– May, m'a-t-il dit lentement, tu crois vraiment que j'allais dire la vérité à Mariah ? Sérieusement, à Mariah ?

– T'aurais pu invoquer la clause du secret professionnel, ai-je répondu en reniflant. Comme les journalistes dans les enquêtes.

– Bon, d'accord, a-t-il admis. Il y a des tas de trucs que j'aurais pu faire. Mais elle m'a pris de court. Et il y avait tous ses amis débiles, et je ne voulais pas qu'elle…

– Tu ne voulais pas quoi ?

– Qu'elle sache que je t'aime beaucoup.

Là, il m'avait scotchée.

– Quoi ?

Je me suis rendu compte que j'avais le visage en larmes et j'ai entrepris de les essuyer sur la manche de mon sweat, comme un gros bébé.

Henry a inspiré à fond.

– T'es marrante et tu te fiches de ce que pensent les autres et tu suis ton chemin à toi. T'es un peu tout ce que Mariah voudrait être, sauf qu'elle s'y prend à l'envers.

– Attends, attends. Machine arrière. Tu m'aimes bien ?

– Heu, ouais. T'as quelque chose contre ?

Qu'est-ce que j'en savais ? Bonne question. À ma connaissance, c'était bien la première fois que quelqu'un m'aimait bien, en dehors de ceux qui en avaient l'obligation biologique.

C'était plutôt mieux que d'être à Houston, finalement.

– Non, j'ai rien contre, ai-je fait. Pas de problème.

Henry a enfoncé ses mains dans ses poches et glissé un coup d'œil vers la maison.

– Ton père ne va pas débarquer comme un dingue pour me casser la figure ?

J'ai secoué la tête.

– Nan. Ma mère, peut-être, mais elle a un rancard ce soir. Elle voit un gars qui s'appelle Chad. Chad, t'imagines ?

– Depuis quand ils sont divorcés ?

– Ça fait quatre mois. On est arrivées en août.

– Ouais, je vois. Mes parents ont divorcé quand j'avais dix ans et Mariah neuf. C'est pas cool.

J'ai ouvert la bouche pour lui dire qu'il n'avait encore rien vu, mais j'ai dévié sur autre chose. Je lui ai parlé de notre dernier jour de cours de l'an passé, de la façon dont nos parents nous avaient fait asseoir ce soir-là et s'étaient lancé des petits regards pendant une bonne minute avant que June finisse par lâcher :

– Vous allez divorcer ?

Je lui ai raconté qu'April avait pleuré et que June était à la fois triste et excitée parce que presque toutes ses amies avaient des parents divorcés et que comme ça, elle serait « totalement en phase avec eux ». Henry s'est marré et j'ai ri aussi, même si ça me faisait mal à la gorge.

Je lui ai même raconté que je m'étais torchée chez une amie, et que personne n'avait su quoi faire, que mes parents avaient réagi comme s'ils avaient peur de la personne que je risquais de devenir ; comme si je le savais moi-même… Le souvenir de ces détails était toujours aussi présent, tranchant comme une lame. Et il ne s'émousserait jamais.

Il ne disparaîtrait jamais.

– Mais June, elle, elle n'a même pas pleuré quand elle a appris qu'on venait vivre ici, ai-je dit à Henry.

On s'était assis dans l'herbe, l'un à côté de l'autre, et nos jeans commençaient à être trempés par l'humidité.

– Pourtant, elle avait ses amies. Elle ne voulait pas partir.

– Ouais, a fait Henry, tu sais, Mariah a complètement disjoncté quand mes parents se sont séparés. Et comme mon père est un crétin, ça n'a pas aidé. Il n'appelle même plus, depuis qu'il s'est remarié. Mariah s'est persuadée qu'elle va aller un jour dans sa maison de vacances à Cabo. Elle invite tout le monde là-bas, alors qu'on n'y a pas été depuis des années. Je ne sais même pas s'il l'a encore, cette baraque.

– June, elle, elle a tenu le coup, ai-je dit en secouant la tête. Elle n'est pas aussi paumée que moi.

Il a souri.

– T'es pas aussi paumée que ça.

– T'as pas idée.

– Et toi, m'a-t-il demandé, tu as pleuré quand vous avez déménagé ?

– Moi, je ne pleure jamais. Enfin, sauf maintenant. (J'ai ri en m'essuyant les yeux.) Bon Dieu, je suis une vraie chochotte, là, désolée. Je sais que ça ne fait pas partie de tes fonctions de prof de soutien.

Il a refermé les bras autour de ses genoux.

– Tu vas souvent voir ton père à Houston ?

– Pas vraiment, ai-je avoué. J'étais censée y aller le mois prochain, mais il a trop de boulot. N'empêche, je sais bien qu'on lui manque.

J'avais une boule dans la gorge. J'ai repoussé le souvenir du jour où on avait dû choisir entre nos deux parents, et leur briser le cœur trois fois de suite. C'était le plus douloureux de tout.

Henry s'est rapproché d'un cran.

– May. C'est pas grave.

– Non, t'as raison, c'est top, ai-je reniflé. Franchement, c'était les meilleures vingt-quatre heures de ma vie.

– Non, je veux dire… C'est pas grave de craquer. T'as le droit.

Je l'ai regardé. Il me fixait par-dessous sa mèche qui bouclait à cause de l'air humide.

– Ma sœur a deux de moyenne en espagnol et passe son temps à glander avec Blake. Elle n'est pas méchante. (Il avait l'air d'essayer de se convaincre autant que moi.) Mais c'est comme ça. Il y a des choses qui font mal, et pendant longtemps. Tu dois te battre ou c'est toi qui perds. Mariah ne se bat pas. Toi, oui. C'est ce que j'aime chez toi.

Il arrachait des poignées d'herbe et les laissait retomber en pluie.

– En fait, je comprends ce que ta sœur ressent, ai-je déclaré. Aussi bizarre que ça puisse paraître.

Ça l'a fait sourire.

– Ça n'est pas si aberrant que ça.

– C'est quoi, le proverbe, déjà ? « Aux grands maux les grands remèdes. »

– Ça décrit assez bien sa logique, a-t-il dit doucement.

– Je suis vraiment désolée, me suis-je excusée en m'essuyant les yeux une fois de plus. Ça n'est pas dans mes habitudes de me laisser aller devant les gens comme ça.

– Pas de problème, a-t-il répondu sans hausser la voix. C'est pas plus mal. T'es en permanence dans l'ironie, comme si tu refusais d'admettre ce que tu ressens.

Il a relevé la tête pour me regarder, avant de poursuivre :

– J'aime bien quand t'es sincère. C'est comme si je pouvais te voir vraiment.

– Des fois, j'ai l'impression d'être invisible.

C'était sorti tout seul, sans que je réalise ce que je disais.

– C'est pas vrai ! ai-je ajouté dans un souffle, en regardant partout pour voir s'il me manquait un bout.

Mais tout était là, dix doigts, dix orteils, et Henry qui me fixait avec un drôle d'air.

– Quoi ? a-t-il demandé.

– Ri… rien, ai-je bafouillé, en sentant mon cœur s'accélérer. J'ai cru qu'il y avait une bestiole.

Il a souri.

– Mariah aussi déteste les bestioles.

– Pas toutes les bestioles, ai-je rectifié. Juste celles qui ont plus de huit pattes.

– T'es une anti-mille-pattes, quoi.

– Voilà. Que Dieu vienne en aide aux mille-pattes qui croisent mon chemin.

Il a souri plus largement. Ses dents étaient un peu de travers, mais c'était mignon, pas de quoi appeler un orthodontiste en urgence.

– Je vois ce que tu veux dire, a-t-il repris au bout d'un moment. À propos de disparaître.

– Stanford ? ai-je murmuré.

– Ouais.

Et il s'est mis à me parler de ses parents, du fait que sa mère ne savait plus comment s'y prendre avec Mariah.

– Elles n'arrêtent pas de se disputer, a-t-il précisé. Et Mariah passe son temps dans la nature avec Blake.

– En fait, avoir une sœur, ai-je observé, ça peut être pire qu'avoir un ou une petite amie. Là, au moins, tu peux rompre. Alors qu'avec une sœur…

– T'en prends pour perpète, a achevé Henry en soupirant.

Ça m'a fait rire.

– Mais au moins, ce soir, ma sœur sort avec la tienne, a-t-il repris.

Je ne riais plus.

– Quoi ?

Henry a haussé les épaules.

– Elles vont à je ne sais quelle fête. J'ai entendu Mariah dire à Blake au téléphone qu'ils devaient passer prendre June au cinéma.

Je ne m'étais jamais sentie aussi présente dans mon corps qu'à cette seconde.

– June va à une fête avec ta sœur ?
– Si j'ai bien compris.
– Oh, ai-je fait.

J'ai senti mon estomac se nouer. Mariah et June sortaient avec Blake, et il n'y avait personne pour veiller au grain. J'étais sûre à 99,9 % qu'April n'était pas au courant. Autrement, avec ses visions d'accident et de sirènes et de gyrophares qui l'empêchaient de dormir, elle aurait monté une deuxième expédition d'espionnage.

Mais bon, June était télépathe. Elle n'arrêtait pas de nous répéter que personne ne pouvait lui mentir, qu'elle était…

Et j'ai soudain réalisé qu'elle ignorait une chose.

Tout le monde pouvait mentir à June. Elle n'entendait que ce que les autres pensaient. Elle ne pouvait pas savoir s'ils étaient lucides.

S'il y avait un minimum de points communs entre Mariah et moi – ce qui demandait un sacré effort d'imagination –, elle devait être cent fois plus dans le déni que moi, pour avoir un tel comportement. (Exemple : quelqu'un qui trouve Blake super ne peut être qu'à côté de la plaque.) Mais June pouvait-elle y voir clair dans ce brouillard ? Elle ne s'était même pas rendu compte de ce que je mijotais, avec mon histoire de Houston. Elle pouvait aussi n'y voir que du feu avec Mariah.

Je me suis levée pour prendre mon téléphone.

– Nom de Dieu, ai-je marmonné. Nom de Dieu de nom de Dieu.

– Attends, qu'est-ce qui… a commencé Henry.

Mais j'étais trop occupée à essayer de sortir mon portable de ma poche.

– Foutu slim…

Mon cœur tambourinait dans ma poitrine et je me sentais un peu nauséeuse, comme quand j'avais failli renverser Avery en voiture.

– Ça va ? m'a demandé Henry. June n'a pas le droit de sortir, c'est ça ?

J'ai fait non de la tête et je me suis détournée.

– Réponds, ai-je dit au téléphone. Allez, réponds, April.

Au bout de quatre sonneries, je suis tombée sur la boîte vocale et j'ai raccroché.

– C'est pas vrai ! April met toujours son foutu portable sur vibreur quand elle révise.

J'ai fait volte-face vers Henry.

– Tu sais où c'est, cette fête ?

– Un type que connaît Blake, si j'ai bien compris, a-t-il répondu en fronçant les sourcils. Je crois qu'il habite dans sa rue.

– Tu connais l'adresse ?

Ma voix était de plus en plus aiguë, de plus en plus paniquée.

– Celle de Blake, ouais. Je suis passé y prendre Mariah deux ou trois fois. Attends, May, pourquoi ? Qu'est-ce que… ?

Mais déjà, je l'avais attrapé par la main pour l'embarquer à l'intérieur.

– Grouille, faut qu'on y aille. Tout de suite.

chapitre 21

« C'était juste une super mauvaise idée. »
June

Ça faisait deux heures qu'on était là et je voulais m'en aller.

D'abord, ça sentait bizarre, un mélange de bière éventée, de joints et de bouffe périmée dans un frigo. Il n'y avait aucune déco aux murs et le canapé avait dû être récupéré sur le trottoir. Le tapis ne valait pas mieux. Je me tenais debout près du mur, en faisant attention de ne pas m'y appuyer.

J'allais m'asperger de gel désinfectant en rentrant à la maison, en tout cas.

Ça aurait peut-être été plus sympa si j'avais pu rester avec Mariah, mais elle se disputait avec Blake en continu depuis notre arrivée. Il n'arrêtait pas de répondre à des textos et Mariah avait fini par lui demander en rigolant : « C'est ta nouvelle copine ? » Ensuite, ils avaient bu quelques bières et ça avait dérapé.

– Avec qui tu parles ? avait hurlé Mariah.

Et il pouvait répondre n'importe quoi, elle avait décrété qu'il mentait.

Je les entendais brailler à la cuisine, en faisant semblant de m'intéresser à l'épisode de *Project Runway*[1] qui passait à la télé. Quelqu'un avait mis ses haut-parleurs d'iPod tellement à fond que ça faisait vibrer les basses. Ce qui ne m'empêchait pas d'entendre Mariah piailler. J'étais assez impressionnée par sa puissance vocale. C'est un talent inné, ce genre de truc, ça ne s'apprend pas.

– Dis-le, que c'est une nana !! criait-elle. Tu parles avec une pétasse, oui, qui a sûrement…

– Je parle avec Mike !! l'a coupée Blake. Bon Dieu !

Ils allaient présenter les modèles pour la note finale quand Mariah et Blake sont entrés dans la pièce, sans cesser de se disputer. Mariah avait les yeux rouges. Une canette à la main, elle faisait défiler une liste de filles dans son esprit comme un paquet de cartes, en tâchant de définir laquelle était le nouvel objet des faveurs de Blake.

Blake, lui, ne pensait qu'à une fille, et ce n'était pas Mariah.

C'était Avery, celle que May avait failli renverser. Il se voyait en train de l'embrasser à la fête de Mariah, avant que quelqu'un entre dans la chambre. C'était assez répugnant de voir la façon dont il pensait à elle, juste comme un corps et rien d'autre.

– Dans ce cas, montre-moi ton portable ! a crié Mariah

1. *Émission de télé-réalité opposant des stylistes qui doivent concevoir un vêtement sur un thème donné.*

en tendant la main. Si c'est Mike, t'as rien à cacher !

– Fous-moi la paix, à la fin ! a répliqué Blake.

– Fermez-la ! C'est l'évaluation finale ! a protesté un des garçons assis sur le canapé, un joint à la main. Un peu de respect !

Je me suis tournée vers Mariah.

– Dis, on devrait peut-être…

Elle ne m'a même pas regardée.

– Montre-moi ton portable ! a-t-elle répété. Je suis sérieuse. Tu mens ! June !

Elle a pivoté sur ses talons pour me faire face :

– Tu ne crois pas qu'il ment ?

– Heu, ai-je fait en cherchant à gagner du temps. Je ne crois pas, non…

Techniquement, j'étais honnête. Je ne croyais pas qu'il lui mentait, je le savais ; nuance. Je n'avais pas besoin de croire quoi que ce soit.

Là, le portable de Blake s'est remis à sonner, et il l'a ouvert en finissant sa bière. Grave erreur.

Mariah est devenue folle furieuse, elle s'est jetée sur lui et a commencé à le marteler de coups de poing. Avec quelques garçons, on a essayé de la calmer. Disons que je l'ai retenue par l'épaule sans conviction ; je ne voyais pas d'inconvénient à ce que Blake se prenne un pain ou deux.

– C'est quoi, ton problème ? a-t-il braillé en balançant son portable sur la table, où il a atterri dans une plante en pot desséchée. Tiens, t'as qu'à regarder !

Puis il s'est tourné vers moi.

– Tu ne peux pas contrôler ta copine ?

– Tu ne peux pas contrôler ce qui se passe en-dessous de ta ceinture ? ai-je rétorqué.

Je ne sais pas qui a été le plus surpris, de Mariah, de Blake ou de moi, mais je m'en fichais. La situation devenait totalement ridicule. Je regrettais de ne pas être restée au cinéma. Là au moins, on a droit à du pop-corn pendant le mélodrame.

Blake m'a foudroyée du regard avant de sortir en coup de vent, laissant Mariah effondrée au salon.

– Je croyais qu'il m'aimait, a-t-elle gémi en s'appuyant dos à la table. On devait aller à Cabo pendant les vacances d'hiver !

J'ai tourné la tête pour voir si quelqu'un avait l'intention de s'occuper un peu d'elle, mais l'évaluation finale de *Project Runway* était visiblement plus passionnante que les histoires de dingues qui se passaient dans la vraie vie.

– Dites-moi que je rêve, ai-je marmonné entre mes dents.

J'ai glissé un bras autour des épaules de Mariah. Elle s'est affalée dans mes bras, secouée par les sanglots, et j'ai vu des flashs de Blake et de son père qui se mélangeaient dans son cerveau.

Je ne voulais même pas me demander quel était le rapport.

– Écoute, lui ai-je dit en lui frottant le dos, comme faisait toujours April quand j'étais triste. Demande-toi plutôt quel est l'intérêt de sortir avec quelqu'un qui te ment.

– Mais il disait qu'il m'aimait !

Je me suis retenue de lever les yeux au plafond.

– Il dit sûrement des tas de choses.

– Et je parie qu'il les dit aussi à cette pouffe, a reniflé Mariah.

– Exactement, ai-je acquiescé.

À ce moment-là, une voiture a démarré dehors, avec un bruit de moteur poussif qui m'était familier.

Mariah l'a identifié aussi.

– Il se tire ? a-t-elle piaillé avant de se précipiter à la porte d'entrée.

On a regardé les feux arrière de la voiture de Blake disparaître du parking.

– Quel connard ! a-t-elle hurlé.

J'ai regardé par-dessus son épaule. Pas que je sois présidente du fan-club de Blake, mais je ne me voyais pas rentrer chez moi à pied. Je ne pouvais appeler ni ma mère ni mes sœurs, puisqu'elles ne savaient pas que j'étais là. Et si on appelait Henry, à tous les coups, il allait prévenir May.

Une petite spirale de panique s'est mise à tournoyer dans mon estomac.

Mariah, en revanche, était trop retournée pour penser à autre chose qu'à Blake.

– Très bien ! a-t-elle lancé, en claquant la porte si fort que les fenêtres ont tremblé. OK, pauvre crétin ! Il n'a même pas repris son foutu portable !

Son visage a pris une expression de triomphe, comme celles des méchants des films de Disney qui me donnaient des cauchemars quand j'étais petite.

– Où est-ce qu'il est, ce téléphone ? a-t-elle demandé.

On s'est jetées dessus en même temps, mais elle a été plus rapide que moi. Elle a regardé les derniers numéros appelés, comme si elle avait déjà fait ça des milliers de fois. Ce qui, à en juger par ses pensées, était le cas.

– Mariah, allez, on appelle un taxi, ai-je suggéré.

J'avais sur moi sept dollars et un paquet de chewing-gums, je n'étais pas sûre que ça nous mène très loin. Mais il serait toujours temps de s'en inquiéter plus tard. Le garçon assis dans le coin en était déjà à se demander laquelle de nous deux finirait dans son lit, et ma spirale de panique s'est intensifiée.

La musique était toujours à fond, mais je n'ai pas eu besoin d'entendre pour savoir que Mariah avait trouvé la preuve qu'elle cherchait. Ça se lisait sur son visage.

– Il va la retrouver, a-t-elle fini par déclarer, sur un ton à la fois furieux et brisé. Au parc, au carrefour de Mulholland et Old Topanga. Quel genre de débiles se donnent rancard au parc ? Ils vont faire quoi, de la balançoire ?

– C'est qui ? ai-je demandé en essayant de jeter un œil sur le téléphone.

– Une nana qui s'appelle Avery. Tu la connais ? Elle est moche ?

J'ai secoué la tête vaguement.

– En short de gym, c'est pas ça, ai-je répondu. Allez, on appelle un taxi. On n'a qu'à continuer la soirée chez toi ou chez moi, regarder un film…

– Et jouer au Monopoly, comme tu faisais avec tes potes d'avant ? On n'est plus à la maternelle, June.

Elle m'a jeté un regard noir et s'est écartée de moi, le portable toujours à la main.

– Hé, Nick !

Un garçon assis sur le canapé a levé le nez.

– Quoi ?

Mariah a tendu une main vers lui.

– Tes clés de voiture. On n'a plus de bière.

Il avait les pensées tellement embrumées que j'avais du mal à les lire, mais quand elle a pris les clés, j'ai su que le problème n'était pas là. Quoi qu'en pensent les autres, c'était juste une super mauvaise idée.

– Mariah ! ai-je sifflé dans son dos. T'es dingue ! Tu ne sais pas conduire ! Tu n'as que quinze ans ! Tu ne peux pas acheter de bière !

– J'ai le permis de conduite accompagnée, a-t-elle répliqué. De toute façon, on va juste au parc. D'ailleurs, Nick s'en fout complètement.

Elle m'a regardée en plissant les yeux.

– Tu viens ou pas ?

J'ai hésité à la porte, histoire de gagner du temps. Une partie de la fête avait débordé sur le parking, les gens fumaient et buvaient partout dehors. Il y avait du rap qui sortait d'une voiture, en plus de la musique à l'intérieur. Personne n'a eu l'air de s'étonner que Mariah s'apprête à prendre le volant. À croire que pour eux, c'était comme ça tous les lundis soirs.

Dans ma tête, une pensée dominait toutes les autres : la mienne. « Si seulement mes sœurs étaient là. »

Mariah avait posé la main sur la portière de la voiture de Nick, une vieille Ford défoncée.

– Alors ? a-t-elle insisté. Si tu viens, c'est maintenant !
– On va où ?
– À ton avis ? m'a-t-elle répondu. Au parc ! On va les prendre en flagrant délit. S'il s'imagine qu'il peut me raconter des craques…

Son cerveau n'était pas du tout ralenti par l'alcool ; il tournait même à toute vitesse. Et au moins elle avait un permis de conduite accompagnée.

– OK. Mais après, tu me ramènes chez moi.
– C'est toi qui vois. En attendant, monte.
– La vitre est baissée à l'arrière, ai-je signalé. C'est pas très prudent, quelqu'un pourrait…
– Monte, je te dis, m'a-t-elle coupée.

Elle allait démarrer quand une autre voiture a déboulé à fond de train sur le parking.

– Mariah ! a crié une voix.

Une portière a claqué. Je me suis retournée et j'ai vu Henry qui courait vers nous.

– Hé, Mariah, attends !
– Tu ne veux pas l'attendre ? ai-je demandé, prête à rouvrir la portière.
– Attendre Henry ? a ricané Mariah en passant la première. Tu rigoles ?

J'ai regardé par-dessus mon épaule. Il était assez près pour que je voie son expression angoissée. Si la voiture n'avait pas déjà été en marche, j'en serais sans doute descendue pour lui demander de me ramener chez moi. J'aurais toujours pu le convaincre de ne rien dire à May, au prix de sept dollars et d'un paquet de chewing-gums.

Mariah a appuyé sur l'accélérateur et la voiture a filé en avant, dans un courant d'air froid qui entrait par la vitre baissée.

– À nous deux, Blake, a-t-elle maugréé. Tu vas me le payer.

J'ai fait la grimace et tendu la main vers la ceinture de sécurité, suivant les conseils de mes sœurs pour la première fois de ma vie.

Elle était déjà bouclée.

chapitre 22

« Il y a eu un accident. »
April

La vision m'a percutée avec tant de force que j'ai failli me plier en deux dans la voiture de Julian. *June qui sort d'un appartement derrière Mariah. Des lumières rouges et bleues, l'air terrifié de ma sœur à l'avant d'une voiture.*

Ça revenait encore et encore, sans répit.

– Oh mon Dieu, oh mon Dieu, oh mon Dieu.

Je répétais les mots en boucle, sans même m'en rendre compte.

Julian s'est tourné vers moi avec la tête de quelqu'un qui se prépare à ramasser les morceaux.

– April ? a-t-il dit d'une voix incertaine. Qu'est-ce que… ?

Je voyais les plaques des noms de rues dans ma tête. *Mulholland et Old Topanga. Les coins sombres, la lueur des lampadaires, des lumières blanches qui m'aveuglent…*

– C'est ma sœur, ai-je dit à Julian, d'une voix presque

méconnaissable. Il faut qu'on y aille. Tout de suite. C'est June, c'est…

D'autres voitures, encore des lumières, Avery…

Avery ?

– Il y a tout le monde ! me suis-je écriée, paniquée, incapable de m'expliquer plus clairement. Il faut qu'on y aille !

– April, tu trembles !

– Vite ! ai-je crié en essayant de tourner la clé de contact.

La vision frappait encore et encore, et je me suis couvert les yeux pour tenter de la chasser et arriver à penser.

– April ? Qu'est-ce que… ?

J'ai esquivé la main qu'il tendait vers la mienne et mis ma ceinture.

– Vite ! ai-je répété. Démarre, démarre, on y va !

– D'accord, OK, où est-ce qu'on… April !

Il m'a attrapée par l'épaule pour me forcer à me tourner vers lui. J'ai vu que je lui faisais peur.

– April, parle-moi. Qu'est-ce que… ?

Je l'ai regardé en face.

– C'est ma sœur. Elle est avec Mariah ! Il y a… Il y a un problème ! Elle devrait être au cinéma !

– Mais comment tu le sais ?

J'ai détaché ma ceinture et ouvert la portière. Le parc devait être à six cents mètres. Je pouvais y aller en courant ; mais Julian m'a retenue.

– OK, OK, dis-moi juste où on va.

Il a mis le moteur en marche.

– Le parc près de l'école, à Old Topanga, ai-je dit tandis que la vision m'assaillait de nouveau.

Ça ne faisait pas mal, pas de migraine, aucune douleur, mais j'avais l'impression qu'on avait mis mon corps en pièces.

– Je ne l'avais pas vu, ai-je gémi.

– Qu'est-ce que tu n'as pas vu ? m'a pressée Julian.

Il conduisait d'une main, l'autre posée sur mon épaule. Je ne la sentais même pas.

– Je… je suis censée veiller sur elle, ai-je bredouillé, la main devant la bouche. Je ne l'ai pas vue aller là-bas. Je ne savais pas qu'elle était… j'étais… j'étais avec toi.

— Ne me dis pas que tout ça est arrivé parce qu'on allait s'embrasser.

J'ai compris qu'il essayait de me faire rire, de me détendre, de me faire faire n'importe quoi de normal qui le rassure un peu, mais je restais assise toute raide sur mon siège, avec la ceinture qui me rentrait dans la peau. Elle était trop serrée. Tout me paraissait trop serré.

– Je ne l'ai pas vue parce que j'allais t'embrasser, ai-je murmuré. Je ne faisais plus attention.

– April, nom de Dieu, de quoi tu parles ?

– Tourne à droite, ai-je répondu en sentant mon cœur me monter à la gorge.

Mais je savais qu'on n'y serait pas à temps. Les sirènes, les gyrophares, le bruit, tout ça me vrillait la tête en continu, maintenant. Et ça ne s'arrêterait pas avant que tout soit fini.

– Oh mon Dieu, ai-je gémi. Je l'ai ratée.

– Mais non, a dit Julian. On va la trouver.

Il m'a lâché l'épaule pour tourner et m'a pris la main pour la décoller de mon visage.

– Non, ai-je répondu. On n'y arrivera pas.

J'ai cherché mon portable à tâtons pour rappeler May, mais ça sonnait dans le vide, la sonnerie la plus désespérante du monde.

Pendant une minute, on a roulé en silence. Julian avait les mains agrippées au volant, les mâchoires serrées, et j'ai posé ma tête dans ma main libre pour tenter de voir au-delà, de recevoir d'autres images, quelque chose qui me dirait que June allait bien. On a attendu à un feu rouge pendant une éternité, au point que j'ai fini par penser que c'était encore une vision ; mais Julian a lâché un grognement d'impatience en pianotant sur le volant, et j'ai fini par réaliser que j'étais toujours dans la vie réelle.

On n'avait pas le temps d'attendre.

Avant que Julian ait pu réagir, j'avais enlevé ma ceinture, bondi hors de la voiture sans refermer la portière et j'ai couru dans la rue sombre, dépassé notre lycée, puis le pressing au coin de la rue.

– April, attends ! m'a crié Julian.

Mais il restait coincé au feu rouge.

Mon téléphone toujours à la main, j'ai appelé les secours en courant.

– Ici les secours, je vous écoute.

– Old Topanga et Mulholland, ai-je articulé. Il y a eu un accident.

J'avais le souffle si court que je me comprenais à peine moi-même.

J'ai accéléré, boostée par l'air frais chargé de l'odeur d'eucalyptus, calant mon rythme sur les stridulations furieuses des criquets. « Vas-y, vas-y », me répétais-je en tâchant de voir la route, malgré les visions qui s'interposaient devant mes yeux. « Allez, allez, allez. June, June, June… »

Quand je suis arrivée au parc, j'avais l'impression que ma cage thoracique était un accordéon cassé. Tout était plongé dans le noir. Je me suis arrêtée à l'entrée pour reprendre mon souffle et tâcher de découvrir ce qui se passait. Il n'y avait rien, pas un bruit en dehors des criquets, des grenouilles et du ronronnement lointain de la circulation.

– Vous êtes où ? ai-je crié tout haut. Qu'est-ce qui se passe ?

Est-ce que j'avais pu me tromper ? Peut-être que June était partie d'ici pour aller à la fête et que mon cerveau avait inversé la vision. J'ai senti un goût salé sur mes lèvres et réalisé que je pleurais. Je me suis tournée dans tous les sens comme une folle, essayant de comprendre ce qui avait déraillé.

C'est là que j'ai vu Blake et Avery.

Ils étaient près de la barrière, à moins de trente mètres de moi. Ils se bécotaient et j'ai entendu la petite voix d'Avery qui murmurait. Ses cheveux étaient de la même couleur que la nuit. Au loin, j'ai entendu les sirènes qui se rapprochaient ; les secours arrivaient.

– Non ! ai-je hurlé à Blake et à Avery. C'était pas vous !

Ils m'ont regardée d'un air hébété, leurs visages

soudain éclairés par des lumières blanches. J'ai tourné la tête et vu la voiture qui fonçait sur nous, ses phares dans mes yeux. J'ai vu aussi les lumières rouges, les feux arrière d'autres voitures qui freinaient, toutes les lumières, aussi nettes que dans ma vision, et j'ai compris.

L'accident, c'était pour moi. Pas pour June.

Je suis restée pétrifiée, à regarder les phares se rapprocher.

Comme quoi, même quand on voit tout, on n'est pas à l'abri des surprises…

chapitre 23

« Tout à coup, j'étais invisible et je courais. »
May

Si June et moi, on ne mourait pas pendant cette escapade, j'allais la tuer de mes mains.

Lentement

Je ne savais même pas pourquoi j'étais montée dans la voiture. Je savais juste que quand Henry s'était arrêté devant l'immeuble, j'avais vu June monter dedans. Tout à coup, j'étais invisible et je courais. Avant que Henry n'ait remarqué ma disparition, je m'étais glissée à l'arrière de la voiture de Mariah par la vitre ouverte. Il devait s'inquiéter, maintenant, se demander où j'étais passée. Super, encore un problème à ajouter à la liste. (Sans compter qu'on avait l'air parties pour un remake de *Shérif, fais-moi peur !*)

Au moins, j'avais bouclé la ceinture de ma sœur, en choisissant un moment où Mariah pleurnichait pour couvrir le déclic. June tournait la tête dans tous les sens avec de grands yeux d'écureuil affolé, c'était mauvais signe.

– Il m'avait juré qu'il ne me trompait pas, sanglotait Mariah en conduisant. Il m'avait promis !

– Si Blake te ment, il n'en vaut pas la peine, a argumenté June. Tu n'as pas besoin de lui.

Tout ça, c'était à cause de Blake ?! Ça devait être une blague !

Mais Mariah était trop bouleversée pour l'écouter. Elle respirait par saccades et continuait à pleurer.

– M… mais il m'avait promis !

Voilà qu'elle bafouillait. Est-ce qu'elle avait bu ? Nom de Dieu, est-ce que la situation pouvait encore empirer ?

June a eu l'air frappée par la foudre.

– Mariah, a-t-elle soufflé. Tu n'es pas enceinte, au moins ?

Mais oui, ça pouvait empirer.

– Non ! s'est écriée Mariah.

June et moi, on s'est affalées contre nos sièges, soulagées.

– T'es dingue ! a continué Mariah. Bien sûr que non, je suis pas enceinte ! C'est juste… il m'avait promis de rester avec moi ! Je… je peux pas. Pourquoi ils partent tous ?

Elle sanglotait à fond maintenant, et malgré mon cœur de pierre et la quasi-certitude qu'elle nous conduisait à une mort violente, ça m'a un peu donné le vertige de l'entendre perdre les pédales et formuler des sentiments aussi proches des miens.

En fait, plus ça allait, plus j'étais persuadée qu'il ne s'agissait pas du tout de Blake.

J'ai vu que June commençait à comprendre aussi.

Elle a toujours la tête de quelqu'un qui regarde un film quand elle lit les pensées des autres, et là, elle avait l'air triste, tournée de profil vers Mariah.

– Il n'y a pas de vacances à Cabo, hein ? lui a-t-elle demandé à mi-voix.

En guise de réponse, Mariah a reniflé avec un bruit répugnant.

Elle est passée à l'orange en accélérant et j'ai prié pour qu'il y ait un flic dans le coin pour nous arrêter et mettre fin à cette folle équipée.

– Dis, a repris June, tu sais, Mariah, c'est pas la cata. Il te reste ta mère, et Henry aussi. Il a débarqué à la fête, ce soir. Ça montre bien qu'il s'inquiète pour toi.

– Qu'ils aillent se faire voir.

– Booon, a fait ma sœur. Mettons que ça ne compte pas. Mais il y a plein de gens qui tiennent à toi. Sincèrement. Ça, je le sais, OK ?

Mariah lui a lancé un coup d'œil incrédule et elle a ajouté :

– Je le sais, c'est comme ça, ne me demande pas pourquoi ni comment.

Ça n'a pas marché, et Mariah, toujours en larmes, a foncé de plus belle vers Mulholland. Ça se voyait qu'elle était vraiment bourrée. Je me suis accrochée au bord de la banquette. Le vent s'engouffrait par la vitre ouverte et faisait voler mes cheveux invisibles. Je suis partie d'un rire nerveux que j'étais la seule à entendre. C'était un rire un peu hystérique, et c'est là que j'ai su que je flippais pour de bon.

– OK, a dit June. Écoute. Tu connais ma sœur May ?

La plus maigre, celle qui a toujours l'air en colère ?

Elle était lancée, maintenant. Si moi, je ris quand je suis nerveuse, elle, elle passe sur disque automatique.

Mariah n'a pas répondu.

– Eh ben, quand nos parents nous ont annoncé qu'ils divorçaient, elle l'a pris super mal. Elle s'est bourrée à mort à la tequila, nos parents étaient paniqués, et puis mon père est parti vivre à Houston et il a trahi une promesse qu'il lui avait faite, et ça l'a vraiment blessée. Et des fois, elle devient mauvaise, parce que c'est plus facile pour elle de tenir les gens à distance que de les laisser approcher. Tu comprends ce que je veux dire ?

Mariah a hoché la tête en avalant péniblement sa salive. J'ai fait pareil.

– Et maintenant, a repris June, bon... elle nous balance des vacheries et elle me rend dingue, et elle n'a aucun sens de la mode et se moque de moi pour un oui ou pour un non, mais ça ne m'empêche pas de l'aimer. C'est ma sœur. Et je sais que pour elle, c'est pareil. D'accord, il y a des gens qui s'en vont, et c'est nul. Mais il y a aussi ceux qui restent, et qui resteront toujours. C'est juste qu'on ne les voit pas, mais ils sont là quand même.

J'étais scotchée d'entendre un discours aussi fort et sensé dans la bouche de ma sœur. Scotchée. Et elle avait raison, en plus. Complètement. Tout à coup, je me suis sentie super coupable d'avoir même envisagé de fuguer, en abandonnant ma mère et mes sœurs. J'ai dégluti et décidé qu'en fin de compte, je n'allais pas tuer June.

J'allais la serrer contre moi comme une malade.

C'est là que je me suis aperçue qu'elles s'étaient retournées et qu'elles me fixaient.

June écarquillait tellement les yeux qu'ils lui bouffaient le visage. D'un coup d'œil, j'ai vu que mon corps était revenu.

– Oh, ai-je fait. Salut.

– Salut, a fait June. Comment… comment t'as… ?

– Mais enfin… a soufflé Mariah.

– April est là aussi ? m'a demandé ma sœur d'un air égaré.

J'ai regardé partout.

– Tu la vois quelque part ?

June a penché la tête sur le côté, sourcils froncés.

– Non, mais je l'entends.

Et elle s'est retournée d'un bloc vers le pare-brise.

– Non ! a-t-elle hurlé.

J'ai suivi son regard et vu April en plein milieu des phares devant la voiture, pétrifiée ; Avery et Blake quelques mètres derrière, l'air horrifié. Mariah a freiné en hurlant, mais trop tard.

– Non, a soufflé June. April.

« Pas elle ! », avait crié April le jour où j'avais failli renverser Avery.

Ses mots ont résonné dans ma tête comme si elle était en train de les prononcer.

« Pas elle ! »

J'ai dû mettre moins d'une seconde pour me jeter en avant et m'emparer du volant, mais on aurait dit que ça se passait au ralenti, que ça mettait des heures.

Tout ce que j'entendais, c'était Mariah qui hurlait dans mes oreilles. J'ai freiné à fond en écrasant son pied. J'ai braqué le volant vers la droite, il y a eu des bruits de freinage, j'ai entendu mes sœurs crier « May ! », et puis tout s'est arrêté.

chapitre 24

« Je ne pouvais pas m'imaginer les lâcher, jamais. »
June

L'espace d'une minute, j'ai cru qu'on était mortes. Toutes.

Puis j'ai commencé à avoir mal à la tête et je me suis rendu compte que si j'étais morte, je n'aurais sans doute pas une migraine du feu de Dieu.

Ça sentait le pneu brûlé, et le crissement du dérapage m'agressait encore les oreilles. En rouvrant les yeux, j'ai vu le tableau de bord et May penchée sur moi, si près que je sentais son haleine chaude sur ma figure. On aurait dit une guerrière quand elle avait bondi sur le volant pour dévier notre trajectoire, le visage illuminé par les phares.

– June ? disait-elle. June ? Ça va ?

– Ouais, ai-je répondu lentement.

J'avais mal à la tête, mais je ne m'étais pas cognée. Je bougeais les jambes et, si on avait percuté quelque chose, le choc n'avait pas dû être trop violent.

Je n'avais rien.

– Où est April ? ai-je demandé brusquement. Et toi, ça va ? Où est-elle ? Où est Mariah ?

Mariah, sous le choc, était déjà sortie de la voiture en titubant. Elle regardait la scène de l'accident, le phare avant droit que May avait défoncé en braquant vers le parking, avant de déraper sur le gravier et de rentrer dans la barrière en bois.

– April n'a rien, m'a répondu May. Et moi non plus. Regarde, elle est là-bas. Elle va bien. Elle a son air niais habituel. Allez, June, tout va bien, ne pleure pas.

– Je ne pleure pas, ai-je rectifié machinalement.

Pourtant, elle avait raison ; je pleurais. Je ne m'en étais pas aperçue avant qu'elle me le dise.

Je suis sortie prudemment de la voiture et j'ai tenu la porte à May pour qu'elle sorte derrière moi. À la seconde où elle a été dehors, j'ai jeté mes bras autour de son cou et serré si fort que j'ai failli lui briser quelques côtes. Je m'attendais à ce qu'elle me repousse, ou qu'elle me vanne sur mes activités nocturnes, mais au lieu de ça, elle m'a serrée à son tour, et j'ai réalisé qu'elle pleurait aussi.

J'ai entendu des pas lourds sur le gravier derrière nous, et je me suis écartée juste le temps d'attraper April pour l'attirer dans notre cercle. Elle sanglotait, encore sous le coup de la panique. J'ai serré mes sœurs et on s'imbriquait parfaitement, comme des pièces de puzzle parfaitement à leur place. Je ne pouvais pas m'imaginer les lâcher, jamais, comme si les laisser partir revenait à renoncer à ce qu'il y avait de mieux en moi.

On est restées comme ça un moment, à pleurer sur l'épaule les unes des autres, tandis que les sirènes se rapprochaient. Finalement, j'ai relevé la tête pour demander :

– Est-ce que quelqu'un… ?

– Non, a répondu April dans un hoquet. Non, tout le monde va bien. Même la voiture n'a rien, à part un phare.

– C'est May qui s'est jetée sur le volant, ai-je expliqué, tandis qu'elle confirmait d'un hochement de tête. Elle n'était pas là, et tout à coup, *pouf* !

Je me suis remise à pleurer, des grosses larmes qui débordaient et devaient tracer sur mes joues des rivières de mascara Dior.

– Désolée, ai-je suffoqué. Je n'aurais jamais dû sortir avec Mariah ! Je… je ne savais pas ! Je pensais que tout irait bien !

– Non, non, a dit April.

On s'est regardées toutes les trois, réalisant peu à peu ce qui s'était passé, comment les choses s'étaient mises en place pendant tout ce temps.

– June, m'a dit May. Si tu n'avais pas été dans la voiture, je n'y aurais pas été non plus.

J'ai reniflé et réalisé ce qu'elle voulait dire.

– Mais alors, Mariah aurait renversé…

May a fait oui de la tête en s'essuyant les yeux sur sa manche.

– Si je t'avais empêchée de sortir ce soir, a ajouté April, la voix tremblante, Blake, Avery et Mariah, ils seraient…

J'ai hoché la tête à travers mes larmes, un peu dépassée par tout ce qui venait de se produire.

– Et si May n'avait pas été aussi nulle en histoire européenne, elle n'aurait pas rencontré Henry et il ne l'aurait pas amenée à la fête et… et…

May a eu un petit rire.

– Merci, June. Mais je suis devenue une vraie bête en histoire. Un point de plus pour Henry.

J'ai regardé par-dessus l'épaule d'April et vu Blake et Mariah face à face, qui restaient plantés là sans bouger ni parler. Mariah pleurait toujours.

Quoi qu'il en soit, ils étaient vivants.

Je me suis penchée pour attraper la manche d'April et m'essuyer les yeux dessus. Elle n'a même pas protesté.

– Je croyais que tu m'aurais vue aller à la fête, ai-je reniflé. Enfin, ce n'était pas ce que je voulais, mais je pensais…

– J'ai embrassé Julian, a déclaré April. (On l'a regardée toutes les deux.) Je ne t'ai pas vue parce que j'étais en train de l'embrasser. Enfin, presque. C'était pas loin.

– Pas loin comment ? ai-je demandé, toujours en reniflant.

Elle m'a adressé un sourire tremblant à travers ses larmes.

– Disons que tout s'est passé exactement comme ça devrait.

Les sirènes n'étaient plus qu'à quelques rues. J'ai deviné qu'April avait appelé les secours.

– Dorénavant, ai-je déclaré, je jure que je ne ferai plus

celle qui sait tout juste parce que je sais lire dans les pensées. Fini, ce temps-là.

– Et moi, je ne jouerai plus les mères hystériques, a promis April, qui tremblait encore un peu.

– Ouais, franchement, ça n'a pas marché si bien que ça, a observé May.

– Quant à toi, ai-je dit à May, tu ne pars pas.

Elle a hoché la tête, mais je n'avais pas terminé.

– Je ne déconne pas, ai-je repris. Tu restes avec nous. Sérieux. On a besoin de toi.

Rien que l'idée de son absence me donnait mal au cœur et je me suis agrippée à son coude.

– D'accord, a-t-elle dit doucement. Je sais. Je comprends.

– Tu voulais partir ? lui a demandé April en nous regardant à tour de rôle. Tu rigoles ?

– Je ne pars plus, a soupiré May. C'était une idée idiote. Mes seuls départs, ce sera mes disparitions paradébiles. Mais vous savez quoi ? Plus un mot désagréable sur ma façon de conduire, compris ?

– Ça marche, ai-je acquiescé.

Les lumières rouges descendaient la colline, comme l'avait prédit April.

chapitre 25

« T'as conduit comme un pilote de rallye. »
April

Il a fallu trois agents de police et deux secouristes pour conclure que la barrière du parc avait absorbé tout le choc de l'accident. May avait sorti la Ford de la route de manière tellement pro qu'à part le phare brisé, on aurait pu croire qu'elle s'était simplement garée. L'impact avait été si faible que les airbags ne s'étaient même pas déclenchés. (« En admettant que cette caisse à savon ait des airbags », a marmonné May, et ça, je n'aurais pas pu le jurer.)

Blake paraissait nerveux en répondant aux questions des policiers, alors qu'il n'avait fait que se tenir à côté d'une barrière au moment où une voiture avait failli l'écraser. Être un con et tromper sa copine, ça n'est pas encore puni par la loi.

Dommage.

Mariah était encore dans tous ses états. Elle pleurait et tremblait pendant que l'un des agents essayait de lui parler. Il avait l'air furax, peut-être bien parce qu'elle n'avait que quinze ans et qu'elle était à moitié ivre.

– Oh mince, a soufflé June. Je crois que je devrais… Tu penses qu'elle va avoir des ennuis ?

J'ai fait non de la tête. D'après ce que je pouvais « voir », elle serait en cours la semaine suivante, l'air fatigué et morose, mais là quand même. Elle serait juste condamnée à payer une amende et je ne la voyais pas avec un permis de conduire dans un avenir proche.

– Je pense que ça va s'arranger, ai-je dit à June. Pas tout de suite, mais ça ira.

June a rejoint Mariah, glissé un bras autour de ses épaules et commencé à lui parler. Mariah l'écoutait en hochant la tête, et j'entendais des bribes de leur conversation.

– Dire la vérité, c'est encore ce qu'il y a de mieux, a affirmé June à un moment. Crois-moi, j'ai bien étudié le sujet.

Près de la voiture, May répondait aux questions d'un policier.

– Je ne sais pas, disait-elle. Bon, j'ai vu *Fast and Furious*[1] il y a deux ans, ça m'a peut-être servi.

– April ! a soudain crié une voix.

Je me suis retournée. C'était Julian qui courait vers moi. Il avait garé sa voiture n'importe comment sur le trottoir, et il semblait totalement paniqué. Les lumières rouges se reflétaient sur son visage, comme dans ma vision. Elles éclairaient aussi le visage de June, et soulignaient le regard inquiet qu'elle posait sur Mariah.

1. Film policier de Rob Cohen de 2001, bourré de cascades et de poursuites en voiture.

C'était bien l'image de ma vision, sauf que maintenant, je la décodais. Julian n'était pas là pour faire du mal à June, mais pour me protéger. Je l'ai rejoint. Quand j'ai été assez près, il m'a attrapée par les bras.

– Tu vas bien ? a-t-il soufflé. Et les autres, ça va ?

J'ai hoché la tête en me raccrochant à lui pour garder l'équilibre. J'avais les jambes en coton.

– T'as conduit comme un pilote de rallye, lui ai-je dit. Merci.

– Et toi, t'as couru comme une championne olympique, m'a-t-il répondu. Qu'est-ce qui s'est passé ?

Je lui ai fait un résumé rapide de la situation, sans préciser que May avait voyagé invisible à l'arrière de la voiture, que June avait fait appel à la télépathie pour calmer Mariah, et qu'à quelques détails près, j'avais prédit toute l'histoire. J'ai pensé que ce qu'il ignorait ne pouvait pas lui nuire.

– Alors, tout le monde va bien ? m'a-t-il demandé.

– Le phare avant droit ne s'en est pas sorti. Mais à part ça, ouais. On n'a rien.

– Tu te rends compte que tu m'as collé une trouille bleue, j'espère.

J'ai passé les bras autour de sa taille et fourré le nez dans sa chemise.

– Je me suis fait peur aussi, ai-je avoué. Je suis vraiment contente que tu sois là. Même si je t'étouffe comme un boa constrictor.

– Vas-y, étouffe-moi, m'a-t-il répondu en me tapotant le dos. Quoi que tu me fasses, je ne bouge pas d'ici.

Au bout d'une ou deux minutes, un flic est venu

vers nous. J'avais déjà raconté mon histoire à un de ses collègues, et elle n'était pas très compliquée. Moi, je n'avais rien fait d'autre que rester plantée là. C'était May et June qui s'étaient tapées tout le boulot.

Je me suis tournée vers le policier en gardant appui sur Julian, les jambes encore flagada.

– Ça va, jeune fille ? m'a-t-il demandé.

Son badge annonçait qu'il s'agissait du sergent Beaufort. Très français ! J'étais sûre qu'il plaisait déjà à May.

– Je vais bien, lui ai-je assuré. J'étais juste là, sur le trottoir. Il n'y a pas de blessés ?

Je savais déjà que mes sœurs n'avaient rien, mais j'espérais vaguement qu'un fragment de phare avait touché Blake et qu'il garderait une balafre du genre *Fantôme de l'opéra*.

– Apparemment, non. Les autres témoins ont dit que le conducteur a fait une embardée pour éviter ce jeune homme et une fille.

– Oui, Avery, ai-je confirmé.

– Vous pouvez me la décrire ?

– Tenez, elle est…

Je l'ai cherchée des yeux, mais elle avait disparu.

– Je vous jure, monsieur, ai-je repris, je n'ai pas rêvé. Elle était là. Je l'ai vue. Elle a des cheveux noirs et des yeux un peu…

J'ai agrandi les yeux pour imiter l'expression d'Avery quand elle voyait une voiture lui foncer dessus, une expression que je commençais à connaître.

Il a noté ma déclaration sur son calepin en hochant la tête.

– Elle a dû filer. Ne vous en faites pas, on va contacter le lycée pour la retrouver.

Le sergent en a profité pour m'expliquer que Mariah serait sûrement condamnée à des heures de travail d'intérêt général pour conduite en état d'ivresse, et qu'elle devrait voir un psy par rapport à l'alcool. (En revanche, pas de balafre pour Blake, raté.) J'avais du mal à comprendre tout ce jargon judiciaire, et franchement, je n'en avais rien à faire. Mes sœurs n'avaient rien, c'était tout ce qui comptait.

Après le départ du flic, je me suis tournée de nouveau vers Julian.

– Salut.

– Salut, m'a-t-il répondu en glissant mes cheveux derrière mes oreilles.

– On a été interrompus.

Il se peut qu'il ait rougi légèrement. Difficile à dire, avec tous ces gyrophares.

– Ah bon ? On en était où ? Rappelle-moi.

Je me suis redressée pour glisser les bras autour de son cou en levant mon visage vers le sien.

– Ici. Ça te dit quelque chose ?

– Mmm. Presque. Peut-être un peu plus près ?

J'ai souri, et nos lèvres se sont enfin touchées. Je ne suis pas une experte en la matière, mais c'était chouette. Encore bieeeen mieux que ça. Il sentait bon, et quand il a posé sa main sur mon épaule, les gyrophares se sont éloignés de mon champ de vision et je n'ai plus vu que lui.

chapitre 26

« Tu jures que tu ne vas pas péter un câble ? »
May

Il était presque minuit quand on est rentrées à la maison, et je n'avais plus qu'une envie : me glisser dans mon lit, m'endormir et ne plus me réveiller avant Noël.

Ma mère n'avait pas arrêté de nous serrer contre elle depuis la seconde où elle était arrivée sur la scène du quasi-accident. Même là, pour passer du garage à la maison, elle serrait April et s'agrippait à June, les yeux tout gonflés d'avoir pleuré.

– M'man, on n'a rien ! ai-je dit.

Mais elle s'est contentée de me serrer aussi. On a eu un peu de mal à franchir la porte comme ça, à quatre de front, mais on a fini par y arriver.

Je savais que ma mère s'inquiétait surtout pour June, mais j'ai réussi à les détacher en disant à June :

– Va te laver la figure, t'as l'air d'une araignée, avec ton truc Dior.

Elle s'est libérée aussitôt et m'a lancé un petit coup

d'œil reconnaissant avant de filer à la salle de bains.

– M'man, ça va très bien, je t'assure, a répété April pour la millième fois.

– Je vais étrangler ce Blake, a grommelé ma mère. Quand je pense qu'il est parti en laissant June à cette fête…

Je commençais à me dire qu'il serait plus en sécurité en prison que dans la rue, où ma mère pouvait le choper n'importe quand.

– Si ça peut te faire du bien, je lui balancerai un coup de pied dans les coucougnettes, lui ai-je proposé.

Elle m'a regardée en silence. Puis, au lieu de l'inévitable laïus que j'attendais sur la violence qui ne résout rien, elle m'a demandé :

– Un gros coup de pied ?

J'ai rigolé.

– Compte sur moi. Je peux même lui…

Mais April ne m'a pas laissé le temps de dire à ma mère ce que je prévoyais de faire subir à Blake.

– Le plus important, m'a-t-elle coupée, c'est qu'on n'ait rien. Maintenant, on devrait toutes aller dormir.

Maman l'a serrée encore plus fort avant de l'embrasser sur le haut du crâne et de la laisser monter dans sa chambre. J'allais la suivre, quand ma mère m'a tirée en arrière et s'est plantée face à moi, les mains sur mes bras.

– May, m'a-t-elle demandé, que fait ce sac marin dans l'entrée ?

Elle avait les larmes aux yeux.

J'aurais dit qu'il s'était écoulé un siècle depuis que

j'avais posé ce sac là. Mais non, il y était toujours. En revanche, il ne partait plus pour Houston.

– Je…

Mais j'ai senti mes yeux se mouiller aussi, et ma gorge se nouer.

– C'était juste une idée idiote, ai-je réussi à dire. Je voulais partir, mais je ne veux plus. Ça va aller, m'man. Ça va déjà mieux. Je vais mieux.

Elle me broyait toujours les bras, à me faire mal. Ça m'a rappelé que j'étais bien là.

– Tu comptes énormément pour moi, a-t-elle dit enfin. Et aussi pour ton père, et pour tes sœurs. Je sais qu'il s'est passé beaucoup de choses ces derniers temps…

– C'est le moins qu'on puisse dire.

– … mais ça ne change rien au fait qu'on t'aime. Rien ne pourra jamais changer ça.

Elle m'a serrée encore plus fort, en me regardant dans les yeux.

– Est-ce que c'est clair ?

Ma gorge me faisait mal.

– Je le sais. Je l'avais juste un peu oublié.

Elle m'a prise dans ses bras et embrassée partout dans les cheveux.

– OK. Tâche de ne plus l'oublier.

– Promis.

On est restées comme ça quelques minutes, accrochées l'une à l'autre. J'avais l'impression d'être trempée comme une souche, avec toutes ses larmes. Encore un peu et il aurait fallu m'essorer comme une serviette mouillée, si quelqu'un n'avait pas sonné à la porte.

– Qui ça peut être, à cette heure-ci ? a demandé ma mère, le temps que je m'essuie les yeux.

– C'est Henry ! ont lancé mes sœurs en chœur depuis l'étage.

Évidemment, elles savaient.

– J'y vais, ai-je déclaré. Il m'a emmenée à la fête ce soir. Je peux au moins lui demander comment ça va.

Ma mère a hoché la tête et je suis allée ouvrir. Henry se tenait sur le seuil.

– Salut, m'a-t-il dit. Je sais qu'il est tard. Je voulais juste être sûr que tout allait bien.

June est descendue, le visage débarrassé de ce qui devait se monter à cent dollars de mascara.

– Oui, ça va, ai-je répondu. Ma mère est juste un peu secouée.

– Ça se comprend. Je crois que Mariah va être bouclée dans sa chambre jusqu'à ses trente ans. Salut, June.

– Ça baigne ? lui a-t-elle lancé. Merci d'avoir conduit ma sœur à la fête. T'es une sorte de superhéros associé.

Il a souri en rougissant.

– Ça, je sais pas. Je ne me vois pas trop en justaucorps. Et toi, ça va ?

June a haussé les épaules.

– Bof… Je suis privée de sorties pendant au moins deux mois pour être allée à la fête en douce.

– Quoi ? suis-je intervenue. Maman n'a jamais dit…

– Tu peux me croire, m'a-t-elle coupée. Je suis punie. April me l'a confirmé.

– Je vois.

– Et ne t'inquiète pas trop pour Mariah, a dit June à Henry. Je crois qu'elle a passé le cap, pour Blake.

– Ah bon ?

– Elle préférerait boire de la vase que de le revoir, a précisé ma sœur.

Je savais qu'elle n'inventait rien.

– Si, un jour, j'ai le droit de remettre la main sur un téléphone ou un ordinateur, a-t-elle repris, dis-lui que je l'appellerai. Oh, et…

Mais elle s'est interrompue, ce qui, chez elle, s'apparente à un miracle. Elle s'est contentée de sourire en agitant la main.

– À plus, Henry. Merci d'être quelqu'un de sympa.

J'ai soupiré en la regardant remonter.

– En principe, je devrais avoir envie de l'étrangler. Mais ce soir, elle a l'immunité diplomatique.

– Rien que pour ce soir ?

– Bah, et sans doute jusqu'à la fin de sa vie, ai-je admis.

J'ai regardé mes pieds.

– Et, heu, je ne t'ai pas encore remercié, tu sais, pour m'avoir conduite à la fête et…

– Tu rigoles ? a dit Henry avec un petit rire. May, c'est moi qui suis venu te remercier. Mariah m'a raconté ce qui s'est passé.

– Oh, ça, bah. Qu'est-ce qu'elle t'a dit exactement ?

– Que tu étais à l'arrière pendant tout ce temps. Elle devait être complètement soûle, parce qu'elle ne t'avait même pas remarquée. T'es montée dans cette voiture tellement vite que je ne t'ai pas vue faire. Si tu n'avais pas été là…

Il n'a pas terminé sa phrase, mais j'ai compris. Maintenant que mon taux d'adrénaline était revenu à la normale, je n'avais pas envie d'imaginer ce qui aurait pu se passer.

– Je sais.

Il m'a regardée dans les yeux pendant un bon moment. D'aussi près, sa coupe de cheveux n'avait plus l'air aussi ratée. Et il avait une jolie bouche. Enfin, je ne l'ai pas regardée plus que ça, mais pour une bouche, elle était pas mal.

D'abord, j'ai cru que j'avais cette drôle de sensation dans l'estomac parce que j'allais encore disparaître, mais en jetant un coup d'œil pour vérifier, j'ai vu que j'étais toujours là. Pas un orteil ne manquait à l'appel. Puis mes yeux se sont posés à nouveau sur Henry, et j'ai compris ce qui me mettait dans cet état-là.

Il était de plus en plus près, et une seconde avant qu'il m'embrasse, j'ai murmuré :

– Dis, Henry, tu jures que s'il se passe un truc bizarre, tu ne vas pas péter un câble ?

– May, a-t-il murmuré à son tour, si je n'ai pas encore pété un câble ce soir, ce n'est sans doute pas maintenant que ça va arriver.

– Bien vu, ai-je admis.

Puis sa bouche était sur la mienne, et j'ai eu l'impression de disparaître totalement, de devenir quelqu'un d'autre et, en même temps, d'être parfaitement à ma place.

Quand il s'est écarté, j'ai souri comme une andouille.

– Désolée. C'était vraiment, heu… ouais…

– C'était bien ? m'a-t-il demandé en rosissant sous ses taches de rousseur.

Ça m'a étonnée de constater qu'il avait l'air un peu nerveux, lui aussi.

– Beaucoup mieux que ça, lui ai-je certifié. T'en fais pas, tu as d'autres, heu, atouts que les cours de soutien d'histoire et la pub pour Stanford.

– Ah oui ?

– Ouais.

Il a souri jusqu'aux oreilles et m'a embrassée une deuxième fois. J'ai porté ma main à ma bouche pour être sûre qu'elle était encore là. Puis il a fait tinter ses clés de voiture en déclarant :

– Je crois que je ferais mieux de rentrer. Mais il fallait que je vienne d'abord.

– Bonne idée.

– On se voit demain ?

– OK.

Je n'étais plus vraiment capable de construire des phrases, mais je comptais sur mon air crétin pour lui dire combien j'étais heureuse. Vu son air crétin, je crois qu'on était sur la même longueur d'ondes.

Quand je suis montée, ma mère se brossait les dents dans sa salle de bains. April était dans sa chambre, en train de taper un truc sur son ordinateur. Elle a levé le nez quand j'ai passé la tête par la porte.

– Tu savais... ? Que Henry était, heu... ? lui ai-je demandé.

– Seulement depuis une demi-heure.

– Oh.

Mais je souriais toujours, et dans la chambre d'à côté, j'ai entendu June qui gloussait toute seule.

chapitre 27

« Eh bien, astres, je vous défie ! »
June

Dès le mardi, allez savoir comment, tout le bahut était au courant qu'on venait de vivre un truc chaud. J'ai passé une bonne partie de la matinée à confirmer à tout le monde que oui, on avait eu peur ; mais que non, il n'y avait pas eu de mort ; et que oui, Blake mentait à fond à Mariah ; et que non, je n'avais pas le temps d'aller prendre un café pour leur donner tous les détails gore, parce que j'étais punie et que j'allais sans doute passer le reste de mon adolescence enfermée dans une tour.

– Deux mois, avait dit ma mère. Pas de téléphone, pas d'ordinateur sauf pour les cours, pas d'e-mails, pas de Facebook, pas d'iPod, pas de shopping…

Elle a réfléchi une minute.

– Qu'est-ce que j'oublie ? J'ai passé en revue tous les moyens de communication modernes ? Ah oui ! Pas de textos non plus. Je crois que j'ai fait le tour.

Trop mignons, des fois, les parents.

Autre nouveauté : j'entendais vraiment bien April et May, maintenant, même à travers les cloisons des couloirs ou des salles de classe. Comme si on était toutes les trois sur la même fréquence et que je pouvais me connecter quand je voulais. (Je sais que je n'étais pas censée faire ça, pour toutes sortes de raisons morales, mais j'ai passé le mardi à lire dans leurs pensées. Je crois que j'avais besoin de m'assurer de leur présence.) J'entendais aussi tous les autres, bien sûr, mais je pouvais baisser le volume pour le réduire à un bruit de fond, et là, ça devenait plutôt agréable. Je m'étais rendu compte que je pouvais contrôler mon pouvoir assez facilement – il suffisait que je me concentre sur mes propres pensées pour que toutes les autres chutent de dix décibels et se réduisent à une sorte de musique de fond.

Avery n'était pas revenue en cours. Il y avait des rumeurs ridicules qui couraient comme quoi elle avait été enlevée par des extraterrestres. Comme c'est original ! Le mercredi, elle n'était toujours pas là. Le vendredi, j'étais arrivée à la conclusion qu'elle avait lâché le lycée pour de bon ou que ses parents l'avaient envoyée en pension. Une fois ou deux, j'ai essayé d'entendre ses pensées, mais elle avait disparu. Je n'entendais strictement rien.

Un soir, j'ai abordé le sujet avec mes sœurs. On se parlait beaucoup plus, surtout parce que j'étais privée de sortie et que je n'avais personne d'autre à qui parler. Elles étaient toujours aussi timbrées, j'avoue, mais c'était sympa quand même. May m'a même laissé lui vernir les ongles, et quand elle s'est débrouillée pour choisir la couleur la plus moche possible – un noir mat qui s'appelle « Toile d'araignée », beurk ! – je n'ai même pas fait de remarque. Ça tombait bien qu'elle ne soit pas télépathe…

– Dites, ai-je déclaré un jour, alors que May était affalée sur son lit en train de lire *L'Homme invisible* et qu'April faisait un devoir de maths à son bureau, vous savez ce qui est bizarre ?

– Les quinze derniers jours ? a suggéré April.

– Non. Enfin, si. Mais vous savez à quoi je pensais, hier, pendant que maman me conduisait chez l'orthodontiste ? Et si May n'avait jamais failli écraser Avery ?

May a baissé son livre le temps de me fusiller du regard.

– On n'avait pas décidé que vous ne mentionneriez plus jamais mes talents de conductrice ?

– Je suis sérieuse, ai-je répliqué. Imaginez qu'on ne l'ait jamais vue. Vous pensez qu'on serait quand même devenues bizarroïdes ?

April s'est marrée.

– Il y a des chances.

– Mais on n'en sait rien, ai-je insisté. Imaginez qu'on ne l'ait jamais vue et que tout ait continué à se passer normalement ? Je ne me rappelle même pas bien de quoi elle avait l'air.

– Ça, c'est parce que ton cerveau ne veut pas être méchant, a dit May, sans sortir le nez de son bouquin, cette fois. C'était une espèce de dingue. Laisse béton.

– Je crois que c'est déjà ce que je fais, ai-je murmuré.

Mais elles n'ont pas relevé.

Le mardi suivant, en débarquant en cours de littérature, j'étais à plat. Et puis, j'étais un peu triste que Mariah ne soit pas là. Elle avait quand même été mon amie. J'avais l'impression d'être une petite île solitaire, perdue au milieu de la classe. April m'avait affirmé que Mariah serait là la semaine suivante, mais ça me paraissait super loin.

– Bon, les petits, a déclaré Mrs Ames. (Elle nous appelle toujours « les petits », ce que je trouve super chelou ; à mon avis, elle devrait voir un psy.) Je suppose que chacun a son exemplaire de *Roméo et Juliette* ? (Elle a agité son livre.) Vous avez tous lu le passage ?

À vrai dire, moi, oui. Maintenant que j'étais pratiquement prisonnière dans ma chambre, j'avais tout le temps pour faire mes devoirs, et plus. J'aime bien *Roméo et Juliette*, mais ça aide d'avoir vu le film avec Leonardo DiCaprio, celui où Mercutio est un travesti. En fait, je trouve que c'est lui que Juliette aurait dû choisir, parce que Roméo est totalement crétin de ne pas avoir vérifié si elle était vivante avant de se suicider. Mon petit ami idéal aurait au moins l'idée de me prendre le pouls. (« Mets-lui un miroir sous le nez ! » ai-je couiné quand j'ai lu le passage.)

J'étais en train de sortir mon cahier à spirales violet à paillettes (pas la peine d'être jaloux !) quand Caitlin, la fille assise de l'autre côté de l'allée, a murmuré :

– Pssst ! Hé, June !

J'ai levé un sourcil, en espérant que j'avais l'air d'une de ces stars mystérieuses des vieux films muets rasoirs que regardait mon père.

– Ouais ?

Je n'ai même pas eu le temps de lire dans ses pensées.

– Dis, je peux te poser une question ? m'a-t-elle demandé.

J'étais toute prête à lui dire où j'avais acheté mon cahier, ou mes chaussures, ou mon sac, quand elle a brandi son exemplaire de *Roméo et Juliette*.

– T'as compris, toi ?

J'ai fouillé rapidement son esprit, histoire de m'assurer qu'elle ne se fichait pas de moi. Mais non, elle était réellement larguée. J'ai failli l'être aussi rien qu'en regardant dans sa tête.

– Ouais. J'ai kiffé. Surtout le passage où Mercutio meurt, parce que…

– Il meurt ?! J'ai même pas compris ce passage-là !

Caitlin a feuilleté son livre.

J'ai hésité une seconde avant de lui proposer :

– Ben, si tu veux, on peut se voir pour bosser ça ensemble ou sortir et faire des trucs…

– June ! a lancé Mrs Ames de son bureau. Peux-tu répondre à mes questions ?

Au secours.

– Heu, vous pourriez répéter, s'il vous plaît ? ai-je demandé.

Mrs Ames a soupiré lourdement.

– Je demandais ce que dit Roméo quand il croit que Juliette est morte.

« June me propose d'étudier avec elle ! »

Les pensées de Caitlin étaient si joyeuses que j'ai eu l'impression d'être bombardée de confettis. En plus, j'en avais envie aussi. Elle me trouvait « intelligente » ! Elle voulait « étudier » ! Avec moi ! April n'allait pas en revenir quand je lui dirais ça, et je me suis demandé si elle l'avait prévu.

– June ? a repris Mrs Ames. On attend. Qu'a dit Roméo ?

Je me suis redressée sur ma chaise avec un grand sourire.

– Eh bien, astres, je vous défie !

Bien dit, mec.

chapitre 28

« Tu vas vraiment me manquer. »
April

Un mois plus tard…

– Quelqu'un a vu mon portefeuille ?

Ma mère est sortie de la cuisine tout agitée et a commencé à fouiller chaque recoin du salon.

– Je l'avais ce matin…

Elle a plongé le bras dans une pile de linge posée sur les marches, puis s'est retournée.

– June, chérie, tu ne l'aurais pas vu ?

– M'man, désolée, mais je ne lis pas dans les pensées des portefeuilles.

June m'a tiré la langue en réponse à mon air d'avertissement. Depuis quelque temps, elle s'éclatait à sortir toutes ces formules à double sens sur sa télépathie. Ça avait l'air de l'amuser davantage que de faire ses devoirs d'algèbre à la table de la cuisine. À vrai dire, c'était à peu près le seul endroit où elle avait le droit d'aller depuis un mois. Henry venait quelquefois chez nous avec Mariah et elles travaillaient ensemble.

Apparemment, Mariah avait vraiment largué Blake le soir de l'accident et s'était remise sur les rails. J'avais encore des réserves à son sujet, mais June m'avait déclaré : « Elle a ses défauts comme tout le monde. »

Et je n'avais rien eu à répondre à ça.

En plus, je savais déjà que Mariah irait à UCLA[1] trois ans plus tard et, du coup, je ne pouvais pas la détester complètement.

– Je sais, ma puce, que tu ne peux pas lire dans les pensées d'un portefeuille, a dit ma mère, mais je suis sûre qu'il était… Où est May ? Elle l'a peut-être vu. May !

– Je suis en haut ! a crié May depuis sa chambre.

En règle générale, elle évitait de nous flanquer des crises cardiaques en se déplaçant de manière invisible dans la maison, mais il y avait parfois des couacs. Le dernier s'était produit lors d'une soirée télé. June et moi, on était tranquillement installées sur le canapé, et tout à coup, *pouf*, May s'est retrouvée là aussi. Il y a encore du pop-corn enfoui dans les coussins parce que June en a balancé partout quand elle a sauté en l'air en hurlant.

Mais May arrive de mieux en mieux à ne pas disparaître sous le nez des gens, au sens propre comme au figuré. Et elle essaie de créer une équipe de hockey sur gazon – chacun ses goûts. Tant qu'elle est contente ! Je ne m'inquiète plus trop pour elle, parce qu'elle a l'air d'aller beaucoup mieux ces derniers temps.

Tandis que la Grande Chasse au Portefeuille se poursuivait, j'ai filé dans ma chambre pour me préparer

1. *Université de Los Angeles, assez cotée.*

à sortir avec Julian. Je savais déjà qu'il aurait huit minutes de retard, ce qui me laissait un peu de marge. C'est un peu curieux de sortir avec quelqu'un qui met un point d'honneur à être en retard, mais je commençais à savoir gérer.

– T'en fais pas, maman ! ai-je crié. Tu vas sûrement le retrouver. Tu le retrouves toujours !

Sa tête est apparue en bas de l'escalier.

– Tu l'as vu ?

– Non, mais tu ne l'as jamais perdu pour de bon.

Elle avait son troisième rancard avec Chad, et j'avais déjà glissé des lingettes dans son portefeuille avant qu'il ne disparaisse. (Disons que j'avais prévu un souci avec de la crème fraîche…)

– Et tu vas où, avec le Prince Charmant ? m'a demandé May quand je suis passée devant sa chambre.

Elle ajoutait des photos dans son album de Paris. Elle devait déjà en avoir des centaines.

– Cinéma plus dîner, ai-je répondu. À moins qu'on aille se marier à Las Vegas. On verra. Mes visions sont floues.

– Ha ha, a fait May en levant le nez de son ordinateur. Épouse plutôt le petit frère de Brad Pitt, dans ce cas-là. Vise haut ou rentre chez toi. C'est ce qu'ils disent au Texas.

May savait des tas de trucs sur le Texas, maintenant qu'elle venait de passer un long week-end à Austin à manger des grillades avec mon père.

– Ouais, au Texas, fais comme les Texans, ai-je acquiescé en la regardant légender ses photos.

– C’est quoi, cette attitude toute fraternelle ? a-t-elle fini par me demander.

– Rien, ai-je répondu en soupirant. Tu vas vraiment me manquer.

Elle a levé les yeux au plafond.

– La Terre appelle Mars. Je viens juste de rentrer ! C’est toi qui sors pendant cinq heures avec ton amoureux. Je suis sûre que tu vas survivre.

– Je ne te parle pas d’aujourd’hui, mais de plus tard. Quand on sera plus vieilles.

– Comment ça ?

– Quand tu vivras à Paris.

Elle m’a regardée, avec le sourire le plus énorme que je lui aie jamais vu.

– C’est vrai ? Sérieux ?

J’ai hoché la tête, et ma gorge s’est nouée tandis que je me penchais pour la serrer contre moi.

– C’est super loin, ai-je murmuré.

– Ce n’est qu’un océan, a-t-elle répondu sur le même ton. Rien que de l’eau salée. On a le même sang, c’est plus fort, non ?

– Mais oui.

Je l’ai quand même serrée dans mes bras encore plus fort.

– Apriiiil ! a hurlé June du bas de l’escalier. Juuuuuulian…

J’ai lâché May, pour ne pas la rendre sourde.

– Je sais ! ai-je braillé. C’est dingue, elle n’arrive pas à piger que je sais avant elle quand il va arriver.

– C’est son côté énervant, a commenté May. Pas son côté télépathe.

– Quelle chance !

– Mayyyy ! Henry est là aussiiiiii !

– June, tu te prends pour un mégaphone ? a lancé ma mère. Baisse un peu le volume !

Je suis arrivée en bas alors qu'elle repêchait son portefeuille derrière un coussin du canapé, et que June ouvrait la porte.

– Salut ! lui a lancé Julian.

– Ça roule, mec ? lui a-t-elle demandé.

Et ils se sont cogné les poings comme ils font toujours.

– Avance, mon pote. T'es pas le seul amoureux en visite aujourd'hui, a-t-elle ajouté.

– Oh, salut, a dit Henry en remontant l'allée, Mariah derrière lui.

Elle avait l'air plus en forme qu'avant, même si elle mettait encore des tonnes d'eye-liner. (J'avais suggéré à June qu'elle devrait peut-être investir dans du démaquillant, mais elle m'a répondu en levant les yeux au ciel : « On n'est pas dans *The Breakfast Club*[1], je te signale. » Je ne sais toujours pas ce qu'elle a voulu dire par là.)

– T'es en retard, ai-je dit à Julian, sans pouvoir retenir un sourire.

– Je suis toujours en retard, a-t-il répliqué en haussant les épaules. C'est ce que t'aimes chez moi.

– Ah ouais ?

Je me suis tournée vers Henry et Mariah :

1. *Film de John Hughes, sorti en 1985, où cinq jeunes retenus en colle finissent par s'entendre, malgré des personnalités que tout oppose.*

– Dites, les copains, c'est trop gentil à vous d'être à l'heure !

Julian a soupiré et m'a serrée contre lui.

– Tu es maniaque.

– Je sais.

On avait prévu d'aller dans une librairie d'occase à Burbank, puis au cinéma. J'aime bien les livres d'occasion, parce qu'ils ont déjà un vécu. Quelquefois, je trouve même des notes dedans. Du genre : « Pour Joe, de la part d'Alex. » Même si je peux voir l'avenir, j'aime aussi me tourner vers le passé.

– Baah, dégueu ! a dit June en mimant un haut-le-cœur tandis que Julian se penchait pour m'embrasser. Viens, Mariah, on va s'éclater avec les équations. Ils vont tous être jaloux !

May a dévalé l'escalier, et elle a souri en voyant Henry.

– Salut, l'intello, lui a-t-elle lancé.

– Salut, la cancre.

Ils se sont parfaitement trouvés.

– On se penche sur les familles royales incestueuses et les meurtres sanglants ? lui a-t-elle demandé. Ou tu préfères l'histoire européenne ?

Il l'a suivie à la cuisine en rigolant, au moment où ma mère en sortait.

– Salut, Henry. Il y a du Sprite au frigo pour toi. Salut, Julian.

– Bonjour, Mrs Stephenson, ont-il répondu en chœur.

(Bon, toujours pas au point, cette histoire de nom de famille quand ils parlent à ma mère.)

– April chérie, je ne serai sans doute pas rentrée quand tu reviendras…

Elle s'est approchée pour m'embrasser.

– Amusez-vous bien. Et pas de bêtises, etc.

– Pas de souci.

J'ai suivi Julian jusqu'à sa voiture. Il la lavait toujours le samedi et elle brillait comme un sou neuf sous le soleil d'automne. Il m'a tenu la portière et je suis montée. Le petit sapin désodorisant que j'avais accroché au rétroviseur central s'y balançait toujours. Je me suis dit qu'il faudrait que je le change la prochaine fois.

– Alors, a-t-il déclaré en démarrant, je suppose que tu as vérifié la circulation sur Internet, comme d'hab ?

– Ne prends pas la 101, ai-je recommandé.

Il était persuadé que j'étais accro aux sites sur la circulation. Il n'avait pas idée du temps que je lui avais fait gagner en un mois.

– Ah ! Essaye un peu de m'étonner, a-t-il ajouté en s'engageant dans la rue.

Je lui ai pris la main en mêlant mes doigts aux siens.

– OK, en voilà une. La première fois que je t'ai vu, j'ai su qu'on allait s'embrasser.

Il s'est marré.

– Ouais, c'est ça.

– Je te jure ! OK, je peux pas t'obliger à me croire !

– Je sais un truc, en tout cas. T'es pas ordinaire.

– Ça, je le savais déjà.

Je lui ai fait un grand sourire et j'ai serré sa main dans la mienne, tout excitée à l'idée de découvrir ce que l'avenir nous réservait.

Robin Benway

Robin Benway a grandi à Orange County et vit aujourd'hui à Santa Monica, en Californie. Elle a gagné un premier prix de fiction lorsqu'elle étudiait à l'Université de New York et a travaillé dans plusieurs librairies. Après le succès de *Comment je suis devenue célèbre (malgré moi)*, son premier roman, Robin récidive avec ce second roman au super-pouvoir hilarant !

Cet ouvrage a été imprimé en France par

CPI
BUSSIÈRE

à Saint-Amand-Montrond (Cher)
en février 2011

N° d'édition : 10177099– N° d'impression : 110412/1
Dépôt légal : février 2011